O
ÚLTIMO
REI
DRAGÃO

LEIA STONE

TRADUÇÃO ALDA LIMA

O
ÚLTIMO
REI
DRAGÃO

OS REIS DE AVALIER LIVRO 1

FARO
EDITORIAL

Diretor editorial **PEDRO ALMEIDA**

Coordenação editorial **CARLA SACRATO**

Assistente editorial **LETÍCIA CANEVER**

Tradução **ALDA LIMA**

Preparação **DANIELA TOLEDO**

Revisão **RAQUEL SILVEIRA e BARBARA PARENTE**

Adaptação de capa e diagramação **VANESSA S. MARINE**

Dados Internacionais de Catalogação na Publicação (CIP)
Jéssica de Oliveira Molinari CRB-8/9852

Stone, Leia
    O último rei dragão : os reis de Avalier livro 1 / Leia Stone ; tradução de Alda Lima.
— São Paulo : Faro Editorial, 2024.
    224 p. : il.

    ISBN 978-65-5957-516-9
    Título original: The Last Dragon King

    1. Ficção norte-americana 2. Ficção fantástica I. Título II. Lima, Alda

    24-1314   CDD 813

Índices para catálogo sistemático:
1. Ficção norte-americana

1ª edição brasileira: 2024

Direitos de edição em língua portuguesa, para o Brasil, adquiridos por FARO EDITORIAL

Avenida Andrômeda, 885 - Sala 310

Alphaville — Barueri — SP — Brasil

CEP: 06473-000

www.faroeditorial.com.br

LUNACRESCENTIS

CINZAFORTE

ARQUEMÍREA

OBSCÚRIA

PEDRA
ERRANTE

FADABRAVA

PONTE
DO MEIO

GRANDE
JADE

ESCAMABRASA

SOMBRAMORADA

MORTÓSIA

AVALIER

Joguei a minha caça sobre o ombro e grunhi com o peso. Era um puma macho adulto e minha maior caça até então. Ele renderia carne suficiente para alimentar minha mãe e irmãzinha por pelo menos duas luas, além de um tanto para negociarmos no mercado. Ainda faltava um tempo para o inverno chegar, mas eu queria comprar peles novas para minha mãe e Adaline.

Perseguir a fera na última semana havia se provado proveitoso, e não pude conter o sorriso torto que levantou os cantos de minha boca no caminho para a minha cidade natal, Cinzaforte.

Já que a vila ficava na base da Montanha Cinzaforte, com as minas de carvão em seu interior, tudo nela ficava envolvido pela leve fuligem da montanha – e aquele dia não era exceção. As rochas que pontilhavam a estrada estavam cobertas por um espesso manto de cinzas, assim como o bico das minhas botas de caça. Eu mal notava agora; você simplesmente se acostumava quando morava ali. Estava em nossos ouvidos, nariz, dentes e outros lugares dos quais não devemos falar.

Em Grande Jade, capital de Escamabrasa, era possível avistar um morador de Cinzaforte a mais de um quilômetro de distância. Espalhávamos a fuligem a cada passo, e tínhamos bastante orgulho daquela particularidade. O povo de Cinzaforte era um povo trabalhador. Nós não ficávamos à toa o dia todo.

— Belo abate, Arwen — declarou Nathanial de seu posto no topo do portão da guarda, na entrada para Cinzaforte.

Nathanial era um dos rapazes mais bonitos do vilarejo. Cabelo loiro cor de areia, olhos castanhos e maxilar definido... Só de olhar para ele já me dava frio na barriga.

Respondi com um sorriso bobo.

— Quer vir jantar hoje à noite? Traga seus pais.

Ele aceitou, franzindo os lábios.

— Eu adoraria.

Estávamos vinte invernos após a *Grande Fome*, mas meus pais se lembravam da época e treinaram os mais jovens para caçar e cultivar alimentos, e para esfolar e preparar uma presa. Em geral eram os homens que caçavam e as mulheres que cultivavam, mas com meu pai morto eu não tinha esse luxo. Eles também nos ensinaram a ter bondade e a oferecer uma refeição quando se tinha o bastante. Os tempos estavam abençoados agora, e aquele puma era muito mais do que precisávamos.

O peso do animal estava começando a causar uma dor aguda em meus ombros, o sangue do ferimento de flecha em seu pescoço escorria pela frente da minha camisa. Eu mal podia esperar para deixar a criatura com minha mãe e me limpar.

Passei pelas barracas do mercado, observando os homens e mulheres que trabalhavam nelas, e me maravilhei com as lindas guirlandas de flores penduradas por toda a aldeia para o festival do Dia de Maio. Eu havia receado não conseguir voltar a tempo para o amado festival do amor, mas fiz meu abate bem a tempo e, se me lavasse depressa, poderia até me juntar à tenda do beijo.

Apertando o passo, virei a esquina para a ala onde ficava a cabana da minha mãe. Éramos um povo simples que vivia uma vida simples. Cabanas de palha, água fresca do rio, campos de batata e mineração de carvão: isso era Cinzaforte. As cinzas da mina tornavam o solo fértil e por isso éramos conhecidos por nossas grandes batatas e doces tubérculos.

Certa vez, quando eu tinha quinze invernos de idade, visitei a nossa capital, Grande Jade. Fiquei de queixo caído durante toda a viagem de três dias. Era a cidade mais bonita de toda a Escamabrasa, motivo pelo qual nosso rei morava lá, bem como todos os reis antes dele. Grande Jade era repleta de tanta opulência e esplendor que, se eu não a tivesse visto com meus próprios olhos, não teria acreditado. Mais jade, ouro e rubi do que eu já tinha visto em toda a minha vida. As estradas eram todas de tijolo, as construções de pedra branca, a cidade iluminada à noite parecia uma joia. O hidromel corria solto, as barracas de comida eram abastecidas e as ruas, *cheias* do povo-dragão.

Eu nunca estive perto de tantos poderosos integrantes do povo-dragão, mas Grande Jade era repleta deles. O povo-dragão estava ligado ao seu rei, Drae Valdren. Por meio de si mesmo, Drae lhes transmitia aquele poder, então fazia sentido que quisessem morar perto dele. Aqueles do povo-dragão com magia suficiente podiam curar, cuspir fogo; eles tinham uma força extraordinária. Mas se transformar completamente na forma de um dragão, isso era apenas para o rei – o membro do povo-dragão mais poderoso que já existiu.

Em Cinzaforte, éramos uma espécie de anomalia. Tecnicamente, estávamos no território de Escamabrasa e éramos governados pelo rei-dragão, mas consistíamos, sobretudo, em uma grande mistura. Humanos, povo-dragão, elfos, fadas – até alguns lobos perdidos vinham parar ali. Qualquer um que fosse de raça mista ou de magia diluída no geral era expulso de seu território e acabava ali, formando uma espécie de colônia. Uma sociedade mestiça. Minha mãe era inteiramente humana; os pais dela desertaram da cidade de Obscúria quando ela era pequena. Já meu pai era uma mistura de humano e um décimo de povo-dragão. Isso não garantia poderes de fogo legais, mas ele conseguia levantar grandes pedras nas minas e proporcionar uma vida boa para mamãe e para mim. Até que ele morreu quando eu tinha nove anos...

— Que o Criador seja louvado! Que bela caça! — gritou mamãe da porta de nossa cabana, despertando-me daqueles pensamentos sobre meu pai.

Cada músculo do meu corpo doía. Eu estava cansada, fedia e estava coberta de sangue, mas ver minha mãe tão feliz me fez sorrir como uma boba.

— Vamos ter que afrouxar a cintura da minha calça semana que vem — brinquei.

Minha irmãzinha Adaline colocou a cabeça para fora da porta e arregalou os olhos como nunca.

— Ensopado de puma para o jantar! — gritou de alegria.

Isso me fez dar uma boa risada. As batatas assadas e as verduras nos satisfaziam, mas nada como o ensopado de puma da mamãe.

Entrei em casa, arrastei os pés pelo chão recém-varrido e passei pela cozinha que dava para a varanda dos fundos. Mamãe já tinha montado a mesa e estava com as facas de açougueiro a postos. Ela sabia que eu não voltaria para casa de mãos vazias, e sua fé em mim me deixou orgulhosa.

Depois de jogar a fera na mesa, gemi, mexendo o pescoço.

— Você se saiu bem, Arwen. — Minha mãe ajeitou meu cabelo e depois torceu o nariz. — Mas está com cheiro de morte.

Adaline caiu na gargalhada e eu saltei de onde estava para correr atrás dela com os braços estendidos como uma sanguessuga de Mortósia.

Com o grito genuíno de terror que ela deu, foi a minha vez de cair na gargalhada.

— Tudo bem, pare de alvoroçar a sua irmã. Vá se lavar, é Dia de Maio! — repreendeu mamãe.

Dia de Maio.

Suspirei. Todas as meninas e meninos solteiros e maiores de idade ficavam na praça da aldeia com os olhos vendados e começavam a caminhar um em direção ao outro. Quem você alcançasse primeiro, teria que beijar.

Era uma longa tradição de Cinzaforte e, por mais assustador que parecesse, também era meio emocionante. A lenda dizia que a pessoa que você beijasse no Dia de Maio seria aquela com quem iria se casar. Com dezoito invernos de idade, esse seria meu primeiro Dia de Maio. Eu poderia ter ido no último ano, mas estava vomitando as tripas depois de comer algumas frutas podres, então não pude comparecer.

Levei os dedos à boca e toquei os lábios, imaginando se Nathanial iria me beijar – não deveríamos espiar, mas alguns meninos deixavam suas vendas escorregarem um pouco para se dirigirem à garota que desejavam.

Eu desejava Nathanial.

Entrei no quarto que dividia com Adaline e peguei uma túnica e calça limpas. Minha mãe já havia desistido de tentar me fazer usar saias e vestidos. Desde que meu pai tinha morrido, nove invernos atrás, precisei me tornar a caçadora da família, e caçar de vestido era simplesmente uma estupidez.

Adaline estava escondida debaixo das peles de sua cama, devia estar com medo de que eu esfregasse sangue de puma nela. Fui em sua direção e pairei sobre sua silhueta. Depois de um instante, pensando que eu tinha ido embora, ela foi aos poucos baixando as cobertas, mas quando me viu gritou de novo, puxando as peles de volta. Isso me fez explodir em gargalhadas.

— Arwen! — esbravejou minha mãe.

— Tá bom — resmunguei, com o riso morrendo na garganta.

Às vezes eu só queria provocar minha irmã, mas minha posição na família exigia que eu crescesse mais rápido do que gostaria se tivesse escolha.

Tínhamos um teto sobre nossas cabeças e comida em nossas barrigas, então eu sabia que não deveria reclamar.

— Ah! — exclamei em resposta para minha mãe enquanto caminhava para a casa de banho comunitária. — Convidei o Nathanial para jantar — informei casualmente.

Um convite para jantar no Dia de Maio não era pouca coisa.

Os cantos dos lábios de minha mãe se curvaram em um sorriso conspiratório.

— Por educação! Para compartilhar a caça — justifiquei, com o calor subindo por meu pescoço.

Era costume, depois de uma boa caçada, convidar alguém para o banquete. Dava sorte, até. Ela *sabia* disso. Mas também era incentivado, no Dia de Maio, convidar pretendentes em potencial para jantar, assim as famílias podiam se encontrar e começar a se acostumar com a ideia de um possível casamento.

— Claro, querida — concedeu minha mãe em um tom doce e açucarado, arrancando de mim uma careta.

Eu estava com dezoito invernos. Era esperado que eu arranjasse um marido em breve, e Nathanial seria uma boa escolha. Ele tinha um emprego importante na aldeia e era um dos únicos rapazes da cidade que não parecia se sentir ameaçado pelas minhas caçadas com os outros homens da região. Mesmo quando me casasse, eu continuaria tendo que sustentar Adaline e minha mãe. Ele entendia isso.

Tirando da cabeça o sorriso esquisito de minha mãe, segui pelo beco entre a farmácia do sr. Korban e a padaria da sra. Holina, e entrei na casa de banhos de Naomie.

— Ah, garota! — Naomie tampou o nariz quando entrei. — Você está com cheiro de rato morto! Vai precisar da sua própria banheira de imersão com óleo de sândalo extra.

Abri um sorriso.

Naomie era como a avó da aldeia, mas com uma língua afiada. Ela cuidava de todos nós e sempre dizia a verdade, por mais que doesse. Para as lavagens diárias, eu usava apenas o balde de água aquecida em nossa cabana, mas para me limpar após uma semana de caça, a banheira de imersão e a pedra-sabão de Naomie eram indispensáveis.

Eu a acompanhei até o banheiro feminino, passando pelos grupos em imersão e acenando para as mulheres que reconhecia. A sra. Beezle e a sra. Haney estavam concentradíssimas nas fofocas da cidade. Ouvi alguma coisa sobre Bardic ter que parar de beber e a sra. Namal ter que cuidar do marido e dos olhos errantes dele. A superfície da água do banho estava preta da fuligem das cinzas.

Segui Naomie para um dos cômodos de imersão privados, isolados por uma parede de palha, e deixei minhas roupas limpas no banquinho ao lado da pequena banheira individual. Fuligem e sujeira eram aceitáveis para uma banheira compartilhada, mas sangue e tripas de caça com certeza *não*.

Naomie tinha pelo menos sessenta invernos de idade, e seus dedos já estavam nodosos pela doença óssea do inverno. Seus cabelos prateados estavam sempre presos em um coque apertado no alto da cabeça. Ela abriu a torneira e a água jorrou, enchendo a banheira e distribuindo o vapor até o teto. Naomie era uma das poucas pessoas com água encanada na aldeia. Seu estabelecimento ficava bem em cima de uma fonte termal natural. Seu tataravô havia sido um metalúrgico, então ele tinha soldado os canos e construído tudo para que a água fosse tragada do chão. Sua família era dona daquela casa de banhos desde sempre.

— Tive que aumentar meus preços — informou Naomie, olhando-me com um pouco de pena. — Essa guerra que a rainha de Obscúria começou na fronteira está afetando as minhas compras de pedras-sabão e óleos perfumados dos elfos em Arquemírea.

— Quanto?

— Duas moedas de jade ou uma troca aceitável — respondeu ela.

Duas moedas de jade? Costumava ser uma. Eu tinha ouvido falar um pouco sobre a rainha de Obscúria ter criado caso com as remessas destinadas a Escamabrasa, mas não dei muita atenção. Aquela mulher terrível estava sempre começando guerras.

— Posso dar as moedas de jade, mas também acabei de abater um puma macho adulto. Você pode ir até a minha mãe depois de fechar e escolher o melhor corte.

Seus olhos brilharam.

— Vou querer a carne então, obrigada — disse ela, e eu concordei enquanto ela saía do cômodo.

Carne de puma podia ser terrosa, mas era também deliciosa, com pouquíssima gordura ou cartilagem. A única carne mais desejável era a de alce, então eu sabia que poderia fazer algumas boas trocas com meu abate. Talvez comprasse um lindo vestido novo para mamãe usar no festival de troca das estações, no outono.

Tirei as roupas e as deixei cair em uma pilha empoeirada e incrustada de sangue aos meus pés, então entrei na água.

Um gemido de puro contentamento e alívio me escapou, fazendo algumas das senhoras do outro lado da fina parede de palha rirem. Eu não me importava; estava bom demais. Enquanto afundava mais na água, senti algumas partes de minhas costas arderem. Em algum momento da caçada, eu havia caído e batido com as costas em uma pedra. Devia haver um arranhão ou dois ali.

A água continuou a correr da torneira, enquanto eu sonhava em ter água quente em nossa cabana. Eu tomaria um banho todas as noites. Lavaria a roupa em água quente, e a louça também, e só por diversão enfiaria o rosto na água quente de manhã para despertar.

Suspirei de satisfação.

— Vou entrar — anunciou Naomie antes de voltar ao pequeno recinto.

Não me preocupei em me cobrir. Naomie tinha me visto nua centenas de vezes. Eu ia ali desde que era bebê com minha mãe. Além disso, como a profissional que era, ela não olhava. Ela derramou um fio de óleo na água corrente e o cheiro forte de sândalo logo atingiu em cheio meu nariz.

Outro suspiro.

A Montanha Cinzaforte era conhecida por seus bosques de sândalo, então o óleo era abundante ali e o cheiro sempre me lembrava de casa.

Uma pedra-sabão caiu na água e deslizou sob minhas costas, mas eu a ignorei. Eu me ensaboaria depois; agora só queria me molhar. Cada músculo do meu corpo explodia de alegria naquele instante.

— Teve algum corte? — perguntou ela.

Naomie cuidava dos homens na volta das caçadas deles, então ela sabia como o corpo regressava daquele tipo de empreitada.

Confirmei e me sentei, mostrando as costas para ela.

Ela assobiou baixo.

— O maior parece infectado. Vou pegar o óleo de neem e adicioná-lo ao banho. Carne de puma ainda é um ótimo negócio.

Neem era um produto caro, então foi gentil da parte dela não cobrar mais ou pedir mais carne.

Naomie desapareceu e voltou arrastando os pés com o óleo em mãos, despejando-o também na água do banho. Depois, ela estendeu a mão e pegou a pedra-sabão, enquanto eu me sentava e me curvava para a frente. Ela a passou por minhas costas nas partes que eu não conseguia alcançar e sibilei quando a esfregou de leve sobre o corte. Devia ser maior do que eu pensava. Eu estava tão empolgada por ter matado meu primeiro puma que perdi toda a noção de dor e só quis voltar para casa.

Depois de ter minhas costas torturadas pela velha, ela jogou a pedra-sabão na banheira novamente e saiu.

Enfim posso relaxar.

Eu me encostei na banheira inclinada e deslizei o mais fundo que pude antes de submergir por completo. Meus cabelos serpenteavam ao meu redor e fiquei chocada – e um pouco envergonhada – ao ver que pareciam até castanhos, não loiros, de tão sujos. A água do banho havia adquirido um leve tom avermelhado devido a todo o sangue, então fechei os olhos e apenas inspirei e expirei devagar, deixando o cheiro de neem e sândalo penetrar minhas narinas.

Sete dias perseguindo a fera e dormindo em pedras e folhas agora provavam ter valido a pena, os dias caçando pequenos animais como coelhos e gambás e sendo ridicularizada pelos homens ficaram para trás. Eu era uma caçadora respeitada agora. Aliás, talvez agora os homens até me deixassem entrar para o sindicato dos caçadores...

— Os homens do rei virão até aqui! — gritou uma voz feminina para dentro da casa de banho, fazendo-me abrir os olhos de repente, arrancando-me de meus devaneios.

Os homens do rei? Eles estavam se preparando para a guerra ou algo assim? Por qual outro motivo eles viajariam de Grande Jade até ali? Em geral, levávamos carvão ou sândalo para eles negociarem, mas eles *nunca* vinham até nós. Éramos a aldeia suja e esquecida de Escamabrasa que o rei até tolerava, mas nunca visitava ou prestava atenção. Não havia ninguém do povo-dragão poderoso ali para ser recrutado para seu exército ou ser de alguma utilidade. Éramos um bando de vira-latas mestiços.

— Ouçam! — disse a mesma jovem por toda a casa de banho.

Eu me sentei, esticando o braço para abrir a porta de palha e ver quem era ela.

Kendal. Eu já deveria ter imaginado. Ela era a maior fofoqueira da cidade e vivia por qualquer pedacinho de notícia, ainda mais vinda de Grande Jade e qualquer coisa relacionada ao rei-dragão. Ela gostava de pensar em si como a pregoeira da cidade. Éramos amigas, mas eu não gostava de ficar na sua companhia por muito tempo.

Ela enfiou a mão dentro do casaco, tirou um pergaminho de aparência oficial e o abriu.

— O rei Valdren procura uma nova esposa para lhe dar um herdeiro.

Ela fez uma pausa para esperar o suspiro coletivo que irrompeu pela casa de banho, inclusive o meu.

O rei tinha sido casado com a rainha Amelia por apenas três invernos e havia perdido quatro filhos com ela antes que ela finalmente sucumbisse à morte no parto. Valdren havia se tornado rei ainda jovem, casando-se quando tinha minha idade, e ainda estava com apenas vinte e um invernos de idade. Foi devido ao casamento dos dois que visitei Grande Jade quando tinha quinze anos. Um casamento real era uma grande emoção em todo o reino. A rainha Amelia havia partido apenas um inverno atrás e, sem um herdeiro, o rei ficava vulnerável à rainha de Obscúria, que buscava dominar o reino e purgá-lo da magia do povo-dragão. Era inevitável que ele procurasse uma nova esposa, mas ouvir aquilo oficialmente foi chocante.

Kendal pigarreou, tentando esconder um sorriso.

— Agora ele está iniciando uma busca completa, por toda a Escamabrasa, de uma nova rainha...

Os suspiros e gritinhos de empolgação ecoaram por toda a casa de banho, e não pude deixar de rir do desespero coletivo. O rei jamais se casaria com uma garota de Cinzaforte. Anunciar aquilo ali era uma mera formalidade, visto que, tecnicamente, éramos um território de Escamabrasa.

— Para lhe dar um herdeiro — continuou Kendal —, ele enviará farejadores a cada aldeia, vila e cidade dentro das fronteiras de Escamabrasa para encontrar *todas* as mulheres elegíveis com uma magia forte o bastante para levar a gestação de um filho dele até o fim. Elas devem ser apresentadas a ele na próxima lua cheia.

Os gemidos coletivos de decepção tomaram conta do lugar.

— Ele não vai encontrar ninguém com magia assim em Cinzaforte! — constatou uma das mais jovens, derrotada.

— Nenhuma é poderosa o suficiente para gerar um herdeiro do rei-dragão — concordou Naomie.

E elas tinham razão. Infelizmente, a rainha Amelia morreu porque a magia do rei era forte demais para ela carregar seu filho até o fim, e isso porque diziam que ela era quase meio povo-dragão.

Kendal jogou os cabelos para trás.

— Eu pessoalmente sou um quarto povo-dragão, então...

A casa de banho explodiu em gargalhadas, e eu não pude evitar minha própria bufada.

— Querida, um quarto? — Naomie balançou a cabeça. — Para levar uma gestação do próprio rei-dragão até o fim, você teria que ser metade *e* abençoada pelo Criador.

Kendal enrolou o pergaminho às pressas e o enfiou no bolso.

— Vamos deixar que os farejadores decidam!

Ela saiu em disparada da casa de banhos, e foi quando a fofoca começou a todo vapor.

— Pobre rapaz, perder a esposa e quatro filhos — disse alguém.

— Por que ela não conseguiu gerar um herdeiro? Por Hades! Com meus quadris eu poderia dar dez a ele — gabou-se Bertha Beezle.

De repente, senti a necessidade de proteger a falecida rainha.

— Ela não *fez* nada! A magia do rei é forte demais para meras mortais — retruquei.

Qualquer pedacinho de humanidade que a rainha carregava foi rasgada ao meio pela magia de um rei-dragão legítimo quando ela entrou em trabalho de parto.

Quando a fofoca morreu, decidi que era um bom momento para lavar meus cabelos e silenciar o falatório. Eu a tinha encontrado uma vez, a rainha Amelia – bem, *encontrar* era um exagero, mas a vi de longe em minha viagem a Grande Jade. O rei já havia entrado quando subi no telhado da floricultura e pus os olhos em nossa nova rainha. Era a mulher mais bonita que eu já tinha visto. Seus longos cabelos eram pretos como tinta e se esparramavam em cachos pesados até a cintura. Ela usava um vestido cravejado de tanto jade que devia pesar tanto quanto um puma. Diziam que o rei Valdren e a rainha Amelia foram escolhidos como o casal perfeito para inaugurar uma nova dinastia de herdeiros mágicos. Como a vida pode ser cruel às vezes.

Primeiro, o rei perdeu o pai logo após o casamento, depois os filhos não sobreviveram ao parto e, por fim, ele perdeu a esposa e o filho natimorto? Era uma perda quase dolorosa demais para suportar. Então tentei não pensar demais no assunto. Eu esperava mesmo que o rei encontrasse uma nova esposa e tivesse um filho saudável.

Pegando a pedra-sabão, esfreguei corpo e cabelos com força até minha pele ficar em carne viva e com cheiro de botica. Meus cabelos voltaram ao tom original de milho claro e, além de alguns hematomas e sujeira sob as unhas que nunca sairiam, eu estava decente. De pé, derramei um último balde de água limpa sobre o corpo e saí da banheira. Depois de escovar os dentes na pequena pia encostada na parede oposta do cômodo particular, me enrolei em um pano e puxei a tampa do ralo. Observando a água marrom e tingida de sangue escorrer, sequei os cabelos depressa com uma toalha e os trancei de lado antes de vestir minha túnica de algodão azul e calça branca.

Pela comoção do lado de fora, eu sabia que as notícias haviam se espalhado rápido e que toda a aldeia zuniria com a fofoca por semanas, muito tempo depois de os farejadores chegarem e irem embora.

A vinda dos homens do rei à nossa aldeia no Dia de Maio era um grande acontecimento.

— Arwen! — A voz de minha mãe veio de trás da divisória de palha.

Abri a divisória e acenei para ela, mas minha mão congelou quando vi a cor sumir de seu rosto. Ela correu na minha direção, me segurou pelos braços e se inclinou para sussurrar em meu ouvido.

— Você precisa sair agora. *Corra* — sussurrou.

Eu ri, imaginando o que ela estava aprontando, mas quando ela se afastou, seu rosto estava mais sério do que nunca.

— O que houve? — perguntei.

Ela olhou para trás, como se para mostrar que não podíamos conversar ali. Meu corpo ainda estava em choque; minha mãe nunca agia desse jeito. Ela era calma e quase nunca demonstrava medo. Havia algo errado.

Eu a segui para fora da barraca de banho, dei a Naomie um sorriso e um aceno e corri para nossa cabana. Quando estávamos virando a esquina para a nossa rua, vi que a tenda branca do beijo do Dia de Maio estava montada no meio da aldeia. Faixas de guirlanda rosa e roxa pendiam da abertura. Era pitoresco, romântico. As moças da cidade já estavam entrando.

Parei de andar.

— Isso pode esperar, mãe? Já perdi o ano passado e... eu estava ansiosa para...

Para o meu primeiro beijo. Eu não queria dizer, mas minha mãe entendeu. Ela olhou para a tenda e notei a surpresa em seu rosto.

— É mesmo. É Dia de Maio e você perdeu o do ano passado porque estava doente...

Olhei ansiosa para a abertura da tenda quando vi Nathanial entrar.

— Mãe, por favor.

Minha mãe caminhou até algumas flores silvestres plantadas na frente da casa da sra. Patties e arrancou um buquê roxo, prendendo-o em minha trança.

— Vá e dê seu beijo de Dia de Maio. Depois volte imediatamente para casa. Vou arrumar suas coisas.

Isso me fez franzir a testa. *Arrumar minhas coisas?* Eu havia acabado de voltar de uma caçada de uma semana. Não havia como eu sair de novo sem um descanso adequado. Mas ela tinha consentido com a tenda do beijo, então eu não ia discutir. Apressando-me pelo quintal, corri primeiro para o jardim de ervas da srta. Graseen e peguei um raminho de hortelã. Ela pôs a cabeça à janela da cozinha e sorriu.

— Tenda do beijo? — perguntou.

Corei e enfiei as duas folhas de hortelã na boca, mastigando-as com força para refrescar o hálito. Mesmo tendo acabado de escovar os dentes, eu não ia correr nenhum risco com meu primeiro beijo. A senhorita Graseen nos deixava pegar um raminho aqui e ali, e em troca arrancávamos suas ervas daninhas e consertávamos sua cerca quando predadores invadiam.

Dei meia-volta, pronta para entrar na tenda de seda branca, quando estiquei o pescoço para o portão principal ao ouvir uma comoção.

Uma grande procissão da Guarda Real estava entrando e se dirigindo justo para onde eu estava. Isso me fez congelar, maravilhada com os cavalos e suas armaduras. A luz do sol refletia nas cristas douradas dos dragões em seus peitos, e, por um instante, me esqueci da tenda do beijo. Desde que aprendi a segurar uma espada, meu sonho era estar na Guarda Real. Claro que não era muito feminino e minha mãe desencorajava essa ambição, mas nunca perdi a esperança. Pelo que sabia, havia apenas uma mulher na guarda.

Regina Wayfeather.

Diziam que ela era a líder de toda a Guarda Real. Eu queria correr para ver se ela estava ali e pedir descaradamente que ela tocasse em meu arco de caça para dar sorte, mas não podia ignorar que a janela para meu primeiro beijo estava se fechando. Sem contar que minha mãe parecia perturbada, então eu teria que correr para casa logo depois.

Quando a Guarda Real do rei desmontou e começou a caminhar em direção à tenda, entrei. O falatório entusiasmado alcançou meus ouvidos, e minha atenção disparou para o outro lado, onde estavam os jovens elegíveis. Quando troquei um olhar com Nathanial, ele sorriu, o que me fez retribuir o sorriso.

— Arwen! — chamou Kendal.

Eu me virei para a direita, onde todas as jovens formavam uma longa fila. Elas estavam com seus melhores vestidos, e tinham até contornado os olhos com carvão e pintado os lábios com beterraba, enquanto eu estava de calça de linho e uma trança molhada que minha mãe havia tentado enfeitar com uma flor.

Agora eu me sentia uma tola. Quem ia para a barraca do beijo no Dia de Maio usando calça?

Um caçador.

Quando meu pai morreu, era o meio do inverno. Enquanto eu vivesse, jamais esqueceria as dores da fome no ano seguinte. A aldeia nos dava sobras aqui e ali, mas sem um caçador na família para fazer uma viagem mensal ou trabalhar nas minas, com certeza teríamos morrido. Naquele ano, montei minha primeira armadilha e comecei a levar pequenas caças para casa.

Rato era o animal mais baixo do totem, mas permitiu que minha mãe vivesse seu luto sem precisar se apressar em arranjar um novo casamento para colocar comida na mesa.

Balancei a cabeça para espantar esses pensamentos.

A sra. Brenna, que estava organizando a tradição do Dia de Maio, foi até o centro da tenda e pigarreou. Brenna era humana e uma das costureiras da aldeia. Ela confeccionava todos os vestidos de noiva, de modo que formar alguns pares românticos para sempre era do interesse dela. Ela sempre usava vestidos lindos que levantavam seus seios fartíssimos até a garganta e distraíam todos os homens.

— Hoje pode muito bem ser o dia em que vocês conhecerão sua futura esposa — disse aos homens, promessa recebida com gritos e aplausos. Ela então se voltou para as mulheres. — Não se preocupem, eles começam a beijar melhor com o passar do tempo.

Todas caíram em uma gargalhada tensa, e alguns dos rapazes resmungaram com o insulto.

Eu me alinhei bem com Nathanial, e a venda foi posta sobre meus olhos.

— Nada de trapaça — observou Kendal enquanto a amarrava apertada atrás da minha cabeça.

Fiz um movimento lento e proposital para levantar um pouquinho a minha venda, mas a mão de alguém a desceu com força, batendo na minha.

— Está nas mãos do Criador agora — repreendeu a sra. Brenna. Meu estômago deu um nó. — Jovens amantes — anunciou Brenna —, avancem e beijem a primeira pessoa que tocarem.

Ouvi passos arrastados, todos avançavam sem muita certeza, com os braços esticados. Eu queria chamar o nome de Nathanial, mas isso pareceria meio desesperado. Tentei olhar para baixo e ver se talvez reconhecesse as botas dele, mas Kendal havia apertado demais a maldita venda. Antes que me desse conta, esbarrei em alguém, e seus braços pararam em volta da minha cintura para me firmar.

Meu coração começou a martelar na garganta. Era agora. *Esse* seria o meu primeiro beijo.

Por favor, não deixe ser o melequento do Vernon, rezei para o Criador. Então levantei a mão, subindo os dedos de seu peito até encontrar o rosto. O corpo do rapaz congelou sob meu toque e eu quase perdi a coragem. Ele estava com medo? Meus dedos deslizaram sobre o tecido macio até chegarem ao pescoço, então parei, com medo de segurar as laterais de seu rosto.

Suas mãos estavam congeladas na minha lombar. Umedeci meus lábios com a língua. Na tenda do beijo de Dia de Maio, eram as meninas que davam o primeiro passo, e você tinha permissão para desistir se não se sentisse pronta.

Será que é Nathanial?

Ele queria me beijar ou correr?

Diziam que todos os rapazes espiavam e que a sra. Brenna os deixava amarrar suas vendas com mais frouxidão. Que se um garoto tocasse em uma garota que ele não queria beijar, ele dava um selinho casto, semelhante ao que se daria na mãe quando jovem. Mas se ele gostasse de você... circulavam rumores de que era um beijo de deixar qualquer garota tonta.

Eu queria ficar tonta.

Com a morte prematura de meu pai, fui empurrada para a vida na caça, vestindo calças e afiando minha lâmina. Não me entenda mal: eu gostava dessa vida, mas era difícil para os outros meninos me verem como uma garota que gostariam de beijar.

E eu queria ser beijada, droga.

Um nó se formou na minha garganta e o nervosismo só crescia em meu estômago. Engoli em seco e me inclinei para a frente antes de perder toda a coragem. Arrastando os polegares por seu queixo, senti a barba por fazer e o maxilar pontudo de um homem que *com certeza* não era Nathanial.

Congelei de pânico.

Nathanial ainda tinha um rosto de bebê, sem barba, e seu maxilar era definido, mas não *tanto assim*. Ao sentir aquela mandíbula larga e a barba por fazer, me perguntei se deveria mirar na bochecha. Eu estava tão decidida a beijar Nathanial que, diante da prova de que não era ele, tive vontade de desistir.

Mas então os lábios dele já estavam nos meus. Ele deu o primeiro passo, quebrando a regra fundamental da tenda de Dia de Maio. Uma pequena faísca elétrica percorreu minha pele e eu ofeguei. Ele fez o mesmo – nós dois arfamos com a surpresa do outro. Um calor viajou até meu ventre e me inclinei para a frente, aprofundando o beijo.

Seus lábios eram macios e inseguros no início, então se abriram e eu deslizei a língua para dentro do jeito que Kendal havia me dito para fazer, colidindo com a dele. Quando ele deixou escapar um gemido baixo, meu mundo girou, um sorriso curvou os cantos de minha boca. Seus dedos na minha cintura traçaram um círculo suave em meus quadris enquanto sua língua fazia o mesmo em minha boca.

Santo Criador.

Foi o melhor primeiro beijo que uma garota poderia esperar. Meu estômago ardia com calor e meu coração inflava e abria asas em meu peito. Os lábios quentes e macios nos meus fizeram todo o meu ser implorar por mais.

— Tudo bem, está ficando quente aqui! — anunciou Brenna com uma risada. — Tirem essas vendas e conheçam seu par, meus jovens pombinhos!

De repente ele se afastou de mim, os lábios, as mãos, o calor, a intensidade. Era como se eu tivesse mergulhado em uma banheira de gelo. Levantei a mão, puxando com impaciência a venda para baixo, e fiquei cara a cara com a parede da tenda branca.

Ele tinha ido embora.

Uma dor se espalhou pelo meu peito. Minha garganta apertou quando pigarreei, tentando não demonstrar emoção, mas sentindo como se tivesse acabado de ser abandonada no altar. Era errado fugir de um par no Dia de Maio, a menos que se considerasse o beijo terrível e nunca mais quisesse ver a pessoa.

Quando olhei para a esquerda, o buraco em meu peito aumentou. Nathanial estava sorrindo radiante para uma corada Ruby Ronaldson. Os cabelos pretos dela desciam em ondas suaves até a cintura, onde Nathanial segurava com firmeza sobre o vestido de seda verde. Ruby era padeira. Ela era feminina, e usava vestidos, e sabia cozinhar – todos os traços de uma esposa perfeita, e tudo o que eu não era.

Lágrimas turvaram minha visão, mas eu pisquei até contê-las. Eu não queria mais estar ali, aquilo era uma estupidez.

Dei meia-volta e escapei pela abertura lateral da barraca, indo procurar minha mãe.

Ela estava tão assustada e, além do mais, agora eu daria boas-vindas a qualquer distração que ela estava prestes a jogar em mim. Qualquer coisa para esquecer aquele beijo que mudou meu mundo e aquele adeus doloroso.

Quando entrei em casa, o cheiro do ensopado de puma na panela me deu água na boca. Meu olhar se voltou para a minha mochila de viagem encostada na parede. Havia sido limpa e parecia totalmente abastecida e pronta para uma nova rodada.

— Você está me assustando, mãe. Por que arrumou a minha mochila? Acabei de voltar.

Ela colocou minha pilha de roupas sujas no cesto de roupas e se virou para mim com lágrimas nos olhos.

— Mandei a sua irmã ir brincar com a Violet para termos tempo de nos despedirmos a sós.

Meus olhos quase saltaram dos glóbulos.

— Despedir? Eu não vou a lugar algum, mãe. Acabei de chegar em casa depois de uma semana na estrada.

Sem contar que eu tinha acabado de ser abandonada na tenda do beijo e agora me sentia mortificada. Quem quer que fosse o autor daquele beijo arrebatador, agora eu queria evitá-lo a todo custo. Queria ir para o meu quarto, chorar até dormir e ficar na cama pelos próximos dois dias.

Minha mãe torceu as mãos, balançando a cabeça, afastando os cachos castanho-escuros do rosto.

— Guardei um segredo obscuro de você a vida toda — confessou ela e eu congelei.

Estiquei o braço e segurei as costas de uma cadeira, desprevenida para as palavras que saíram da boca de minha mãe.

— Do que você está falando?

Ela se aproximou, pegou minha mochila de viagem e a entregou para mim.

— Você precisa ir embora antes que os farejadores te encontrem.

Aceitei a mochila, mas depois a deixei cair aos meus pés. Estendendo o braço, segurei minha mãe pelos ombros e a olhei bem nos olhos.

— *Que* segredo obscuro?

Era o tipo de coisa que você nunca gostaria de ouvir de alguém próximo. Agora eu estava de fato surtando. Por que eu precisava evitar que os farejadores me encontrassem? Eles farejavam magia nas pessoas, e eu mal tinha alguma. Eu seria de zero interesse para eles.

Minha mãe suspirou, seu hálito com cheiro de sálvia e alecrim remetia à minha infância. Ela adorava mastigar aquelas ervas enquanto cozinhava.

— Seu pai e eu tentamos ter um filho por cinco invernos, mas o curandeiro disse que havia algo errado com a semente dele.

Suas palavras foram cortantes, arrepiando os pelos dos meus braços. O que ela estava dizendo?

— Você *é* minha. Minha *filha* — rosnou ela, esticando as mãos para apertar meus antebraços, como se para me convencer.

A declaração me deixou enjoada. Claro que eu era filha dela. *Por que ela está me dizendo que sou filha dela?*

— Mas foi outra mulher que te deu à luz.

Soltei os braços, escapando de seu alcance, e desabei na cadeira. Meu peito arfava, minha respiração saía em expirações irregulares.

Ela caiu de joelhos na minha frente com lágrimas escorrendo pelo rosto.

— Eu deveria ter te contado antes, mas nunca parecia ser uma boa hora, e eu não queria que você pensasse que não era minha.

Fiquei sentada ali em um silêncio atordoado por um minuto inteiro, até que ela se levantou outra vez e colocou uma cadeira diante da minha.

— Quem era ela? A mulher? — perguntei, enfim capaz de respirar fundo e manter o pânico sob controle.

Minha mãe mordeu o lábio.

— Uma viajante que estava de passagem. Vestida como nobre, em seda de cores vivas, bordadas com jade. Foi quando eu ainda trabalhava na taverna.

Eu era uma *nobre*? Era isso que ela estava dizendo? Os nobres eram pelo menos metade povo-dragão, talvez mais.

— O que aconteceu? — Não reconheci minha própria voz. Precisava de informações, e rápido. O buraco em meu peito agora era grande demais, e eu precisava preenchê-lo com alguma coisa por medo de desaparecer por completo.

Minha mãe engoliu em seco.

— Ela chegou à taverna sozinha, grávida, pálida como um fantasma e salpicada de sangue. Parecia abalada, como se tivesse visto uma batalha. Devido à evidente classe social dela, não fiz perguntas. Apenas a levei até o quarto.

Esperei minha mãe continuar. Ela olhou para minha mochila de viagem e depois para a porta e se debruçou.

— Ela entrou em trabalho de parto no meio da noite. A taverna inteira acordou com os gritos. Bardic me mandou ir cuidar dela, então obedeci.

Santo Hades!

Uma mulher fugindo de uma batalha entrou em trabalho de parto prematuro em Cinzaforte? Para onde será que ela estava indo? Cinzaforte ficava bem na ponta do território de Escamabrasa; ninguém vinha até ali a menos que quisesse. Mas nobres não vinham até ali. Era sabido que algumas pessoas se escondiam na região, visto que a vida coberta de cinzas não era desejável e, portanto, poucas pessoas vinham procurá-las. Essa mulher pretendia ter o bebê ali? Ter a mim e me deixar para trás onde eu não seria encontrada?

As mãos da minha mãe tremiam.

— Mandei chamar Elodie, que entendia mais de parto na época, mas avisaram que ela estava doente com o pulmão preto e não poderia ajudar.

Elodie morreu de pulmão preto no ano em que nasci, então minha mãe se tornou a parteira da aldeia. Deve ter sido aquele evento que iniciou sua carreira! De garçonete da taverna à parteira da aldeia. Eu sempre me perguntei como ela deu o salto.

— Continue — insisti.

Minha mãe pegou minha mochila e veio até mim, agora com as lágrimas escorrendo livremente pelo rosto.

— Não temos muito tempo.

Eu me levantei, pegando a mochila e a colocando nas costas.

— Não vou embora até saber toda a história. Por que eu preciso tanto ir? A nobre morreu em trabalho de parto?

Em toda a minha vida, talvez eu tenha visto minha mãe chorar duas vezes. Uma vez quando meu pai morreu e outra quando ela deu à luz o natimorto da sra. Hartley. Mas agora ela estava derramando muito mais lágrimas do que eu tinha visto em meus dezoito invernos.

— Foi um trabalho de parto do pôr ao nascer do sol. Nesse tempo, eu e ela criamos um vínculo. Contei para ela histórias sobre o seu pai e eu para passar o tempo ou para distraí-la. Contei para ela todas as vezes em que tentamos engravidar, onde eu cresci, qualquer coisa para impedi-la de chorar de dor. Ela me contou coisas também. Coisas assustadoras.

— Que tipo de coisas?

Segurei as alças da mochila com força.

Minha mãe se aproximou, baixando a voz.

— Não entendi muito bem o que ela disse. Muito do que ela dizia parecia uma divagação induzida pela dor, mas uma coisa eu ouvi com clareza. — Ela afastou os cachos do rosto. — Toda a família dela havia sido assassinada por algum tipo de rixa contínua que ela tinha com o rei-dragão. Sua magia era uma ameaça para ele, foi o que ela disse. Ela… disse que era do povo--dragão, mas que tinha sangue puro.

Minhas sobrancelhas se juntaram em confusão. Ser do povo-dragão com sangue puro faria dela integrante da realeza, e aquilo não era possível. O rei não tinha uma irmã.

— Ela tinha fugido, mas me avisou que se alguém detectasse a magia em seu bebê, a criança seria morta.

Arrepios percorreram meu corpo inteiro, cada centímetro da minha pele, e eu congelei.

— *Eu sou* essa criança?

Minha mãe confirmou, estendendo a mão para acariciar minha bochecha enquanto suas lágrimas se multiplicavam.

— Ela morreu em trabalho de parto. Perdeu sangue demais. Mas eu te salvei, e cuidei de você, e te amei, e te fiz *minha*.

Um gemido escapou de minha garganta quando se tornou difícil demais conter as lágrimas.

— Me desculpe por não ter contado antes. Foi egoísmo, mas eu não queria que você pensasse que não era desejada ou amada. — Minha mãe mal conseguia falar.

Foi uma coisa terrível não me contar, mas naquele momento a perdoei plenamente. Eu entendi. Quando era um bom momento para contar a um filho que ele nasceu de uma mulher que estava fugindo porque a família dela havia sido assassinada?

Nunca.

— Eu perdoo você.

Corri até ela e nos abraçamos com força e ao mesmo tempo.

Naquele momento, pensei em como eu era loira e minha mãe, morena; em como, na verdade, não éramos nada parecidas. Não como as outras meninas e suas mães. Não como ela e Adaline.

Espere.

Eu me afastei e a encarei.

— Como você teve Adaline se havia algo errado com a semente do papai? Eu te *vi* grávida, eu estava lá no parto dela.

Eu tinha cinco anos quando Adaline nasceu, mas me lembrava bem. Foi uma das minhas primeiras lembranças. Os gritos de minha mãe me assombraram.

O rosto de minha mãe ficou vermelho e ela baixou os olhos.

— Depois que você veio morar com a gente, seu pai quis muito outra criança. Ele permitiu que eu... me deitasse... com outro homem, para ver se de fato era a semente dele o problema.

Eu não estava preparada para aquela resposta, e a surpresa deve ter transparecido em meu rosto.

— Por favor, não julgue. É uma coisa muito comum, e não havia amor ou paixão entre nós — apressou-se ela em dizer.

Eu não estava julgando, só estava... em *choque*. Meu pai era tão ciumento que uma vez tinha ameaçado arrancar as bolas de Bardic se ele olhasse para o decote de minha mãe na taverna. Eu simplesmente não o imaginava permitindo que ela se deitasse com outro homem.

— Ele se sentia culpado por não poder me dar os filhos que queríamos — disse ela finalmente. — Me diga que entende.

Eu precisava de uma bebida. Em geral, eu não era muito chegada a vinho ou hidromel, mas naquele momento poderia beber uma garrafa inteira.

— Eu entendo.

Eu também queria saber quem na aldeia era o pai biológico de Adaline, mas não ousei perguntar. Não era importante.

Aquilo me fez sentir ainda mais saudade de meu pai. Ele amava tanto minha mãe e queria tanto outra criança com ela, que a deixou ir para a cama de outro homem para ter uma. Era mais uma prova de sua bondade.

— Você precisa ir — insistiu minha mãe. — Apenas diga que está indo caçar de novo e volte em uma semana. Arrumei suas coisas para duas semanas, só para garantir.

Mais uma semana na estrada. A poeira, a vigilância constante por saqueadores ou animais. Adormecer no saco de dormir, tomar banho no rio, as noites frias... Eu havia acabado de voltar de tudo aquilo. Não queria ir de novo, mas, depois do que minha mãe tinha acabado de me contar, sabia que deveria.

— Sim, farei isso — murmurei.

Ela suspirou de alívio.

— Isso tudo vai acabar em uma semana. O rei não mantém um censo de Cinzaforte, então os farejadores nem saberão que não encontraram você.

Apertei as alças da mochila e abracei minha mãe uma última vez.

— Diga para a Ada que vou sentir saudade dela.

Minha mãe acariciou meu cabelo.

Dei uma última olhada no ensopado fervendo no fogão, um ensopado que eu nunca poderia saborear, o puma esfolado secava na varanda dos fundos, e eu me aproximei da porta da frente.

— Ah, espera! — gritou mamãe. — Eu já ia me esquecendo. A nobre também disse que colocaria um feitiço protetor em sua magia, mas que ele se desgastaria com o tempo, quando você atingisse a maioridade. Se os farejadores *pegarem* você, se faça de desentendida. Diga que é em maior parte humana com algum sangue de dragão diluído.

— Bom, foi isso que pensei que eu era a vida inteira — murmurei.

Era verdade que eu tinha um senso de equilíbrio incrível: corria mais rápido que todos em minha classe e podia rastrear qualquer animal em um raio de pouco mais de um quilômetro. Sempre pensei que pudesse ser a pequena quantidade de magia de dragão que havia herdado de meu pai.

— Adeus, Arwen — disse minha mãe, como se nunca mais fosse me ver, o que foi perturbador.

— Adeus, mãe. — Minha voz falhou enquanto eu engolia a emoção.

Ao sair para a movimentada vila, me perguntei o que diabos havia acontecido com a minha vida.

A cidade estava tão agitada com o Dia de Maio e a chegada da Guarda Real que foi fácil passar despercebida pelas ruas. Todas as senhoras da vila – jovens ou velhas, povo-dragão ou humanas, não importava – se juntaram no salão de reuniões para se registrar com os farejadores e cobiçar os homens da Guarda Real. Eu nunca tinha visto um farejador antes, mas sabia que eles eram uma mistura mágica de povo-dragão e feérico, com um talento especial para detectar magia. A Guarda Real devia estar presente para garantir que as coisas permanecessem em ordem. Por mais que quisesse ir até lá para inspecionar a armadura deles e ver o brasão de perto, eu precisava ir embora.

Cinzaforte não era nem um pouco fortificada. Tínhamos um portão frontal, mas era mais uma entrada formal do que uma barreira que impediria a invasão de um exército. Então, em vez de arriscar esbarrar com alguém na frente, especialmente Nathanial, que poderia perguntar para onde eu estava indo, decidi escapar pela lateral e seguir para o Grande Rio. O gigantesco corpo de água separava Escamabrasa de nosso inimigo mortal, Obscúria, e da rainha purulenta que governava aquele reino. Ela era uma elitista que acreditava que os humanos eram abençoados pelo Criador, e qualquer um que tivesse magia era possuído pela escuridão. Se dependesse dela, todo o reino de Avalier seria expurgado de todas as criaturas mágicas, e seu povo "puro" governaria e se multiplicaria.

Afastando esses pensamentos sobre a rainha, abri caminho até o portão lateral, que nunca era monitorado. Os muros da nossa aldeia eram de palha; eu poderia cortá-la para passar, se necessário. Esses muros eram sobretudo para decoração ou para manter os ratos-almiscarados do lado de fora, não para impedir que alguém entrasse ou saísse. Ao me aproximar do portão, escondendo-me atrás de uma fileira de cabanas, fiquei feliz em ver que não só não era vigiado, como também estava aberto.

Graças ao Criador.

Depois de olhar para trás uma última vez, atravessei o portão e me preparei mentalmente para a jornada de uma semana.

— Aonde pensa que está indo? — chamou uma voz masculina ao meu lado.

Dei um grito, cambaleando para trás, e quase tropecei em um arbusto quando me virei para ver quem era. Ele usava um manto preto com capuz que cobria seu rosto, mas dava para ver, pelo breve relance da insígnia dourada do dragão em seu peito, e o fino trabalho em metal de seus braceletes, que se tratava de um membro dos Drayken, a equipe de operações especiais e de elite da Guarda Real do rei. Eles eram tão poderosos que ouvi dizer que poderiam atear fogo em alguém com um simples espirro. Por que havia um Drayken ali? A Guarda Real comum não podia realizar a tarefa sem eles?

— C-c-caçar — gaguejei.

— As mulheres de Cinzaforte caçam? — perguntou ele, surpreso.

— *Esta* mulher aqui sim — rebati, colocando a mão na cintura.

Como ele ousava supor que eu seria relegada à cozinha ou a trabalhos de parto só por causa do que havia entre as minhas pernas?

— Você não deve ter ouvido, mas todas as mulheres em idade reprodutiva devem ser examinadas pelos farejadores do rei. E você me parece estar em idade fértil.

O último comentário fez minhas bochechas queimarem. Não dava para ver os olhos dele, mas mesmo assim dava para senti-los em mim. Seria melhor mentir e simplesmente dizer que eu era humana? Fiquei com medo de que os rumores sobre os guardas Drayken poderem farejar mentiras fossem verdadeiros, mas eu também precisava sair dali antes que os farejadores me encontrassem.

— Ah, fiquei sabendo. Mas sou uma humana, então não há necessidade de...

O tilintar de sua lâmina fez as palavras morrerem em minha garganta.

— Sinto cheiro de mentira — rosnou ele.

Hades. Era verdade!

— *Basicamente* humana — corrigi. No entanto, nem isso parecia mais verdade, não depois do que minha mãe havia acabado de me contar. — Além disso, não quero me casar e ter filhos para um rei — acrescentei.

Eu queria casamento e filhos, mas não com o rei. Eu queria Nathanial. Ao pensar nisso, meu coração ficou apertado com a lembrança de como ele olhou para Ruby com as mãos firmes na cintura dela.

O guarda Drayken soltou uma gargalhada, e por mais irritante que fosse ser ridicularizada, foi profunda e gutural, quase como se ele tivesse teias de aranha dentro de si, como se não risse há muito tempo. A risada fez meu estômago se aquecer.

— Você recusaria a mão do rei?

Ele pareceu chocado e intrigado ao mesmo tempo.

Dei de ombros.

— Gosto da minha vida aqui. O que eu faria com mil pedras de jade? Posso caçar e ter tudo de que preciso aqui — respondi.

Ele se aproximou, e pude sentir seu olhar fixo em mim, embora ainda não tivesse visto a cor de seus olhos ou o formato de seu nariz. O calor de seu corpo era como uma fornalha radiante, e engoli em seco quando ele se aproximou ainda mais.

Ele inclinou a cabeça encapuzada para o lado.

— Está me dizendo que se fosse escolhida como a próxima rainha de Escamabrasa e pudesse ter todo o ouro, jade e rubi do reino, recusaria?

Fiquei abalada com a pergunta. Eu não seria escolhida como a próxima rainha, mas se fosse, iria querer isso? Uma pergunta a se considerar. Eu poderia ter tudo o que quisesse. Poderia tomar banhos quentes de sândalo todos os dias, ter uma equipe inteira à minha disposição, e nada faltaria à minha mãe e irmã. Mas depois do que minha mãe havia acabado de me contar e do que eu sabia sobre os líderes da aldeia e tudo que eles passaram, eu também sabia que ser rainha seria uma responsabilidade grande demais para a vida simples que eu amava.

Balancei a cabeça.

— Com grandes deveres vêm grandes responsabilidades — falei, e ele baixou a cabeça quando minhas palavras pareceram afetá-lo. — Eu não gostaria de trocar a minha simples liberdade por uma obrigação tão esmagadora — afirmei com determinação.

— Esmagadora. — Sua voz foi oca, desprovida de emoção. — *Pode* ser esmagadora, às vezes.

Franzi a testa, prestes a perguntar qual era, exatamente, sua posição na Guarda Real de elite do rei, quando o homem colocou os dedos nos lábios e assobiou alto.

Me encolhi e, em segundos, uma mulher de cabelos escuros atravessou o portão com a espada em punho, alerta.

Regina Wayfeather.

Ela era ainda mais bonita do que eu imaginava. Vestindo equipamentos de combate em couro preto justo com cota de malha preta e ombreiras também pretas, sua pele era do tom escuro comum entre as pessoas que vinham de Sombramorada, o maior porto comercial do reino, e em suas bochechas havia pequenas manchas de escamas pretas de dragão, denotando seu poder sobre a magia. Suas longas tranças chegavam à metade das costas e estavam entrelaçadas com fios dourados. Uma caçadora letal com um histórico de muitas vezes liderar o exército do rei em batalhas, ela parecia ter vinte e cinco invernos de idade, e exibia duas cicatrizes compridas e finas que desciam pela bochecha esquerda. Mas não foi nada disso que me deixou imobilizada – foram seus olhos amarelos brilhantes. Seu poder de dragão estava ativado; pequenas baforadas de fumaça vazavam de suas narinas dilatadas.

— Ela estava tentando fugir — disse o guarda encapuzado. — Leve-a para os farejadores. Posso sentir o cheiro da magia dela daqui.

Meu estômago deu um nó. *O quê? Ele podia?* Eu nunca havia demonstrado magia em toda a minha vida. Como ele podia saber uma coisa dessas? Minha mãe disse que minha magia tinha sido bloqueada no nascimento, mas agora fiquei me perguntando se ela esteve desabrochando aos poucos.

— Sim, meu rei — respondeu Regina com um aceno de cabeça.

Eu congelei, ficando ainda mais imóvel.

Meu rei?

Com sua identidade exposta, ele abaixou o capuz e eu olhei para seu rosto.

O rei Drae Valdren.

Eu tinha visto uma pintura dele uma vez em Grande Jade, mas não de perto. *Não assim.*

Seu maxilar era ainda mais definido e o nariz mais esculpido de perto. Seus olhos verdes me perfuravam com um ar inquisitivo. Seus longos cabelos pretos estavam trançados e amarrados, mas eram raspados na lateral – o penteado típico de todos os guerreiros Drayken.

—Alteza. — Abaixei a cabeça e fiz uma reverência desajeitada ao mesmo tempo, sem saber qual era o protocolo. Eu tinha acabado de dizer coisas que *jamais* teria dito se soubesse quem ele era.

Mate-me logo e dê-me de comer aos pumas.

Eu estava dividida entre o alerta de minha mãe para não permitir que os farejadores me pegassem, e Regina e o rei me olhando, como se fossem cuspir fogo em mim se eu corresse.

— Eu não estava fugindo, só estava indo caçar — contestei ao levantar a cabeça.

Um ligeiro sorriso se abriu em seus lábios por meio segundo, mas logo desapareceu.

— Claro que estava.

Regina embainhou a espada, mas seus olhos não pararam de brilhar. Abrindo bem o braço, ela indicou que eu voltasse para a aldeia.

Concordei, passando pelos dois, rezando ao Criador para eu não estar prestes a encontrar meu fim.

Talvez minha mãe estivesse mal-informada, talvez o rei tenha captado magia em mim porque ele era o rei e podia sentir até mesmo as menores quantidades, mas não seria o suficiente para de fato atrair os farejadores. Além disso, e daí se eles sentiram o cheiro de alguma magia em mim? Noventa por cento da vila tinha magia – nós éramos vira-latas mágicos. Nenhum de nós era de raça pura como o rei estava procurando.

Não é?

Agora eu já não tinha certeza. O sangue da nobre que havia me dado à luz era de fato sem mistura?

Eu esperava que não. Pelo meu bem, eu esperava que ela tivesse entrado de fininho na cidade de Obscúria e dormido com um humano. Voltei para minha aldeia segurando as alças da mochila com os nós dos dedos brancos de tanta força.

Se alguém detectasse essa magia no bebê dela, a criança seria morta.

Eu não parava de pensar na história de minha mãe sobre a nobre. Talvez minha mãe estivesse errada. Talvez a mulher fosse uma invasora e tivesse roubado roupas nobres para parecer que era uma. E depois ela havia usado alguma substância e inventado toda a história.

— Por que você estava fugindo? — perguntou Regina, me assustando um pouco, porque eu havia esquecido que ela estava atrás de mim.

— Eu estava indo caçar — insisti.

— Claro. As outras moças em Sombramorada também saíram correndo *para caçar* — observou ela com um sorriso. — Está grávida? Tem algum namorado?

Minhas bochechas ficaram vermelhas com a insinuação.

— Não, eu só... eu não quero me casar e gosto da minha vida aqui.

Era verdade, então se ela tivesse as mesmas habilidades que o rei, saberia pelo cheiro. Eu queria me casar. E ter filhos também. Mas não com um estranho e não por dever. Eu queria me casar por amor.

Quando olhei para trás, a flagrei sorrindo.

— Eu também não gosto da ideia de me casar — sussurrou ela. — Não é fácil encontrar um homem que se apaixone por uma mulher mais forte que ele.

Isso me trouxe um leve sorriso aos lábios e me fez gostar dela no mesmo instante, baixando a guarda. Com base nas histórias e fofocas que chegavam à cidade sobre Regina, eu sabia que gostaria dela, mas gostei ainda mais agora que a tinha conhecido.

— Arwen! — O grito perplexo e um pouco agudo de minha mãe veio do beco.

Girei o corpo, com os olhos arregalados.

— Então... aquela caçada meio que vai ter que esperar. Preciso ser examinada pelos farejadores primeiro — falei para ela.

O medo em seu rosto era nítido para mim, mas eu esperava que não para Regina.

— Ah. Bem, me deixe acompanhar você, então.

Ela estendeu a mão para pegar minha mochila, que entreguei, grata por não carregar mais o peso.

Minha mente estava a mil, imaginando o que mamãe devia estar pensando. Por medo, ela havia mesmo agido para salvar minha vida instantes antes. Eu sabia que ela devia estar surtando agora, mas talvez tudo ficasse bem. Os farejadores fariam o que quisessem, deixariam todas as mulheres sem magia em Cinzaforte para trás e iriam embora.

Eu me perguntei o que alguém da vila pensaria se soubesse que o rei estava escondido na saída dos portões. Por que ele não entrou? Nunca tínhamos recebido uma visita da família real antes – não desde que nasci. O povo de Cinzaforte ficaria honrado em conhecê-lo, e o fato de ele ter se escondido do lado de fora fez com que a raiva se espalhasse por minhas entranhas.

Ele se escondeu porque era bom demais para sujar suas botas reais com as cinzas de Cinzaforte? Para levar os carregamentos mensais de carvão que desenterrávamos rumo a Grande Jade ele não era bom demais. Assim como para levar nossas mulheres.

Antes que me desse conta, havíamos chegado ao grande salão. Todas as mulheres inférteis e as mais velhas estavam do lado de fora, e Regina teve que se colocar na minha frente e pedir que elas se afastassem e abrissem caminho.

— Eles escolheram Kendal — informou Naomie enquanto eu passava.

Isso me surpreendeu. Eu pensava que ela era muito fraca em poder. Ela conseguia acender velas com sua magia, mas era só isso.

Minha mãe olhou para Regina.

— Ah, que maravilha. Então não vamos nem precisar continuar? Ele já escolheu?

Regina se virou e franziu a testa para minha mãe.

— Ele escolheu muitas possíveis candidatas em todo o reino, senhora.

Havia desconfiança no olhar de Regina. Eu queria dizer à minha mãe para ficar quieta. Ela pioraria as coisas para mim se Regina pensasse que eu estava escondendo alguma coisa.

— Ela está nervosa porque vou encontrar o farejador — expliquei a Regina. — Nunca vimos um antes, e ouvi dizer que dói.

Não era mentira. Eu tinha *mesmo* ouvido falar que farejar magia era desconfortável, até mesmo doloroso em alguns casos. Se era verdade ou não, eu não fazia a menor ideia.

A postura de Regina relaxou.

— Ah, não se preocupe, senhora. Sua filha não vai se machucar.

— Ah, graças ao Criador — disse minha mãe em tom convincente, mas eu vi a expressão tensa em seu rosto mesmo assim.

Com isso, nos dirigimos para as portas duplas abertas do grande salão.

Quando Regina virou as costas para nós, me voltei para minha mãe e lancei a ela um olhar que indicava que ela precisava relaxar.

Ela mordeu o lábio.

— Temos mais uma! — anunciou Regina por cima do burburinho.

Eu nunca havia visto o grande salão tão cheio. As mulheres em idade fértil da aldeia estavam lá com suas famílias, algumas até com os maridos. Não pensei que o aviso do rei incluísse mulheres casadas. Que coisa horrível. O que a rainha escolhida deveria fazer? Deixar seu marido e família para ter uma segunda vida em Grande Jade?

Esse homem não tinha valores morais? Ele deve estar precisando muito de um herdeiro para querer avaliar até a magia das mulheres casadas.

As pessoas no salão abriram caminho e eu atravessei o corredor lotado, sentindo como se cada par de olhos estivesse em mim.

Por que isso precisava ser um assunto público? Eu já estava nervosa o suficiente sem a cidade inteira me olhando.

Quando a multidão finalmente diminuiu o suficiente para me dar uma boa visão da comoção, ofeguei ao ver os farejadores.

Havia duas entre eles, mulheres de cabelos ruivos brilhantes e pele tão clara que dava para ver a rede de veias azuis em suas bochechas e pescoço. Gêmeas, percebi, enquanto examinava seus rostos. Idênticas. Cada uma usava uma grossa máscara de couro preto amarrada na parte de trás da cabeça, cobrindo sua cegueira. A ponta de suas orelhas feéricas aparecia em meio aos cabelos, e elas inclinaram a cabeça de lado em perfeita sintonia quando me aproximei.

Kendal estava de pé com um semblante orgulhoso atrás delas, enquanto o resto das moças, rejeitadas, eu suspeitava, assistiam encostadas nas paredes.

— Traga-a para mim — ordenou uma das gêmeas.

Engoli em seco. Havia muitos, *muitos* rumores sobre as farejadoras.

Um deles era que elas nasceram cegas, o que aprimorou seu olfato. Outro era que não eram cegas, mas suas mães limitavam sua visão com máscaras para forçar o olfato a reconhecer magia.

Agora que vi as máscaras de couro preto, fiquei imaginando se esse último boato era verdade e como seria não ver nada durante toda a vida por escolha.

Quando Regina cutucou minhas costas de leve, me preparei, olhando para minha mãe uma última vez.

Eu esperava ver pavor, mas, em vez disso, o que vi foi determinação e o reflexo do aço em sua mão.

Por Hades.

Meu olhar se estreitou para o brilho do aço na mão de minha mãe. Ela havia puxado minha faca de caça da mochila! Arregalei os olhos, minha boca ficou seca, mas logo me recompus para Regina não notar.

O que, em nome do Criador, minha mãe pretendia fazer com aquilo? Esfaquear as farejadoras? Ela nunca havia matado uma criatura sequer na vida; nem mesmo uma mosca. Aquela situação toda a deixou enlouquecida.

Dei um passo hesitante à frente e, sem me ver, a farejadora estendeu o braço e pousou a mão em meu ombro.

Meu coração batia tão forte que eu podia senti-lo pulsando em meus ouvidos.

Outra mão pousou no meu outro ombro e, quando olhei para cima, vi a segunda farejadora.

Como se fossem um só ser, as duas inspiraram ao mesmo tempo, inclinando a cabeça para trás, como se quisessem devorar meu cheiro.

Eu me encolhi, sentindo como se toda a minha alma estivesse nua naquele momento. Então senti algo, alguma magia, me acariciar, deslizando sobre minha pele e se insinuando em meu peito. Minha respiração se tornou irregular e as duas sorriram ao mesmo tempo.

— Sândalo — disse a da esquerda.

— Neem — observou a da direita.

— Sangue — disseram as duas juntas.

— E *muita* magia — completou a da esquerda com as narinas dilatadas. *Por Hades.*

— O suficiente para dar à luz um filho do rei? — Ao ouvir a voz esperançosa de Regina vindo de trás de mim, me preparei.

As gêmeas deram de ombros ao mesmo tempo.

— Mais do que essa garota aqui. — Elas inclinaram a cabeça para Kendal e falaram em uníssono como se compartilhassem uma só mente. — Mas não tanto quanto a moça de Sombramorada.

Relaxei de alívio. Havia uma moça em Sombramorada com mais magia que Kendal e eu. *Graças ao Criador.*

— Bem, levem as duas de qualquer maneira — decretou Regina às gêmeas, e eu fiquei rígida sob o aperto delas. — Elas precisarão ser devidamente testadas e, no final, cabe ao rei decidir quem ele escolherá.

Levar as duas para onde?

Kendal e eu? *Para Grande Jade?*

Quando elas tiraram as mãos de mim, corri para onde estava Kendal, querendo fugir das narinas dilatadas das duas.

Meu olhar foi para minha mãe, que observava com frieza as farejadoras e guardava a faca de caça de volta em minha mochila.

Meu alívio cresceu.

— As famílias das duas meninas escolhidas, por favor, podem se aproximar para falar comigo? — chamou Regina bem alto. — Todos os outros podem sair.

Ninguém se mexeu, como se não quisessem que o espetáculo acabasse.

— Para fora! — gritou Regina, e isso sim os arrancou do transe.

Funis de pessoas se dirigiam para as portas, enquanto a mãe e o pai de Kendal se aproximavam com cautela de Regina. Observei minha mãe pendurar minha mochila pesada nos ombros e segui-los até ficar diante da líder da Guarda Real.

As farejadoras começaram a sair da sala, mas no meio do caminho pararam e se viraram para olhar na minha direção. Inalando outra vez, uma delas gemeu, e só depois disso as duas saíram.

— Que bizarro — sussurrou Kendal, mas me dei conta de que não estava totalmente de acordo.

Era mesmo bizarro, mas também fascinante. A maneira como andavam, sem bengalas, era quase como se sentissem as cadeiras e as pessoas em seu caminho e se movessem para evitá-las. Se alguma coisa me assustava ali, era aquele poder absoluto, que ao mesmo tempo eu respeitava.

Regina pegou um pergaminho e nos encarou.

— Já começaram a ter seus ciclos menstruais? — perguntou, categórica.

Meus olhos se arregalaram com a pergunta, mas, quando ela me lançou um olhar de quem pedia desculpas, confirmei com a cabeça. Kendal olhou com as bochechas vermelhas para o pai, que pigarreou, e depois ela também confirmou. Não era comum falar sobre menstruação na frente de homens em Cinzaforte. Mantínhamos isso em particular, apenas entre as mulheres.

Regina pareceu perceber e murmurou um pedido de desculpas a Kendal.

— Alguma de vocês já esteve grávida? — prosseguiu, e nós duas balançamos a cabeça em perfeita sintonia.

Eu não sabia como eles faziam as coisas em Grande Jade, mas ali as jovens mantinham sua pureza até o casamento. É claro que algumas dormiam com os homens em segredo, mas não era um ato do qual se falava ou que se desejava. Se um boato se espalhasse sobre sua pureza ter sido tomada antes do casamento, você não seria aceita por nenhum homem respeitável.

Ela riscou alguma coisa no pergaminho e depois pediu que lhe déssemos nossos nomes completos. Após anotá-los, ela se dirigiu a nossos pais.

— Kendal e Arwen serão levadas pela proteção dos Drayken, a Guarda Real de elite, para Grande Jade, onde morarão até o rei escolher sua próxima esposa… — Kendal soltou um gritinho de emoção e Regina fez uma pausa antes de continuar: — Para cada lua em que elas estiverem longe, vocês receberão quinhentas moedas de jade.

A mãe e o pai de Kendal ofegaram de choque, mas minha mãe ficou quieta, estreitando os olhos para Regina.

— E se eu não quiser vender a minha filha para o rei? — perguntou ela corajosamente.

Eu me senti congelar. Uma expressão de surpresa atravessou o rosto de Regina.

— Senhora, ninguém falou em *vender* ninguém. Você será recompensada justamente pela ausência temporária…

— Não posso comer moedas de jade. Minha filha é uma caçadora. Sem ela, não temos comida, assim como uma pequena porcentagem desta cidade — interrompeu minha mãe com veneno na voz.

O que ela disse era parcialmente verdade. Eu havia me tornado uma caçadora proeminente na aldeia, e a carne que não comíamos, nós vendíamos ou trocávamos com outros. Mas depois do puma que eu havia capturado naquele dia, teríamos comida por pelo menos duas luas. As moedas de jade serviriam para outras coisas, e ela poderia trocá-las por comida com os habitantes da cidade vizinha de Pedra Errante, se necessário.

Regina acenou para minha mãe.

— Se me deixar terminar o que tenho a dizer, verá que o pacote de compensação também inclui carne, frutas secas, pão fermentado e chocolates, entregues a cada quinze dias.

— Chocolates? — perguntou a mãe de Kendal, animada.

Minha mãe se calou. Não havia mais nada para discutir sem despertar suspeitas.

— Suas filhas serão tratadas como nobres e terão criadas e aposentos privados no Castelo de Jade — continuou Regina, deu para ver a derrota tomar conta do rosto de minha mãe. — Como não queremos afastá-las de sua cultura e do conforto de casa, cada uma pode levar uma criada de sua cidade natal, se desejarem — continuou, me deixando animada.

Olhei nos olhos de minha mãe e me perguntei se Adaline era jovem demais para ir. Devia ser. Ela ainda precisava que mamãe cantasse para ela dormir à noite. Minha mãe balançou a cabeça de leve, como se estivesse lendo meus pensamentos.

Eu iria sozinha, então. Era melhor assim. Considerando que não existiam criadas em Cinzaforte, eu duvidava que Kendal fosse levar alguém também.

— No caso de um pedido de casamento, um novo pacote de compensação será apresentado a vocês na ocasião. Caso concordem, assinem aqui e saibam que estão prestando um grande serviço a todo o reino.

Ela tirou dois pergaminhos menores da bolsa.

Eu esperava que Regina os entregasse aos nossos pais, mas ela os entregou a nós, cada um com uma caneta.

Kendal ficou vermelha como um tomate enquanto aceitava a caneta, e eu soube por quê. Ela nunca aprendeu a ler. Como costureira, ela não precisava; enquanto eu só havia aprendido porque tinha começado como discípula do escriba da cidade, até a morte de meu pai e um ano de praga nas batatas de minha mãe me obrigarem a caçar para podermos sobreviver.

Apontei para a parte que dizia *Assine aqui* e Kendal pegou sua caneta e desenhou um grande X.

Ao olhar para Regina por uma fração de segundo, percebi que ela me observava com curiosidade.

O que aconteceria se eu não assinasse? Faria de toda a Cinzaforte uma vergonha? Humilharia minha família? O rei marcharia pessoalmente até ali e me jogaria sobre sua sela para me levar à força? Eu não parecia ter muita escolha. Se lutasse contra isso, poderiam me levar de qualquer maneira e retirar a oferta das moedas de jade e da comida, e então onde eu estaria?

Não olhei para minha mãe de propósito. Eu não queria ver sua insistência para que eu recusasse.

Examinei o documento, confirmando que dizia tudo o que Regina havia prometido e que estava assinado pelo próprio rei.

Quinhentas moedas de jade.

Fiz as contas às pressas. Precisávamos de cerca de quinze moedas de jade por lua para sobreviver. Quinhentas significava que minha mãe e Adaline estariam de barriga cheia em uma casa quente pelos próximos *três* invernos. Significava tantas coisas para nossa vida. Além disso, o contrato dizia quinhentas moedas de jade *por* ciclo lunar, não apenas um. Sendo assim, eu iria até lá para ver o rei cortejar essa moça de Sombramorada, enquanto juntava as minhas moedas de jade e os meus pães fermentados. Depois eu voltaria gorda e rica.

Peguei a caneta e rabisquei meu nome antes que pudesse me convencer a desistir. Minha letra era horrível. Eu nunca havia praticado tanto quanto os outros da minha classe de escriba, mas ainda assim meu nome ficou legível acima da linha.

Arwen Novakson.

— Ótimo. Precisamos ir. Queremos chegar a Pedra Errante ao cair da noite. — Regina recolheu os contratos e os guardou na bolsa. — Levem o que quiserem em suas bagagens. Vou mandar o bagageiro carregar as carroças.

— É Dia de Maio! Não podemos jantar com elas? — perguntou minha mãe, com a decepção aparente na voz.

Regina suspirou e a encarou.

— Sinto muito, senhora. Estamos na estrada há uma lua inteira. Viajamos de Sombramorada até aqui. Esta é uma questão da coroa e não pode esperar.

Com isso, ela bateu palmas como se quisesse nos apressar, e eu atravessei o salão até minha mãe. Quando a alcancei, ela me deu as costas e saiu. Apesar da pontada de tristeza e rejeição, fui atrás dela.

— Pode acompanhá-las, Nox — ditou Regina a outro Drayken que estava parado na porta da frente.

Ela não confiava em mim, e eu não a culpava. Eu havia tentado evitar tudo aquilo com a falsa história da viagem para caçar, e minha mãe estava sendo evasiva e estranha.

Não falamos nada durante todo o trajeto até nossa cabana e, quando chegamos à porta, minha mãe pediu que Nox esperasse do lado de fora, o que ele fez.

Quando ela finalmente voltou para meu quarto e me encarou, meu estômago ficou apertado com as lágrimas que escorriam por seu rosto.

— Eu falhei em proteger você.

— O quê? Não! — Corri para consolá-la. — Eu estou bem, mãe. Há uma garota mais poderosa em Sombramorada. Ele se casará com ela, e se esquecerá de mim, e teremos quinhentas moedas de jade!

Minha mãe balançou a cabeça.

— E se o seu poder crescer a cada dia? E se, quando sua magia for testada, você for mais poderosa que a moça de Sombramorada?

— Se for assim, vou fugir — murmurei.

Minha mãe me lançou um olhar de reprovação.

— Ele é o rei-dragão de Escamabrasa. Não há nenhum lugar ao qual você possa ir que ele não possa seguir.

A declaração fez calafrios correrem pela minha espinha.

Minha mãe deu um passo à frente, colocando as mãos em meus ombros.

— Se parecer que o seu poder foi descoberto e ficar claro que você pode possuir uma magia mais forte que a dele...

— Isso é impossível, mãe!

Ela tinha enlouquecido e agora estava paranoica. Agora eu estava realmente com medo.

Ela se inclinou para mais perto, apertando com mais força os meus ombros.

— Ouça, Arwen. Se *parecer* que a sua magia pode ser uma ameaça para ele de alguma forma, então faça com que ele se apaixone por você para que ele não mate você. Entendeu?

Me matar? Me matar porque o meu poder seria maior que o dele? Mas não era isso que ele queria? *Talvez não.* Talvez ele quisesse uma mulher com poder suficiente para lhe dar um herdeiro, mas não tanto assim? Como disse Regina, um homem não quer uma mulher mais forte que ele. Talvez tenha sido isso que aconteceu com a mulher que tinha me dado à luz.

Pela primeira vez desde que toda aquela história havia começado, eu estava apavorada de verdade.

— Como? Como faço para ele me amar?

As bochechas de minha mãe ficaram vermelhas.

— Seu corpo pode fazer coisas que um homem deseja. Faça-o pensar nisso toda vez que você estiver com ele, mas não permita nada até se casarem.

Agora foi minha vez de ficar vermelha. Ela estava falando sobre *dormir* com o rei.

Kendal tinha me contado *tudo* sobre o assunto. Ela havia aprendido tudo com uma tia que trabalhava em Pedra Errante; uma tia apenas dois invernos mais velha que nós e… desinibida.

— Ah. Tudo bem — murmurei, constrangida.

Casar com ele? Ela estava falando sério?

— Se for o caso, seja a rainha forte que ele quer e dê a ele muitos herdeiros, mas faça com que ele te venere para que, quando terminar de ter os filhos dele, ele não te mate.

O conselho de minha mãe foi duro. Ele não faria isso, faria? Que homem decente faria uma coisa dessas?

Tudo o que eu sabia sobre o rei Valdren era como ele era gentil com seu povo e como ele gostava de sua falecida esposa, a rainha Amelia. Ele havia cuidado dela após cada aborto – todos o amavam. Ele era bom… não era?

Bom o suficiente para esperar do lado de fora dos portões de Cinzaforte? Bom o suficiente para mandar sua guarda para cima de mim e puxar sua lâmina? Bom o suficiente para se casar de novo tão rápido só por um herdeiro?

Os pensamentos me assustaram, então balancei a cabeça para espantá-los. Lágrimas brotaram em meus olhos.

— Adaline… devo ir me despedir dela?

Minha mãe balançou a cabeça.

— Ela ficará abalada demais e fará uma cena. Deixe um bilhete para ela e envie um presente com a primeira remessa de comida.

Fui até nossa mesinha de cabeceira compartilhada e peguei um pedaço de papel e uma caneta. Eu tinha ensinado Adaline e minha mãe a ler e escrever durante meu aprendizado de dois anos com o escriba.

Querida Adaline,

Eu amo você mais do que as pedras de jade na Montanha de Jade. Cuide da mamãe. Vou mandar um presente de Grande Jade.

P.S.: Se comporte.

Com amor, Arwen

Eu odiava deixá-la daquele jeito, ainda mais depois de nossa briga naquela manhã, mas mamãe tinha razão. Ela faria uma cena e eu não queria partir chorando.

— Senhora… — A voz do guarda entrou na casa e minha mãe resmungou.

— Vocês veem até aqui, e levam nossas filhas, e nos dão cinco minutos para arrumar as coisas delas e despachá-las! — gritou ela de volta.

Ele nada disse em resposta.

— Seja gentil, mãe — aconselhei.

Eu sabia que minha mãe estava nervosa, mas agora temia que ela me causasse problemas em Grande Jade. Se Regina, e agora Nox, a achassem desagradável, poderiam dificultar minha vida.

Mamãe e eu pegamos o baú ao pé da minha cama, que continha as peles de inverno, e começamos a retirá-las para enchê-lo de itens mais práticos. Grande Jade ficava perto do oceano e lá não nevava. Quando comecei a arrumar minhas coisas, minha mãe saiu do quarto.

— Já volto.

Ela voltou segurando a armadura de couro mais magnífica que eu já tinha visto.

— Mãe!

Ela sorriu.

— Kendal e eu trabalhamos nisto o ano todo. Era para te dar no seu aniversário. Estas são todas as peles que você caçou. Cada uma colocou comida na nossa mesa.

Ela deixou a armadura na cama e eu fiquei ali, atordoada. Era um couro bronze brilhante e bem lubrificado, costurado peça por peça. Cada pedaço de um animal diferente. Reconheci a pele mais escura do rato-almiscarado. Mamãe e Kendal o colocaram no centro da couraça com o espartilho, e na superfície Kendal havia esculpido redemoinhos e flores, arte pela qual era conhecida. As ombreiras eram tão delicadas que não pude deixar de esticar o braço para tocar nos detalhes.

— Eu... não posso aceitar isso. Vai ser roubada ou vou arruiná-la. É bonita demais.

Era melhor que os uniformes da Guarda Real. Mais rebuscada em seus detalhes e enfeites.

— Tolice, você está concorrendo a rainha. Ficará bem nela — disse minha mãe.

Sorri de orelha a orelha.

— Tem razão. Devo usá-la agora?

Quando minha mãe confirmou, tirei minha túnica e calça, e ela me ajudou a vestir a armadura de caça justa. Os punhos com botões eram de couro, e havia um cinto combinando com uma bolsa para algumas moedas de jade. A axila esquerda estava um pouco apertada, mas eu não disse nada, porque mamãe estava me olhando com lágrimas de felicidade. Kendal poderia me ajudar a afrouxar um pouco a costura quando chegássemos à cidade.

— Ficou perfeita — falei, dando uma voltinha.

Ela concordou, com a mão junto ao peito, mais emocionada naquelas últimas horas do que eu a havia visto em toda a minha vida.

— Eu... sei que foi um dia atordoante e espero que você ainda se sinta... minha filha — choramingou.

O fato de ela pensar que eu não me sentiria partiu meu coração. Não era incomum uma mãe morrer em trabalho de parto e uma tia ou amiga cuidar do bebê como se fosse dela. A criança era amada e feliz, e não saberia de nada. E foi isso que aconteceu, exceto que a mulher era uma estranha e minha mãe tinha feito uma coisa boa.

— Eu *sempre* me sentirei sua filha.

Eu mal conseguia falar de tão emocionada.

— Arwen? — chamou Regina da porta.

Minha mãe se encolheu.

— Vocês não podem nem pernoitar? — perguntou-me ela. — Precisam correr de volta para Grande Jade agora mesmo?

Estendi o braço e peguei suas mãos.

— Parece que eles já percorreram todo o reino e esta é a última parada. Eles também devem estar ansiosos para voltar para as famílias deles.

Minha mãe me puxou para um último abraço. Tentei valorizar ao máximo aquele momento. Foi um abraço verdadeiro entre uma filha e sua mãe. Embora eu agora soubesse que não tinha nascido do ventre dela, não a amava menos por isso. Depois que nos afastamos, ela fechou o trinco do meu baú e saiu do quarto.

— Bagageiro! — chamou pela casa com o sotaque arrogante de Grande Jade, o que me fez rir baixinho.

Segundos depois, surgiu um homem vestindo uma longa capa de viagem para levar meu baú nas costas, como se o objeto fosse feito de ar.

Magia?

Ele era tão baixo e magro que só podia ser isso. Esse tipo de magia era típico do povo-dragão que vivia em Grande Jade e era algo muito poderoso.

Segui minha mãe até a porta, onde Regina esperava ao lado de Nox, o outro membro da Guarda Real. Uma rápida olhada nos peitorais dos dois confirmou minha suspeita: quase todos os guardas ali não eram apenas guardas reais — eram Drayken. O rei havia trazido seu grupo de elite a tira-colo para procurar uma esposa.

A pergunta era: *por quê?* Seu próprio povo não o machucaria. Será que o confronto com a rainha de Obscúria na fronteira era maior do que eu imaginava?

— Prefiro me despedir de você aqui. Não quero chorar na frente da cidade inteira — confessou minha mãe, mal contendo a emoção.

Dei-lhe um último abraço, e então, ansiosa, saí pela porta da casa onde cresci. Ao olhar para trás, franzi a testa para a panela fervendo com o ensopado.

Depois de uma semana caçando, não cheguei a comer nem uma tigela do ensopado de minha mãe. Era bom que o chef do castelo de Grande Jade fosse o melhor mestre-cuca do reino, porque eu estava com fome.

— Bela armadura.

Regina ergueu uma sobrancelha, surpresa com minha troca de roupa. Tínhamos acabado de sair da minha rua e nos aproximávamos da carruagem, que esperava no meio da cidade.

— Obrigada. Kendal e a minha mãe fizeram — respondi, seca.

Apesar de gostar de Regina e de ela ser um exemplo para mim, não gostava de como ela estava me afastando de tudo que eu conhecia e amava.

Ela pareceu surpresa de novo, e eu me perguntei se ela achava que só as costureiras do palácio de Grande Jade possuíam tal talento.

— Desculpe pela minha mãe. Ela é… protetora — mencionei, de repente um pouco envergonhada sobre como minha mãe havia tratado Regina e Nox.

— Todas as boas mães são — respondeu ela, em seguida ordenou que carregassem meu baú na carruagem preta atrelada a dois cavalos reais.

Havia uma dúzia de cavalos à espera no portão, todos montados por Draykens. Os cavalos eram todos pretos com crinas trançadas, e eu sonhei em um dia montar em um deles como a Guarda Real. Talvez eu pudesse aprender em Grande Jade, aproveitar ao máximo meu tempo lá enquanto o rei tentava obter seu herdeiro.

Falando no rei… examinei o grupo de guardas, parando finalmente naquele com o capuz levantado.

As pessoas da aldeia não tinham ideia de que estavam no meio da realeza.

A principal padeira da aldeia, a sra. Holina, e Naomie correram para entregar um pacote para cada uma de nós.

— Para se lembrarem de casa — sussurrou Naomie.

A sra. Holina enfiou dois fumegantes pães de alecrim em nossos braços, e minha boca logo salivou. Mesmo sabendo que estaríamos de volta em uma lua, talvez duas, eu ainda me sentia triste por deixar aquele lugar... parecia uma despedida.

— Obrigada.

Depois de abraçá-las, entramos na carruagem. Eu só tinha andado de carruagem uma vez, em minha viagem para Grande Jade, mas pareceu mais uma carroça coberta do que uma carruagem real. O transporte em que eu estava agora era de um preto laqueado por fora com incrustações de jade e ouro, e o interior era tão belo quanto. As paredes eram forradas de veludo verde, e os assentos eram macios e confortáveis. Havia uma pequena cesta de frutas frescas e um cantil de água em cada assento. Dobrado ao lado da cesta e do cantil havia um leque sanfonado de seda roxa para evitar o calor.

— Eu bem que poderia me acostumar com isso. — Kendal pegou uma framboesa e a enfiou na boca.

Apenas sorri, segurando nos braços o pacote que Naomie tinha me dado. Era pesado e, quando abri a cobertura, deixei escapar um pequeno suspiro de surpresa.

Uma *garrafa* inteira de óleo de sândalo. Foi um presente muito gentil e generoso. Kendal também havia ganhado uma, a qual agora admirava com lágrimas nos olhos.

— Vou sentir saudades de casa — confessou Kendal.

— Logo estaremos de volta — assegurei, enquanto a carroça avançava e os cavalos iniciavam nossa jornada.

Kendal franziu a testa.

— Espero que não. Espero que o rei me escolha e eu nunca mais volte.

Ah.

Achei que deveria desejar o mesmo, mas não. Eu esperava que o rei escolhesse a moça de Sombramorada ou Kendal para que eu pudesse simplesmente voltar para casa e seguir com a minha vida.

◆　◆　◆

Paramos em Pedra Errante para passar a noite. O dia de viagem havia sido longo e meu traseiro estava dormente. A jornada levaria três dias, e

Pedra Errante era melhor para se hospedar do que as dunas, então eu não podia reclamar.

— Senhoritas, reservei um quarto para nós na taverna — informou Regina. — Espero que não se importem, mas até chegarmos a Grande Jade, não é seguro dormir sem alguém da Guarda no quarto.

Kendal e eu concordamos. Poderíamos dormir em um celeiro ou dentro da carruagem, e muitas vezes fazíamos isso quando viajávamos, então aquilo não importava para nós.

Quando nos aproximamos da porta da taverna, olhei para trás e vi o resto dos Drayken guardando seus cavalos no celeiro e conversando com a cuidadora do estábulo. O rei ainda estava de capuz, ocultando sua identidade. Kendal nem imaginava que ele estivesse cavalgando com a gente, e eu também não ia dizer nada a respeito. Ele estava escondendo a identidade por um motivo, e eu não queria colocá-lo em perigo ao tocar no assunto. Ele pode ter sido um idiota antes, puxando sua espada para mim, mas eu não queria vê-lo morto. Se ele estava cavalgando com a identidade oculta, devia haver um motivo.

— Vamos, o jantar nos espera — disse Regina, reconquistando minha atenção e me fazendo abrir um sorriso de desculpas.

Assim que entramos na taverna barulhenta, fui atingida pelo aroma saboroso de ensopado. Fiquei com água na boca e rezei para ficarmos para o jantar. Eu tinha levado aquele puma do riacho à vila nas costas e merecia um bom ensopado. Kendal e eu havíamos comido algumas frutas e pão na carruagem, mas eu estava esfomeada após minha semana na estrada e queria carne.

A garçonete se aproximou com uma jarra de cerveja.

— Você voltou. Então vai querer o refeitório privado de novo, meu bem? — perguntou ela a Regina, que apenas concordou.

Eles devem ter parado ali a caminho de Cinzaforte.

Pouco a pouco, conforme mais integrantes do nosso grupo enchiam o espaço, todos os olhos se voltaram para nossa direção. As pessoas se aquietaram e os sussurros sobre a Guarda Real correram pelo salão.

Contornamos as mesas, seguindo a robusta garçonete até uma sala privada com portas de vaivém. Havia uma mesa grande para acomodar pelo menos vinte ocupantes.

— Hidromel para os homens, água para as mulheres — declarou Regina, e a garçonete saiu.

— Gosto de um bom hidromel de vez em quando — mencionei com um sorriso. Ainda mais em dias como aquele.

Alguns membros da Guarda Real atrás de mim riram, o que me incomodou, já que eu não tive intenção de que eles ouvissem.

Regina me lançou um olhar penetrante.

— Uma rainha em potencial de Escamabrasa não bebe hidromel de taverna. Mas posso arrumar um pouco de vinho para você — disse ela.

Dispensei a oferta, balançando a cabeça.

— Não precisa.

Eu não entendia muito bem essa história do que era impróprio ou não, e nunca me acostumaria a ouvir "rainha em potencial". Eu não gostava muito de beber mesmo e também não queria baixar a guarda.

A garçonete voltou com uma bandeja repleta de hidromel e os homens aplaudiram, fazendo-a sorrir.

Quando ela saiu, um dos caçadores olhou para a lâmina de caça na minha cintura.

— Já usou essa faca, jovenzinha? — perguntou enquanto se sentava e levantava sua caneca gigante pela alça.

Os nós de seus dedos tinham cicatrizes, assim como o resto do corpo. Ele tinha pelo menos quarenta invernos de idade e sua pele parecia couro curtido – fruto de anos sob o sol, sem dúvida.

Jovenzinha?

Adaline era uma jovenzinha, eu não. Peguei minha faca e a cravei no tampo da mesa, de modo que ficou presa na madeira marcada e lascada. Ainda havia uma crosta de sangue do puma.

— Usei ontem mesmo, aliás.

Quando sorri, ele endireitou um pouco as costas.

Outro guarda lhe deu um tapinha nas costas.

— Nunca subestime uma bela jovem. Minha ex-mulher me ensinou isso.

A mesa toda caiu na gargalhada, me ajudando a relaxar um pouco.

— Tudo bem. Pode guardar a sua faca, jovenzinha. Eu respeito você — disse o homem das cicatrizes com um sorriso, bebendo em seguida toda a sua caneca de hidromel.

Puxei a faca da madeira e a embainhei antes de me juntar a Kendal na ponta da mesa.

Ela estava sentada bem de frente para o rei e, pelo modo como estava tagarelando, nem imaginava. Ele continuava com o capuz, cobrindo o rosto, e a ouvia, enquanto ela discorria sobre os ataques que havíamos sofrido naquele ano e como era terrível que o rei não fizesse nada a respeito.

Sorri, gostando muito daquilo, enquanto puxava a única cadeira vazia que restava. Estava à cabeceira da mesa, ao lado de Kendal e do rei. Olhei para Drae Valdren, ou tentei, já que seu rosto estava encoberto.

— É quase como se o rei nem considerasse Cinzaforte uma de suas terras. Ele com certeza não nos protege como faz com os outros territórios — falei, concordando com Kendal.

Tive que conter um sorriso quando todo o corpo do rei enrijeceu.

— Claro que não culpamos *vocês*. Vocês só fazem o que ele manda — justificou Kendal, virando-se para o guarda ao lado para perguntar sobre montaria.

O rei se apoiou nos cotovelos para se aproximar de mim, e enrijeci, engolindo em seco para umedecer a garganta.

— O rei enviou a Guarda Real de elite para procurar uma esposa em Cinzaforte. Se isso não é prova de amor pelo povo de lá, não sei o que é — declarou ele.

Estreitei os olhos para ele e me inclinei para a frente também.

— Amor pelo povo de Cinzaforte? Que tal nos visitar de vez em quando? O rei nunca faz isso, e sabemos que é porque nossas cinzas são sujas demais para as botas privilegiadas dele.

A mesa ficou em silêncio. Eu queria me afogar em hidromel. De onde estava vindo tanta hostilidade? Ele havia perdido a esposa e o filho apenas um inverno atrás, e eu estava sendo uma megera total. *Mas era verdade*. Cinzaforte era a parte suja, pobre e menos desejável de Escamabrasa, e o rei nunca dava as caras por lá.

— Você sabe o que é exigido do povo de Cinzaforte para hospedar o rei durante uma visita? — perguntou ele, friamente.

Meu coração martelava tanto no peito que me arrependi de ter iniciado o assunto. Os outros guardas falavam baixinho, e eu sabia que muitos estavam ouvindo.

Balancei a cabeça.

— As ruas devem estar repletas de flores frescas. Pães, também frescos, frutas, carnes e queijos devem ser oferecidos a ele e a *toda* a Guarda Real. Uma casa de banho privada deve ser esvaziada e preparada. Uma pousada com um andar inteiro só para ele. O povo deve recebê-lo com presentes e elogios. Seria egoísmo da parte do rei visitar uma aldeia pobre como Cinzaforte. Esgotaria as reservas do lugar e os moradores se ressentiriam dele.

Eu não tinha me movido, não tinha respirado enquanto ele falava.

Foi por isso que ele esperou do outro lado dos muros? Ele não queria que ninguém soubesse que era ele para não serem obrigados, graças a regras centenárias, a recebê-lo com tamanha extravagância?

Eu quis morrer.

— Desculpe — murmurei, abaixando a cabeça de vergonha.

As portas do salão se abriram, e a garçonete entrou com uma enorme panela de ensopado e uma montanha de tigelas.

— Tudo bem, amores, ensopado de coelho fresco para o cansaço da estrada.

Ela colocou o caldeirão gigante no chão e abanou a mão sobre ele. Uma explosão de fogo irrompeu de sua palma, aquecendo o ensopado, e eu observei tudo, fascinada. Apenas um dia de viagem e eu já via que as pessoas comuns ali tinham mais magia do que nós de Cinzaforte.

Quando ela começou a nos servir, não pude deixar de refletir sobre o que o rei havia dito. Quantas pessoas de Cinzaforte achavam que o rei odiava nosso pequeno vilarejo, quando, na verdade, ele nos havia poupado de uma inconveniência o tempo todo?

Ainda assim, ele poderia ajudar com os ataques.

O ensopado estava maravilhoso, mas eu não consegui de fato apreciá-lo. Não plenamente. Não enquanto eu sentia o tempo todo os olhos do homem de capuz em mim, a cada mordida que eu dava. Os Drayken bebiam, comiam e falavam alto, enquanto Kendal e eu continuávamos quietas e reservadas. Regina teve que silenciá-los várias vezes quando suas histórias se tornaram "pouco atraentes para a companhia de uma dama". Na verdade, eu não me importava com as histórias sangrentas das caçadas ou com as recordações de ataques de tempos passados, mas Kendal sim. Ela punha a mão sobre o estômago e estremecia como se isso a enjoasse.

— Então o seu pai carrega magia de dragão, Kendal? — perguntou o rei por trás do capuz.

Ela estava começando a observá-lo com mais curiosidade, sem dúvida se perguntando por que ele não havia tirado o capuz nem para comer.

— Sim. Ele consegue criar uma pequena bola de fogo à vontade e trabalha com o Exército Reserva de Cinzaforte para lutar contra os invasores na primavera — respondeu ela, orgulhosa.

Sua sopa tinha esfriado um momento atrás, e ela havia usado seu único truque de conjurar chamas da palma da mão para aquecê-la e se exibir.

Eu nem mesmo sabia fazer aquilo.

Além do sr. Korban, que era um quarto elfo e tinha algumas habilidades de cura, o pai de Kendal era indiscutivelmente a pessoa mais mágica em nossa aldeia. Ele conseguia conjurar e lançar bolas de fogo, algo que nos havia salvado de cruéis ataques de invasores no passado, mas também era um bêbado incorrigível. Nenhum homem tinha utilidade se ficasse desmaiado no chão da taverna, por mais poderoso que fosse. Mas não mencionei isso. Era o momento de Kendal se gabar de sua influente linhagem familiar, e eu permitiria que ela o fizesse.

Enquanto isso, eu era a fracassada em magia que comia um ensopado frio.

— Isso é maravilhoso — disse o rei, como se estivesse satisfeito por ela ser poderosa o bastante para, talvez, lhe dar um filho.

Ele então olhou para mim.

— E de que lado da família vem a sua magia?

Eu empalideci, cada músculo do meu corpo ficou rígido. É claro que eu não podia contar que a mulher que tinha me dado à luz era uma nobre com sangue puro de dragão.

— Meu pai — resmunguei. — Receio que só um quarto.

Eu queria despistá-lo, deixá-lo mais interessado em Kendal ou na tal moça de Sombramorada. Apesar de saber que ele podia farejar uma mentira, confesso que ainda não tinha processado totalmente o que minha mãe havia me contado, e meu pai ainda *era* meu pai, assim não pareceria mentira. Quanto mais tempo eu ficava longe de minha mãe, menos assustadora parecia essa história, mas eu ainda queria me manter protegida.

Queria poder ver o rosto do rei. Será que ele estava me olhando atravessado agora? Ou só me observando com curiosidade?

— A farejadora disse que ela tinha mais poder do que Kendal — interveio Regina com malícia, arruinando meus planos de passar despercebida.

— Ela não deve conhecer o histórico familiar completo.

Lancei um olhar irritado para ela, mas ela estava observando o rei.

Kendal se ajeitou ao meu lado, desconfortável.

— Nunca estive em Grande Jade. É verdade que existe uma faculdade lá voltada para confecção de roupas?

Salva por Kendal. Eu devia uma a ela pela mudança de assunto.

— Existe — confirmou o rei friamente, mas senti que ele ainda me observava.

Não poder ver seu rosto estava começando a me irritar.

— Não sente calor com esse capuz? Com certeza pode tirá-lo para jantar, não? — sugeriu Kendal.

Kendal podia ser humilde, mas não era burra. Continuar com aquele capuz durante todo o jantar era estranho e ela estava começando a direcionar todas as perguntas que fazia para ele, como se sentisse que ele era um homem importante.

Os homens à mesa se aquietaram e lançaram olhares cautelosos dela para o rei.

— Ele tem uma desfiguração facial terrível, Kendal — falei de repente, e alguns homens na mesa riram.

— Ah, sinto muito — disse Kendal, sempre uma verdadeira dama.

Os olhos que eu suspeitava que estavam me encarando durante todo o jantar de repente se acenderam em amarelo e uma fumaça preta começou a soprar da abertura do capuz.

Eu congelei.

Regina se levantou tão rápido que sua cadeira se arrastou para trás.

— Tudo bem. O jantar foi ótimo. Vou levar essas senhoritas para a cama. Teremos um longo dia de viagem amanhã.

Kendal também se levantou, com o rosto todo em alerta, e fez uma reverência para os homens, agradecendo.

— Obrigada pelo jantar.

Fui a última das três a se levantar, encarando os dois olhos amarelos por baixo do capuz, que por sua vez me encaravam de volta.

— Boa noite — consegui dizer e me virei para seguir Regina e Kendal para fora do salão de jantar.

Eu não sabia se estava tentando fazer o rei me odiar para que ele não me escolhesse como esposa, ou se de fato não gostava dele. Talvez um pouco dos dois.

Depois de me instalar em nosso quarto, me limpei no banheiro, feliz por descobrir que havia água quente como a casa de banho de Naomie, e fui logo me deitar. Eu havia dormido no chão de terra ou em cavernas ao longo da última semana. Era a minha primeira noite de verdade em uma cama macia; então, assim que deitei a cabeça no travesseiro, apaguei.

Infelizmente, não consegui parar de sonhar com os dois olhos amarelos que me olhavam de dentro daquele capuz. Em algum momento, no meio da noite, alguém bateu forte à porta. Minhas pálpebras se abriram e meu coração começou a martelar contra o peito.

— Regina! — vociferou uma voz masculina grave.

Minha visão estava embaçada de sono e, com apenas o luar para iluminar o quarto, eu mal estava enxergando quando Regina disparou pelo cômodo e abriu a porta.

— O que foi? — Ela parecia tão atordoada quanto eu.

— Vá para os estábulos. — Era Nox. Ele espiou dentro do quarto, enquanto eu me esforçava para me sentar. — O exército de Obscúria foi visto cruzando o Grande Rio. O rei aguarda o seu comando. — O guarda falou rápido, mas com firmeza, e foi como se uma neve gelada tivesse sido injetada em minhas veias.

O exército de Obscúria *tinha entrado em* Escamabrasa?

Isso era... isso era um ato de guerra.

Eu me levantei, toda alerta, quaisquer resquícios de sono era coisa do passado, e corri para Kendal, que ainda dormia profundamente.

— Kendal, acorde.

Quando a sacudi, ela gemeu, me encarando com os olhos turvos.

— O que está acontecendo? — A voz sonolenta de Kendal percorreu o quarto.

— O exército da rainha de Obscúria está… atacando? — Na verdade, eu não tinha certeza, mas por qual outro motivo eles invadiriam nossas terras? — Precisamos partir com o rei, agora.

— O rei? — gritou ela.

Ah, é verdade, ela não sabia. *Ops.*

— Vistam-se. Agora — ordenou Regina.

Vesti meu traje de caça de couro e Kendal escolheu um de seus vestidos casuais. Em dois minutos, havíamos descido as escadas e atravessado a rua em direção aos estábulos.

O rei estava lá, com o capuz para trás, andando pelo grande celeiro aberto. Quando o alcançamos, Kendal fez uma reverência exagerada.

— Sua Alteza.

Ele me olhou com uma expressão tensa antes de se dirigir a Regina.

— Aconselhe-me — ordenou.

Então era Regina quem de fato mandava no exército dele? Isso era simplesmente incrível, mas não havia tempo para pensar muito no assunto, porque meu coração estava batendo mais forte a cada segundo.

— Suspeito que a rainha de Obscúria tenha ouvido falar da sua busca por uma nova esposa. Ela sabe que não tem herdeiros e vai tentar tirar o senhor do jogo.

Com uma tentativa de assassinato?

Kendal vacilou como se fosse desmaiar. Eu me posicionei mais perto dela por precaução.

— Eu deveria cuspir fogo neles todos e queimá-los até ficarem crocantes — rosnou o rei.

Senti cheiro de fumaça, deve ter vazado de sua boca e nariz, mas estava escuro demais para ver.

— Meu rei, o senhor não pode. O que falta em magia ao exército de Obscúria, eles compensam em inovação. Vão atirar em você do céu com seus projéteis de metal. Sabe disso.

Os pelos de meus braços se arrepiaram. Eu já tinha ouvido falar das invenções da rainha de Obscúria, mas nunca havia visto uma. Projéteis de metal? Como flechas? Ou algo mais sinistro? Uma simples flecha não podia abater o rei-dragão em pleno voo, então eu sabia que tinha que ser pior.

O rei Valdren rosnou, baixo e assombroso, e Regina se aproximou dele.

— O senhor sabe o que deve fazer.

A luz oscilante da tocha mal iluminava seu rosto, mas era o bastante para eu ver a determinação em seus olhos.

— Eu *não* vou deixar você e os Drayken travarem as minhas batalhas.

Regina caiu na gargalhada e o rei enrijeceu.

— Mas esse é justamente o nosso trabalho — devolveu ela, apontando para o peito dele em seguida. — *Milorde* — rosnou Regina, perdendo a paciência —, o senhor me encarregou de proteger você e as mulheres nesta viagem, e em troca fiz você jurar seguir o *meu* plano. É um homem de palavra ou não?

Adorei ver aquele lado dela. Ela era tão forte e destemida. Tudo que pude fazer foi assistir e invejar.

O rei deixou escapar um grunhido de frustração, então seus olhos amarelos se acenderam e me procuraram, perfurando minha alma.

Depois ele começou a se despir.

O que...?

As ombreiras de metal foram as primeiras a serem retiradas, e ele as entregou a Regina, depois a couraça. Senti uma mistura de choque e fascínio quando ele tirou a parte de cima, feita de couro de dragão preto, e expôs o abdômen.

Finalmente encontrei minha voz.

— O que... o que você está fazendo?

Enquanto pegava as roupas dele, Regina olhou para mim.

— Ele vai levar você e Kendal voando de volta para Grande Jade, onde soarão o alarme, avisando da invasão.

Voar? Ela disse *voar*. Ele ia...

Quando percebi o que estava acontecendo, meu estômago deu um nó. O rei-dragão assumiria sua forma animal para voar!

Empolgação e pavor corriam por minhas veias em igual medida.

Segui a direção do olhar dela assim que o rei abaixou as calças, e Kendal ficou completamente mole ao meu lado, desmaiando. Avancei depressa e consegui pegá-la nos braços antes que ela caísse no chão.

— Dará um ataque cardíaco nessas pobres moças de vilarejo, milorde — advertiu Regina para o rei, agora apenas de roupas íntimas.

Seu corpo impecavelmente bronzeado era uma perfeita escultura. A pele cobria os músculos sem um pingo de gordura. Ele tinha cicatrizes pelos braços, cortes extensos, que pareciam ser de espadas, e pequenas marcas de flechas. Meu coração parecia estar parando de bater, mas eu não conseguia desviar o olhar. Eu nunca tinha visto um homem todo nu antes.

Com as palavras de Regina, ele nos deu as costas e abaixou a cueca.

Meu santo Criador.

Ver as nádegas expostas de Drae Valdren enviou uma onda de calor pelo meu corpo e aqueceu todo o meu peito.

Regina se virou para mim e abaixou a cabeça de leve.

— Por favor, desculpe a inconveniência. É uma emergência.

Senti que meu coração ia pular do peito e se espatifar no chão. Eu não me importava. Era emocionante ver o rei de Escamabrasa nu, uma emoção de que gostei.

Eu estava prestes a perguntar de que forma exatamente voaríamos para longe dali, mas o rei soltou um gemido baixo e eu me preparei. Meu olhar foi para sua silhueta nua, enquanto ele caía em posição fetal no chão.

Assisti maravilhada o bronzeado de sua pele se transformar em escamas de dragão pretas e brilhantes. Um suspiro escapou da minha garganta quando protuberâncias começaram a se projetar de suas costas, crescendo como trepadeiras em uma árvore.

— Mais rápido, meu rei. Temo que o exército de Obscúria esteja próximo — avisou Regina, sacando sua espada.

Mais rápido? Como se ele pudesse controlar uma coisa daquelas...

Eu, é claro, sabia sobre sua habilidade de se transformar em dragão – o único de nós com magia de dragão com tal habilidade –, mas ver pessoalmente era outra história.

Quando as protuberâncias em suas costas cresceram até se tornarem asas encouraçadas, comecei a ficar tonta também e temi desmaiar como Kendal. Seu corpo cresceu e ele ficou de quatro, suas mãos se transformaram em garras.

— Eu trouxe sua sela para o caso de um incidente assim.

Regina correu para o estábulo onde estava nossa carruagem e pegou uma sela gigante de couro preto com uma cesta em cima. Eu estava tão impressionada com a transformação mágica de um homem em dragão que tinha me esquecido por completo de Kendal em meus braços. Ela despertou, deu uma olhada no dragão de olhos amarelos brilhantes e narinas fumegantes, agora parado no estábulo, e vacilou outra vez.

Regina olhou para Kendal, decepcionada.

— Nervos fracos.

Eu queria defender Kendal, mas Regina tinha razão. Ela era facilmente impressionável e desmaiava ao menor sinal de sangue.

Fiquei admirada com a forma de dragão do rei. Os moradores de Grande Jade deviam vê-lo voando o tempo todo, mas nós de Cinzaforte só ouvíamos falar de tal manifestação de poder. Seu dragão tinha mais de três metros de altura, uma enorme massa de músculos e escamas. Sua cauda balançou de um lado para o outro e minha atenção parou na ponta, que exibia protuberâncias afiadas como navalhas.

Observei Regina, e agora dois outros guardas reais, que prendiam uma sela nas costas do rei e nos incentivavam a seguir em frente.

Era uma sela com uma cesta e estribos e, uma vez montada, dava para deixar Kendal descansar em paz dentro da cesta aos meus pés, enquanto eu ia sentada.

— Para o caso de ele precisar girar durante o voo — explicou Regina, afivelando minha cintura.

O que em nome de Hades ela tinha acabado de dizer? Girar *de cabeça para baixo*?

Ela prendeu Kendal, que ainda estava inconsciente, e deu um tapinha no ombro do rei-dragão.

— Voe rápido. E envie reforços.

Ele olhou para ela e começou a sair do celeiro. Segurei as laterais da cesta enquanto era jogada para a esquerda e para a direita. Os passos de um dragão eram bem diferentes do que eu esperava, e Kendal acordou com os solavancos. Ela me olhou em pânico.

— O rei se transformou em dragão e vai nos levar para Grande Jade — expliquei depressa para ela não surtar e desmaiar outra vez.

A pobrezinha continuou me encarando com os olhos arregalados e apenas concordou com a cabeça, seu lábio inferior tremia. Kendal sempre foi um pouco frágil, mentalmente falando. Acho que algumas coisas eram demais para ela.

— *Segurem-se. Eu vou decolar* — ressoou a voz do rei em minha mente, fazendo meus olhos se abrirem de repente.

— *Você… você pode se comunicar por pensamento?* — pensei para ele, sem saber se ele responderia.

— *Eu sou o rei de todo o povo-dragão. De que serviria assumir minha forma de dragão se não pudesse me comunicar com meu povo?* — respondeu ele, alçando voo em seguida.

Kendal e eu gritamos juntas quando ele pisou forte para pegar impulso no chão, batendo as asas abertas. Elas se abriram tão rápido que uma rajada de vento sacudiu meu corpo, jogando meus cabelos para todo lado.

Enquanto ele batia as asas e subia ainda mais, sobrevoando Pedra Errante, olhei para baixo, vendo Regina e a Guarda Real reunidas a cavalo. Eu nunca havia sonhado em ver Escamabrasa daquele ponto de vista. O sol estava nascendo e os primeiros raios alaranjados se derramavam sobre a terra. Ao longe, se eu apertasse os olhos, podia ver os portões de palha de Cinzaforte.

Que incrível.

— Eu quero descer! — berrou Kendal, com o pavor evidente no tom agudo.

E eu queria ir mais alto, queria criar asas e voar para uma terra distante. Eu queria mais.

— Uauuu!

Não pude evitar o grito de alegria que deixou meus pulmões quando o rei cortou para a esquerda e disparou em direção à Grande Jade em um ritmo alucinante. Gargalhei com o ar fresco da manhã castigando minha pele e fazendo meus longos cabelos loiros rodopiarem ao redor do meu rosto.

Foi a experiência mais emocionante que já tive. Eu estava prestes a gritar de alegria de novo quando avistei o exército da rainha a distância e senti o coração ir à garganta. Centenas de faíscas de metal brilhavam sob o sol nascente, um rumo angustiante para o dia que estava só começando.

Kendal choramingou com o rosto enterrado no fundo da cesta e o corpo em posição fetal aos meus pés, se segurando com todas as forças. Eu me abaixei e dei um tapinha em suas costas, tentando tranquilizá-la, enquanto minha mente processava a imagem do exército da rainha.

Quanto tempo levaria o voo até Grande Jade? O rei conseguiria reunir um exército a tempo? Com certeza não haveria tempo se eles precisassem ir de Grande Jade até Pedra Errante a cavalo.

Franzi as sobrancelhas ao notar um grupo de grandes pássaros se aproximando de nós. Eles estavam sobrevoando o exército, mas o que me preocupava era que as asas dos pássaros brilhavam à luz do sol, assim como os homens abaixo.

Metal?

O rei desviou para a esquerda em direção a Grande Jade, e eu estiquei o pescoço para acompanhar os pássaros.

Tem alguma coisa errada.

Conforme eles se aproximavam, percebi como eram grandes.

— *Alteza...*

Eu me virei para a frente de novo, tentando me comunicar mentalmente com o rei, mas sem saber iniciar o processo, então apenas pensei e direcionei para ele.

— *O que foi?* — perguntou ele, voando mais rápido e com mais vigor que antes.

Olhei para trás de novo, sem saber se minha suspeita estava correta.

— *Está vendo aquela meia dúzia de pássaros atrás de nós?* — perguntei.

Ele esticou o grande pescoço de dragão para trás brevemente e confirmou antes de olhar para a frente de novo.

— *Sim.* — Ele pareceu distraído, como se minha conversa estivesse tirando sua concentração.

Desembainhei a faca de caça presa à minha coxa, esperando não assustar Kendal, aos meus pés e com o rosto ainda enterrado nas mãos.

— *Não são pássaros.*

Tentei parecer calma, mas mesmo me comunicando por pensamento, dava para perceber o medo na minha voz mental.

Ele virou a cabeça para trás outra vez, semicerrou os olhos e começou a fumegar pelas narinas enquanto observava os braços e pernas humanos pendurados nos "pássaros".

— *Mais uma invenção da rainha de Obscúria. Uma engenhoca voadora para humanos?* — Ele pareceu desnorteado.

Meu coração martelou quando olhei para trás de novo. Os homens estavam se aproximando de nós e, de fato, tinham asas de metal presas às costas por tiras de couro. Mas seus braços e pernas ficavam livres, e agora, na mão direita de cada um, havia uma espada de metal reluzente.

— *Eles têm espadas!* — avisei ao rei, observando com mais atenção um dos homens-pássaros.

— *Por Hades!* — amaldiçoou o rei, acelerando, enquanto suas asas cortavam o ar com facilidade. — *Detesto perguntar isso a uma dama, mas você sabe lutar? Você disse que caçava, não disse?*

Dama? Eu não era uma dama. Não de verdade. Não delicada e assustada à toa como Kendal.

— *Sim* — rosnei. — *Minha faca já está a postos.*

— *Olhe para os seus pés. Há dois estribos. Encaixe os pés neles e solte o cinto para poder se levantar.*

Ficar de pé sem cinto? Ele estava louco? Minhas mãos tremiam de nervosismo, como sempre acontecia antes de caçar, e desejei estar com meu arco, mas ele tinha ficado no bagageiro da carruagem em Pedra Errante.

— Arwen, o que está acontecendo? — choramingou Kendal.

Ela espiou para trás e soltou um grito de horror.

— Apenas se abaixe e cubra a cabeça — ordenei enquanto enfiava as botas nas tiras apertadas costuradas no arnês, abrindo bem as pernas para Kendal ficar entre elas.

Havia um tipo de correia metálica que usei para apertar até meu pé parecer devidamente esmagado – melhor prender demais do que de menos. Então, soltei o cinto e tentei me levantar.

Precisei tentar duas vezes, mas finalmente consegui, despreparada para o vento que tentava me derrubar de volta na sela.

— *Estou de pé* — informei ao rei.

— *Ótimo. Agora se agache e pegue minha espada no alforje à sua direita.*

A espada *dele*? O rei-dragão queria que eu pegasse a espada *dele*?

— *Hum, não sei se…*

— *É uma ordem. Pegue a minha espada agora!* — vociferou ele.

Apesar do sobressalto, me agachei depressa para abrir o fecho que mantinha a aba do alforje fechada. Estiquei o braço e puxei a espada, mas mal consegui levantá-la com uma só mão. Tive que guardar minha faca para sustentar o peso da espada do rei com as duas mãos. Ao empunhá-la com mais confiança, fiquei admirada com a sua beleza. Era coberta por mais rubis e pedras de jade do que eu jamais poderia imaginar caber no punho de uma espada.

— *Peguei.*

— *Ótimo. Agora se prepare para atingir qualquer coisa que tentar pular nas minhas costas. Vou cuidar do resto.*

Essas palavras não pareciam reais. Ele estava falando sério? Me preparar para… *golpear* um homem? Isto é, eu já tinha sacado minha lâmina em autodefesa, mas agora que me deparava com a ideia de matar um homem, me senti mal. Alces, coelhos, pumas, ratos – eu mataria qualquer animal que aparecesse, mas um homem? Nunca havia matado um homem antes. Nunca tinha matado nada que não fosse para alimentar minha família.

Quando o rei começou a se virar, desviando para a direita, entendi que ele pretendia atacá-los de frente.

— *Alteza, eu nunca matei um homem antes. Só animais. E só para me alimentar.* Meu peito arfava, eu lutava para respirar.

— *Então finja que são animais. A sensação é a mesma.* — Foi sua resposta. Antes que eu pudesse pensar no assunto por mais tempo, o embate começou.

O rei avançou direto para os homens-pássaros de Obscúria, e eu me preparei. Eram seis, posicionados em uma formação em V de alturas variadas. Assim que comecei a pensar em como sobreviveríamos à desvantagem, uma corrente de fogo de dragão explodiu da boca do rei em uma chama gloriosa, cobrindo dois dos homens por completo. O calor do fogo aqueceu meu rosto, mas não me machucou.

Eu me encolhi com os gritos de agonia, sentindo a bile subir até minha garganta. Os dois homens deram uma cambalhota em pleno voo e começaram a girar e se debater, tentando apagar as chamas. Em segundos, eles despencaram como pedras rumo ao chão, suas engenhocas aladas agora eram incapazes de sustentá-los.

Não consegui pensar no horror da cena por muito tempo: um dos homens voadores, que estava mais alto agora, vinha bem na nossa direção.

E agora me dava conta de que sua espada era tão longa que teria me perfurado antes mesmo que eu pudesse arranhá-lo com minha pequena lâmina de caça. Tive sorte de o rei ter oferecido a espada dele, mas também estava prestes a matar um homem ou feri-lo gravemente. Ou morrer…

Ele é um animal, ele é um animal… repeti para mim conforme ele se aproximava.

O homem soltava um rosnado ameaçador e, quando se aproximou, notei o brasão de Obscúria em sua couraça. Ele era humano. Alguém que diziam ser uma pobre alma indefesa em comparação com um ser portador de magia. Só que ele não me parecia tão indefeso agora – ninguém do exército de Obscúria era, fosse humano ou não. Primeiro, ele estava *voando*; segundo, ele parecia querer arrancar minha cabeça.

De repente, suas asas se retraíram e ele caiu como uma pedra.

Eu estava acostumada a movimentos bruscos – os pumas que percorriam as encostas da Montanha Cinzaforte eram rápidos –, mas eu era mais rápida. Com um grito de guerra, lancei-me para o alto ao encontro dele, cravando a espada diretamente em seu estômago, ao mesmo tempo em que me desviava do caminho da espada dele. A lâmina o atravessou como se ele fosse manteiga, mas o peso de seu corpo me derrubou. Quando caí com força na sela, o corte em minhas costas me lembrou de sua presença com uma nova onda de dor. O homem gemeu quando afundei a lâmina mais fundo, então Kendal começou a gritar feito louca, na certa por ter olhado para cima. Com uma explosão de adrenalina, me afastei da cesta, ignorando a dor ardente em minhas costas. Mantendo as mãos firmes no cabo da espada, usei o impulso para atirá-lo para o lado, segurando a espada para não a perder.

Seu corpo deslizou da lâmina com facilidade e desabou em direção ao solo. Tentei recuperar o fôlego.

— *Está tudo bem?* — Era a voz do rei, que tinha acabado de lançar mais uma corrente de fogo em outros dois homens-pássaros, que avançavam.

— *Tudo bem* — garanti, olhando para a lâmina ensopada de sangue e os respingos em meu novo traje de caça.

Eu matei um homem. Eu matei um humano.

Por alguns instantes, os únicos sons que pude captar foram meu coração estrondoso e o vento forte. Então me vi fazendo uma oração, pedindo perdão ao Criador. Não que proteger minha vida fosse errado, mas ao mesmo tempo eu não havia gostado nada do que tinha acabado de fazer.

A oração acalmou meus nervos e, quando olhei para cima, vi que restava apenas um homem. Um homem muito inteligente que agora estava recuando.

Me sentando de volta, deixei a espada apoiada no colo e olhei em choque para minhas mãos.

Kendal tinha escolhido aquele exato momento para levantar a cabeça. Ela viu de relance todo o sangue e soltou outro grito de gelar o sangue antes de desmaiar.

— *O que foi?* — exigiu o rei, com seus movimentos de voo irregulares como se fugisse de um ataque.

— *Nada. Foi só a Kendal ao ver todo o sangue. Ela se assusta à toa* — murmurei, sentindo seu corpo relaxar embaixo de nós. Seus movimentos se acalmaram e, mais uma vez, estávamos indo para Grande Jade.

Olhei para o pescoço do rei-dragão e observei as escamas pretas brilhantes e a maneira como elas refletiam o sol da manhã. Elas quase pareciam metálicas, o que me deixou fascinada. Estendi timidamente a mão, sem saber se tinha permissão, e acariciei a pele. Seu corpo estremeceu sob meu toque, e eu tirei a mão depressa, arregalando os olhos.

Pelo Criador.

Será que isso foi... totalmente inadequado? Agora eu me sentia tola e rezava para que ele pensasse que tinha sido Kendal, embora fosse um pensamento estúpido, considerando que ela ainda estava inconsciente e enroscada aos meus pés. Um silêncio constrangedor se prolongou por minutos demais, e eu me perguntei se deveria me desculpar.

Eu acariciei o rei como se ele fosse um cavalo! No que, em nome de Hades, eu estava pensando?

Quando Grande Jade surgiu ao longe, comecei a reunir as palavras que usaria no meu pedido de desculpas. Havíamos chegado muito mais rápido do que eu esperava, planando sobre centenas de pequenas casas de pedra na periferia da cidade. Sobrevoamos a imponente muralha de jade, que nos dava as boas-vindas.

Os guardas nas torres viram que estávamos nos aproximando e tocaram uma trombeta devagar e profundamente, sinalizando nossa chegada.

O rei Valdren mergulhou mais baixo, aproximando-nos dos telhados. Prendi a respiração enquanto contemplava a vista magnífica da cidade. Era simplesmente de tirar o fôlego. Crianças corriam pelas ruas de paralelepípedos com flores, apontando para o céu.

— O rei! O rei!

Lojistas colocavam a cabeça para fora de seus estabelecimentos, e eu tentei espiar alguns artesanatos do mercado, mas passamos rápido demais. Grande Jade tinha as joias mais bonitas de todo o reino, famosas por suas contas de vidro esmaltadas com escamas de dragão. Mesmo sendo cedo, a cidade fervilhava de atividade e, por mais que eu quisesse passear, havia um assunto urgente para resolver. Eu estava coberta pelo sangue de um homem morto, com Kendal agora ciente e tremendo aos meus pés.

Nós nos aproximamos do gigantesco Castelo de Jade, parecendo brilhar de um verde-menta sob os raios do sol. Era um verdadeiro espetáculo. Jade maciço, cinco andares de altura, maior que quase toda a Cinzaforte.

À prova de fogo, à prova de flechas, à prova de quase tudo, o lugar era o mais seguro do reino. O rei voou ao redor do castelo e seguiu para a parte de trás, perto do que parecia ser um campo de treinamento. Havia estábulos e campos abertos, e homens corriam com suas armaduras e espadas. A chamada do portão deve ter sido uma chamada de guerra, ou talvez o rei os tenha convocado por pensamento. Eu não conhecia o alcance de suas habilidades.

Ele desceu até a grama, aterrissando suavemente. Um guarda veio correndo, arregalando os olhos ao ver meu estado. Eu ainda segurava a espada do rei, com os nós dos dedos brancos de tanta força, e estava coberta de sangue seco e pegajoso.

— *Milady*! Está ferida?

Balancei a cabeça.

— Ajude-a primeiro. — Apontei para Kendal, que levantou a cabeça e olhou pelo pátio, vendo os homens se preparando para a guerra. Seus olhos ficaram ainda mais arregalados que os de uma coruja, e seu lábio inferior tremeu.

— Me deixe ajudá-la a descer, senhorita.

O guarda estendeu a mão para ela, que aceitou a ajuda.

Enquanto ele a ajudava a descer, uma mulher baixa e robusta, de queixo pontudo e cabelos castanhos presos em um coque apertado, se aproximou depressa.

— Ah, minha querida! — arrulhou para Kendal.

Pulei da sela como se estivesse pulando de uma rocha alta e parei diante do rei. Ele logo começou sua transição de volta para humano. Seus homens tiraram sua sela e eu me virei de costas, sem saber se suportaria vê-lo nu de frente. Eu poderia desmaiar como Kendal se fizesse isso. Ele saiu de trás de mim vestindo apenas uma calça larga e me olhou com uma expressão indecifrável.

— Está tudo bem? — A pergunta denunciava sua compaixão e preocupação, para as quais eu não estava preparada. E eu também não estava preparada para ver de perto como seu abdômen era definido.

Com o coração martelando dentro do peito, me lembrei de quando perfurei o estômago do soldado de Obscúria. Afirmei com a cabeça e me agachei na grama para limpar a lâmina.

— Obrigada por me emprestar isto — falei, decidindo que um pedido de desculpas por ter acariciado sua pele seria esquisito demais agora. Era melhor nós dois esquecermos que aconteceu.

Ele inclinou a cabeça de lado, com seus olhos verdes marcados por um brilho amarelo enquanto me avaliavam. Seu olhar percorreu meu traje de caça de couro e o sangue que o cobria.

— Se eu não fizer de você minha esposa, talvez tenha que te convocar para o meu exército. — O tom foi de brincadeira, mas não pude conter o sorriso torto que se abriu em meu rosto.

Eu poderia me juntar ao Exército Real? Me tornar um Drayken? A ideia despertou alguma coisa em mim que eu nunca havia sentido antes.

Um sonho. Uma possibilidade. *Um futuro importante.*

Antes que eu pudesse responder, a mulher com o coque apertado puxou delicadamente meu braço.

— Vamos, queridas. O campo de batalha não é lugar para uma dama.

A estranha corpulenta me enxotou e, relutante, a segui, incapaz de tirar da cabeça as palavras do rei.

Ele estava falando sério sobre eu me juntar ao seu exército? Porque eu toparia sem pensar duas vezes.

— Meu nome é Annabeth, sou a governanta aqui no Castelo de Jade. Vocês devem ser as possíveis futuras esposas, vindas de Cinzaforte, não? — perguntou ela enquanto nos afastávamos dos homens, que corriam com suas armas e montavam em seus cavalos.

Eu queria dar meia-volta, ir com eles para a batalha em Pedra Errante, mas sabia que não seria permitido.

Quanto ao termo "possível futura esposa", eu não sabia se algum dia me acostumaria.

— Sou Kendal.

— E eu sou Arwen — disse, enquanto Annabeth abria uma porta, que nos conduzia a um corredor extravagante.

As paredes, o chão, tudo era de jade maciço. Jamais tinha visto tanta riqueza em toda a minha vida, fiquei surpresa. Tanto que não percebi que havia parado de andar.

— Você se acostuma, querida. Os banheiros também são de ouro maciço — comentou Annabeth.

Eu ri. Ela era engraçada.

Ela me lançou um olhar sério.

— Não estou brincando.

Ah. Eu me mexi, desconfortável, e ela me olhou com atenção pela primeira vez.

— Você precisa de um banho antes de conhecer as outras.

— As outras?

— As outras candidatas a esposa.

Ah, quantas seriam? A moça de Sombramorada e provavelmente uma ou duas dali de Grande Jade... Será que havia mais, vindas das aldeias perto do Grande Rio?

— Um banho seria ótimo — murmurei, e ela fez sinal para que a seguíssemos por outro corredor.

Eu já estava perdida. Quando dobramos em um novo corredor, vi que havia mais de uma dúzia de portas, cada uma com uma criada parada na frente.

Santo Hades.

Eles tinham criados apenas à espera dos convidados? O rei devia receber muita gente.

Annabeth me acompanhou até a última porta e sorriu para uma jovem de cabelos pretos cacheados que tentou, e falhou, não parecer escandalizada com minha aparência sangrenta. Ela parecia alguns invernos mais velha que eu; talvez tivesse vinte invernos.

— Houve um contratempo. A Arwen aqui vai precisar de um banho antes do almoço — avisou Annabeth.

A jovem de cabelos cacheados pigarreou e fez uma reverência.

— Sim, senhora.

Ela abriu a porta e eu entrei, enquanto Annabeth levava Kendal para o quarto ao lado, apresentando-a à criada dela.

Kendal me deu um pequeno aceno, dando a entender que estava bem, e eu fechei a porta do meu novo quarto e girei ao redor.

— Pelo fogo de Hades. — Suspirei, e minha nova criada enrijeceu. — Ah, isso não foi lá muito elegante, não é? Acho que vou precisar trabalhar nesses pontos.

A menos que eu me juntasse ao exército do rei. Nesse caso, eu poderia usar o linguajar que bem entendesse.

Ela fez uma reverência profunda para mim.

— Sou Narine. Estou aqui para ajudar você no que for possível.

Dei a ela um aceno nervoso.

— Sou Arwen. — Quando me curvei de volta, ela ficou rígida, os olhos arregalados. Eu estremeci. — Não devo me curvar para você, devo?

A fachada de Narine caiu e ela caiu na gargalhada, o que apreciei. Eu não poderia viver com uma pessoa emocionalmente morta me rondando o tempo todo.

— Não — confirmou, logo segurando o riso. — Perdão por rir, *milady*, eu...

— Ah, por favor, seja normal comigo, fique à vontade ou o que for. Não sou uma dama. Sou uma caçadora de Cinzaforte.

Mostrei a ela minhas unhas sujas de sangue e terra, e ela estremeceu.

— Uma caçadora? Vamos limpar você. Terá que se tornar uma dama se quiser se casar com o rei.

Dei de ombros.

— E se eu não quiser me casar com o rei?

Ela ergueu as sobrancelhas, mas não disse nada, saindo da sala e me dando tempo para assimilar por completo o luxo do lugar.

O carpete era de pelo alto e macio, em um roxo profundo. O sofá era forrado de um tecido dourado brilhante que devia ter fios de ouro de verdade, e a pequena área da cozinha estava tão limpa que eu teria medo de preparar qualquer coisa nela. Havia uma sala de estar, um quarto, um quarto de hóspedes e *dois* banheiros!

Não havia dúvida: os aposentos eram maiores do que minha cabana em Cinzaforte, além de *muito mais* bonitos.

— Lady Arwen, seu banho está pronto.

Pela janela, eu olhava as colinas verdejantes, onde o exército estava se reunindo a cavalo – havia centenas deles –, mas a voz de Narine me assustou.

— Será que vamos entrar em guerra com Obscúria agora? — refleti em voz alta.

Narine estalou a língua.

— Isso é assunto para os homens. Você precisa se lavar e pensar na competição.

Eu bufei.

— Competição? É assim que estão chamando? Meia dúzia de mulheres concorrendo pela mão do rei quando tudo o que ele quer de verdade é o nosso útero mágico?

Ela pareceu chocada, e na mesma hora me senti mal por falar com tanta impetuosidade. Estava claro que a moça não estava acostumada com aquilo.

— Desculpe. Gosto de falar o que penso — admiti.

Ela me encarou e eu fiquei um pouco surpresa com a raiva em seu rosto. Sem dizer mais nada, ela deu meia-volta, então a segui pelo corredor até o banheiro.

Tudo bem, fale menos e pare de irritar a criada, recomendei a mim mesma. Eu falava demais quando ficava nervosa, era um péssimo hábito.

— Ai, meu Criador! — exclamei quando entramos no grande espaço.

Era coberto de pedra de jade branco do chão ao teto, com uma gigantesca banheira de imersão de cobre no meio. Espirais quentes de vapor subiam dela e um aroma fresco de limão chegou ao meu nariz. O papel de parede era de um padrão floral dourado e roxo contornado por jade. Era a casa de banho mais deslumbrante que eu já tinha visto.

— Eu poderia me acostumar com isso — admiti, antes de começar a me despir.

— Melhor não se acostumar se não leva a competição a sério — retrucou Narine, baixinho.

Eu claramente a havia aborrecido com minhas palavras duras. Tentei consertar o dano que eu já tinha feito.

— O rei é um homem bom com quem a maioria das mulheres seria abençoada em se casar.

Mais uma vez aquela encarada, que me fez não querer mais essa moça na minha presença. Isso não estava indo nada bem.

— Posso tomar banho sozinha — murmurei, e com um breve aceno de cabeça, ela saiu, fechando a porta com um pouco mais de força do que o necessário.

Santo Hades, a mulher era um pesadelo! Seria cruel da minha parte pedir para Annabeth uma nova criada? Eu deveria agradecer minha sorte por terem me dado uma, mas quem quer andar com alguém que encara você e bate portas o dia inteiro? Tudo bem, eu tinha dito que não queria me casar com o rei, mas isso era tão ruim assim? Será que ela se casaria com ele se ele a tivesse arrancado de sua aldeia e a arremessasse com um monte de outras mulheres em uma competição? Era bárbaro e errado. Eu me casaria por amor. Ponto-final.

Depois de me despir, mergulhei na banheira, deixando um suspiro escapar com o conforto da água quente e limpa. Eu ainda estava irritada com Narine, mas não deixaria isso estragar meu banho. Agora eram três banhos quentes seguidos. Era melhor pedir um balde de água quente da próxima vez para não me acostumar com tais luxos.

Esfreguei o corpo depressa, com atenção à ferida que cicatrizava nas minhas costas e que agora eu mal conseguia sentir. Eu queria me apressar, indisposta a ficar mergulhada no sangue do homem que eu havia matado. Quando terminei, saí e coloquei o vestido azul de algodão que estava dobrado na cadeira, bem como as sandálias de couro dourado que eram meio tamanho maior que meus pés. Parecia que eu estava indo passear em um jardim, como uma verdadeira dama deveria se vestir, imagino.

Vi uma escova de cabelo, perfume e maquiagem na bancada, itens com os quais eu não queria muito contato, já que não saberia me maquiar. Minha mãe nunca havia comprado ou usado aquelas coisas, mas escovei os cabelos compridos, caso contrário ficaria todo embaraçado. Aproveitei o tempo para pensar em como teria parecido ingrata a Narine por não querer me casar com o rei. Na cabeça dela, apenas ser considerada já seria uma grande honra, e eu precisava ser mais grata. Na verdade, ele ia pagar quinhentas moedas de jade só para me ter ali por uma lua. Decidi procurar Narine para me desculpar e possivelmente explicar meu lado das coisas.

Não era fácil ser arrancada de sua casa e levada para uma nova terra com a expectativa de se casar com um estranho e gestar os filhos dele, mesmo que esse estranho fosse seu rei. Sem mencionar que minha mãe tinha me avisado que ele poderia me matar se detectasse minha magia – que ainda não havia se apresentado. Eu tinha boas razões para dizer o que disse, mas ela não sabia disso.

Saí do banheiro, atravessei um corredor e cheguei à sala de estar. Eu estava prestes a abrir a boca e chamar Narine quando ouvi sua voz vindo da entrada da frente.

— Minha menina não para de chorar, não sei o que fazer — disse uma voz desconhecida.

— A minha nem quer estar aqui ou se casar. Posso dar adeus ao meu prêmio em dinheiro — respondeu Narine.

Prêmio em dinheiro?

— Ah, Narine, eu sinto muito. Sei o quanto você precisava do dinheiro para pagar pelo casamento da sua irmã mais nova.

Narine rosnou:

— Não importa, de qualquer maneira. Não importa o quanto caprichemos com os cabelos e a maquiagem delas, ou o quanto as ensinemos a serem adequadas, o rei escolherá a mais poderosa no final.

— E Annabeth nos deu logo as duas moças de Cinzaforte. Ela deve nos odiar.

Narine riu. Fiquei farta disso.

Pigarreei bem alto e Narine saltou um metro no ar, batendo a porta da frente e me encarando com a cabeça baixa de vergonha.

— *Milady*! Não há desculpa para o que a senhorita ouviu. Perdão...

Acenei para que ela parasse.

— Que prêmio em dinheiro? É por isso que ficou tão zangada comigo? Você vai ganhar algum prêmio se o rei me escolher?

Ela engoliu em seco, seus olhos castanhos encontraram os meus.

— Um incentivo para as criadas darem o melhor de si ao preparar vocês para encontrar o rei e passar pela competição. Annabeth prometeu à vencedora um prêmio de cem moedas de jade.

Agora fazia sentido ela ter ficado tão irritada quando falei que nem queria me casar.

— E você precisa do dinheiro para casar sua irmã? — perguntei.

Eu sabia que casamentos eram diferentes em Grande Jade. Eram eventos muito maiores e mais elaborados.

Ela mordeu o lábio.

— Minha mãe faleceu no parto. Papai morreu dois invernos atrás, servindo no exército do rei. Eu crio a minha irmã sozinha, então cabe a mim pagar pelo casamento dela.

Por Hades, se isso não me deixasse arrependida, nada deixaria. Eu compreendia. Eu também cuidava da minha família. Os pagamentos que minha mãe recebia como parteira eram esporádicos, visto que simplesmente não nasciam bebês com tanta frequência em Cinzaforte.

Franzi a testa.

— Desculpe. Agora entendo por que ficou chateada ao me conhecer, e a primeira coisa que saiu da minha boca foi que espero não conquistar o coração do rei.

Ela balançou a cabeça.

— Ainda assim, não há desculpa para o que você me ouviu dizer. Se Annabeth souber...

Bufei.

— Não sou dedo-duro! Seu segredo está seguro comigo. Todo mundo precisa desabafar com alguém. Que bom que você tem uma amiga.

Ela levantou a cabeça e a surpresa percorreu seu rosto.

— Você não está brava? Não vai contar?

Dei de ombros.

— Quer dizer, eu não gostei de como você menosprezou as moças de Cinzaforte, mas não, não estou brava.

Desabei no sofá e apoiei os pés na mesinha diante dele.

Narine suspirou de alívio.

— Obrigada, *milady*. Serei mais respeitosa a partir de agora, prometo. E nada contra Cinzaforte. Só presumi que a cidade não teria as mulheres de magia mais poderosa, já que é povoada por humanos e mestiços.

Cinzaforte era conhecida por isso, então eu não poderia ficar brava com tal suposição.

Esfreguei o queixo.

— Suponho que terei que comparecer a bailes e jantares chiques?

Seus olhos brilharam.

— Ah, sim, senhorita. Annabeth coordenou diversos eventos para ajudar o rei a conhecer todas as damas presentes.

— E suponho que me darão vestidos elegantes para tais ocasiões?

Gesticulei para o vestido diurno que estava usando. Embora fosse apenas algodão, era tingido de um tom caro de azul, e tinha babados no decote e na bainha – detalhes sofisticados que não se via em vestidos comuns em Cinzaforte.

Ela confirmou com a cabeça, ansiosa.

— Ah, sim, devo levar a senhorita na costureira agora para tirar suas medidas.

Sorri e me levantei.

— Então vamos combinar uma coisa: cada vestido que eu ganhar, ou qualquer outro presente, usarei uma vez e depois darei a você para que possa vender e pagar o casamento de sua irmã.

Ela abriu a boca, e fechou, e depois abriu de novo.

— Isso com certeza não é permitido.

— Por que não? Não são presentes com os quais posso fazer o que eu quiser? — perguntei.

Seus olhos brilharam de comoção.

— Você faria isso? Mesmo depois do que eu disse a seu respeito?

— Faria. Porque também tenho uma irmãzinha e sei como é querer coisas pelas quais não posso pagar — respondi.

Um sorriso torto enfeitou sua boca.

— Acho que tive sorte em ficar com uma moça de Cinzaforte, afinal.

— Sim, acho que teve. — Soltei uma risadinha.

Passei mais de uma hora implorando à costureira para que, além de vestidos, me fizesse também três calças e algumas túnicas curtas. Ela negou nas primeiras três vezes, dizendo que calças e túnicas não eram para mulheres. Então lhe perguntei se Regina não era uma mulher e quem tinha feito as calças e túnicas dela, até que a costureira apenas suspirou e concordou que faria. Depois, implorei para que ela tentasse tirar as manchas de sangue do meu traje de caça de couro que minha mãe havia me dado. Após ela concordar com tudo, agradeci bastante e segui Narine rumo ao salão de almoço.

— O rei está fora tratando de assuntos do reino, então não vai almoçar com vocês — informou Narine.

Assuntos do reino. Também conhecidos como ataques da rainha de Obscúria em Pedra Errante, sobre os quais eu estava louca para saber mais. Eu não estava nem aí para almoçar com o rei; meu interesse era ter notícias sobre o ataque.

— Alguma novidade sobre Pedra Errante? Como está a batalha? — perguntei.

Ela levantou uma sobrancelha para mim.

— Como sabe disso?

Acenei como se não fosse nada.

— Eu estava lá. Vim para cá montada nas costas do rei-dragão! De onde acha que veio todo aquele sangue?

Ela concordou.

— Foi o que ouvi falar. Bom, não posso dizer muita coisa, mas uma fonte me contou que um mensageiro chegou há alguns minutos.

Parei bem no meio do corredor.

— E...?

Ela me olhou com uma expressão perplexa.

— Não sei, eu não estava lá, e são mensagens confidenciais apenas para o rei e seus conselheiros.

Cruzei os braços e fiz uma careta.

Narine apontou para as amplas portas duplas.

— O almoço será um bom momento para eu avaliar seus modos à mesa.

Não pude evitar a gargalhada que me escapou.

— Narine, por favor, nem se dê ao trabalho. Minha mãe nos alimentou de carne com osso em frente à lareira desde que eu era um bebê. Não vou impressionar ninguém com as minhas maneiras à mesa.

Ela suspirou, e foi ali que a vi desistir de mim. A luz em seus olhos se apagou ao desistir de qualquer esperança de que eu me tornasse uma refinada rainha de Grande Jade.

Parei no corredor e me inclinei para perto dela, baixando a voz.

— Olha, se você quer *mesmo* tentar ganhar essa coisa, eu posso pedir outra criada. Ouvi o líder da guarda do rei dizer que há uma moça de Sombramorada muito poderosa. Talvez você possa ficar com ela.

Ela me deu um sorriso educado.

— Não podemos trocar.

Foi o que imaginei.

— Sendo assim, seguimos com o plano de revender os vestidos?

Outro sorriso educado.

— Sim, *milady*. Obrigada. Não me esquecerei da sua gentileza.

Me senti melhor em dar um jeito nas coisas com ela e ter uma aliada, mas eu ainda me sentia um pouco culpada por não querer me casar com o rei e ganhar para ela as tais cem moedas de jade.

Ela abriu as portas e, quando entrei, fui imediatamente assolada pela visão de mais de cem mulheres em vestidos coloridos e sandálias de couro dourado.

Santo Hades.

Olhei para Narine.

— Estamos no lugar certo? — perguntei, embora lá no fundo soubesse que sim. Foi naquele momento que entendi que o rei havia convocado todas as mulheres que possuíam um pingo de magia e estavam em idade reprodutiva.

— Estamos — ela disse.

Eu me senti ao mesmo tempo suja e aliviada. Suja por estarmos todas arrumadas da mesma forma, com o mesmo vestido e as mesmas sandálias, como marcas de gado, mas aliviada por haver tantas mulheres que o rei jamais me escolheria como esposa com aquela fartura de opções. Eu simplesmente não era tão especial, e minha magia ainda nem havia vindo à tona. Com sorte, eu estaria em casa na próxima lua cheia e o rei Valdren teria sua esposa com seu útero mágico para produzir bebês.

— Comida!

Corri até a mesa onde Kendal estava sentada e ocupei o lugar ao seu lado. Ela estava conversando com algumas das outras moças e no meio da mesa havia uma variedade de pratos. Carnes, queijos, pãezinhos elaborados e pequenas tortas cobriam a mesa. Peguei duas porções de cada e empilhei tudo em meu prato, pronta para atacar.

Narine puxou uma cadeira perto de mim e começou a me observar.

Eu gemia, mergulhando uma das tortinhas de carne em algum tipo de molho de queijo picante que eu nunca havia provado antes.

— Santo Hades! — gemi de novo.

Narine bateu de leve em meu ombro.

— Nada de gemidos ou exclamações na mesa de jantar — repreendeu.

Kendal e duas das outras moças riram.

— Ah, pode desistir de ensinar boas maneiras a essa aí — zombou Kendal, mas sorrindo para que eu soubesse que era brincadeira.

Depois de vê-la desmaiar tantas vezes e ouvir sua criada comentar que ela esteve chorando, me compadeci. Eu não saía muito com ela em Cinzaforte. Nunca fui fã de fofocas e da última moda, então apenas não tínhamos muito em comum, mas ali… ali éramos as moças de Cinzaforte e precisávamos nos unir.

Olhei para Narine.

— Talvez seja melhor você passar as minhas refeições fazendo algo de que goste. Eu não tenho salvação.

Enfiei um pão gigante na boca para deixar isso claro, e Narine se encolheu visivelmente, estremecendo de leve desgosto.

— Tudo bem, se está com tanta certeza.

— Estou *shim* — falei com a boca cheia de pão, fazendo Narine esfregar as têmporas.

Assim que ela saiu, engoli o resto do pão e sorri com minha vitória. Tecnicamente, eu não era tão ruim à mesa, mas não estava disposta a ter aulas de etiqueta como uma autêntica moça de Grande Jade. Eu só queria comer em paz e conversar com Kendal, não aprender para que serviam os três garfos de tamanhos diferentes.

Baixei a voz e perguntei para ela:

— Tudo bem com você?

Kendal me devolveu um pequeno sorriso. Seus olhos estavam vermelhos como se ela tivesse chorado, mas ela parecia melhor do que quando estávamos voando nas costas do rei.

— Melhor agora que não estou montada em um dragão — disse ela, séria.

Concordei.

— Tomara que você não precise fazer aquilo de novo.

Ela sorriu.

— Pelo menos não naquele sentido.

Levei um segundo para entender a insinuação e meu queixo caiu com a piada suja. Kendal era imprevisível. Apropriada na maioria dos dias, encorajando as outras a se manter puras, mas ela sabia mais sobre se deitar com um homem do que qualquer outra pessoa que eu conhecia. Ela declarava que havia aprendido tudo ao visitar uma tia em Pedra Errante, mas agora fiquei imaginando se era verdade.

Dei um tapinha em seu ombro e sorri.

— Boa.

Quando ela caiu na gargalhada, me peguei rindo também. Pela primeira vez desde que havia chegado ali, me senti leve e despreocupada.

Talvez não fosse tão ruim assim.

◆ ◆ ◆

Os dias seguintes passaram devagar, e eu estava prestes a morrer de tédio. As outras moças só queriam falar sobre costura, flores e quantos filhos desejavam ter. Todas pareciam um tanto entusiasmadas por estarem ali e ansiosas para conhecerem o rei e serem pedidas em casamento.

Eu, por outro lado, estava louca para ouvir sobre a guerra. Já tivéramos pequenos conflitos aqui e ali, mas nunca uma guerra de verdade, pelo que me lembrava. A última novidade que tive de Narine foi que o rei e seu exército estavam contendo os avanços da rainha de Obscúria e os homens dela no Grande Rio, mas estava sendo uma tarefa exaustiva que demandava o envio de mais tropas a cada dia. Enquanto isso, as futuras esposas apenas acordavam, escolhiam seus vestidos e cacheavam seus cabelos, esperando que o rei chegasse e escolhesse uma delas.

Era nauseante, e por falar em nauseante...

— Não me sinto bem. Por favor, diga às outras moças que vou sentir saudade da companhia delas no almoço, mas acho que vou ficar aqui hoje — avisei a Narine.

Era uma meia-verdade. Eu *não* estava me sentindo bem, mas por mais gentis que as outras pretendentes fossem, eu não sentiria saudade da companhia tediosa delas. Se eu ouvisse mais um comentário sobre os adoráveis lírios do jardim, eu iria gritar. Sempre que eu tentava contar uma história de caça, elas me mandavam calar a boca!

Simplesmente não era minha companhia preferida.

Narine se aproximou para encostar a mão na minha testa, depois se afastou com um assobio.

— Vou chamar um curandeiro.

Ela já estava prestes a correr para a porta quando eu ri.

— Não precisa, estou bem. Só estou com dor de cabeça e preciso tirar uma soneca — murmurei, mas a expressão de medo em seu rosto me fez pensar se eu estava com manchas na pele ou bochechas vermelhas. A varíola tinha matado um décimo da aldeia quando eu era pequena, e eu não havia contraído a doença.

— Você está queimando. — Foi tudo o que ela disse e então saiu porta afora.

Tropecei até a cama, trêmula de repente, e levantei a mão para sentir minha testa. Eu me sentia bem, mas será que uma pessoa com febre perceberia se estivesse mais quente que o normal?

Eu só estava cansada, tão cansada que meu cérebro parecia estar pegando fogo. Resolvi me deitar, sem saber quanto tempo levaria para buscar um curandeiro e assustada com a súbita reviravolta nos acontecimentos.

Caí no sono, apenas para ser sacudida até acordar um tempo depois.

— Senhorita Novakson? Sou a dra. Elsie — disse uma mulher de cabelos verdes brilhantes debruçada sobre mim, tocando em minha cabeça com um objeto de metal semelhante a uma colher.

Ela arregalou os olhos e olhou para Narine, que estava ao seu lado.

— Prepare um banho frio e ponha gelo — disse a médica.

— Gelo? — sibilei.

A médica olhou para mim com preocupação e minha atenção se voltou para a ponta de suas orelhas, notando que eram mesmo pontudas.

Uma elfa?

Ao contrário de seus parentes feéricos, os elfos eram famosos por seus dons de cura, e os dragões também tinham um pouco desse tipo de magia.

— Senhorita Nova…

— Pode me chamar de Arwen — gemi, sentindo uma gota de suor escorrer pelo pescoço.

O leve desconforto que eu senti alguns instantes antes tinha dado lugar a um enjoo real. Meu estômago ardia e minha cabeça parecia estar sendo comprimida por alguém.

— Arwen, eu sou uma elfa-dragão especializada em doenças híbridas. Tenho um diploma de doutorado avançado em doenças humanas e do povo-dragão, bem como formação em cura élfica.

Blá-blá-blá. Eu estava morrendo e ela ali tagarelando sobre suas qualificações. Um híbrido de elfo e dragão? Isso era bem raro – quase impossível, na verdade. Eu nunca havia conhecido um, mas meu cérebro estava em chamas, então, naquele momento, eu não dava a mínima.

— Estou tão cansada, estou ardendo. Água — murmurei, começando a delirar.

A mulher se debruçou sobre mim e enterrou o nariz bem no meu pescoço para inalar. Ela me fez lembrar de um maldito farejador, sem contar a grosseria de invadir o espaço pessoal de alguém daquele jeito.

— Ei! — Eu a empurrei para longe, começando a ver contornos ondulados em volta do meu corpo, como dá para ver o calor que emana de uma pedra quente ao meio-dia.

O que é…?

Os olhos da médica se arregalaram e ela piscou várias vezes para mim.

— Você não tem cheiro de um híbrido — sussurrou.

Por Hades. Me lembrei da advertência de minha mãe.

— Como é? — Eu ri, cem por cento certa de que explodiria em chamas a qualquer segundo. O calor consumia tudo.

— *E mais*: você cheira como se estivesse coberta de feitiços que estão se desfazendo — completou ela, quase como uma acusação.

— Como é!? — gritei.

Dava para ver o conflito em seus olhos: a compaixão e a condenação em igual medida, como se fosse de alguma forma minha culpa que alguém tivesse colocado um feitiço em mim quando nasci.

— O banho de gelo está pronto! — anunciou Narine.

A médica sacudiu a cabeça e deslizou uma das mãos sob meus joelhos e outra atrás do meu pescoço. Ela me pegou no colo, grunhindo com o peso, e correu pela sala.

O cheiro de pele queimada pairava no ar e tive uma ânsia de vômito, olhando para a médica. Ela estremeceu de dor, enquanto a fumaça subia até o teto. Olhei para baixo, tentando ver de onde vinha, e fiquei horrorizada ao constatar que era a pele *dela* que estava queimando. E era *eu* quem a queimava.

Mas como em nome de Hades? Como era possível?

— Eu posso andar — falei, mas as palavras saíram emboladas e pontinhos pretos começaram a dançar diante dos meus olhos.

Quando ela chegou à banheira, me jogou dentro d'água como um pedaço de carvão aceso. Meu corpo colidiu com a frieza gelada e penetrante, um assobio de vapor explodiu e a escuridão me levou para seu doce abraço.

Minha consciência voltou com o som de murmúrios.

— Por que parece que uma bomba explodiu no banheiro? — A voz rouca do rei invadiu minha mente, mas eu estava fraca demais para abrir os olhos.

— Milorde, não sei explicar. Ela... *explodiu* de poder — respondeu a dra. Elsie. — Nunca vi tanto fogo de dragão na vida. Felizmente, Narine e eu somos parte povo-dragão, senão teríamos sido queimadas vivas. Consegui usar a minha magia élfica para nos proteger do pior da explosão.

Meu coração disparou com o que eu estava ouvindo. Era de *mim* que estavam falando?

Enfim consegui abrir as pálpebras e espiar pela beirada da cama em que eu estava. O rei Valdren estava com os braços cruzados sobre o peito musculoso. Cortes secos e cicatrizes cobriam sua pele, e seu pescoço estava sujo de carvão preto. Ele tinha acabado de chegar da batalha.

— O que isso significa? — perguntou ele à médica.

Fechei os olhos para o caso de alguém olhar para mim. Eu também queria saber o que significava. Minha última lembrança era de estar queimando e da doutora Elsie me jogar dentro d'água. Depois disso, desmaiei.

Quando a médica falou, sua voz saiu tão baixa que mal a ouvi.

— Milorde, ela expelia feitiços. Como se alguém tivesse feito magia para esconder os poderes dela e o efeito estivesse passando de repente, incapaz de contê-los por mais tempo.

Por Hades. Isso não era nada bom. Tudo o que minha mãe havia dito estava acontecendo.

— Por que alguém esconderia o poder dela? — questionou ele, perplexo.

— Não sei, mas se está procurando alguém para carregar um filho seu... ela deve ser uma das principais candidatas. — Eu a ouvi se aproximar do rei. — Ela cheirava a *sangue puro*.

Endureci, sentindo os olhos de todos em mim. Meu coração batia tão forte e tão rápido que eu tinha certeza de que todos no quarto podiam ouvi-lo.

Principal candidata a ser o útero real?

Não. Não era isso que eu deveria estar fazendo. Minha mãe havia me aconselhado a ficar quieta e voltar para casa logo, mas aí acabei explodindo com o fogo de dragão na frente da médica particular do rei e tinha subido para o posto mais alto.

— Não é possível ter o sangue puro — disse ele com desdém.

— O nariz de uma elfa curandeira não mente — retrucou ela.

— Você é *metade* elfa. — A voz dele carregava uma periculosidade que me assustou.

— Bem, o dela é quase original — corrigiu a médica. — Tenho certeza disso. Mande as farejadoras verificarem agora para confirmar, se quiser.

Um silêncio caiu sobre os dois, até que o rei falou em um tom pouco mais alto que um sussurro:

— Você acha mesmo que ela é poderosa o suficiente para carregar e dar à luz um bebê saudável? Não posso enterrar outra criança. — A voz do rei falhou, e a muralha de gelo que eu havia erguido em volta do meu coração derreteu em um instante.

Sua tristeza me consumiu. Tive que engolir um gemido.

— Vamos deixá-la descansar — recomendou a médica de repente, e eu temi ter soltado um gemido *de verdade*.

Abri os olhos bem a tempo de vê-la puxando o rei para fora do quarto.

Assim que ouvi a porta se fechar, rolei para o lado e encarei o papel de parede com o emblema do dragão estampado em ouro.

Ele era só um homem que queria um filho, e sua magia era tão poderosa que o corpo da maioria das mulheres não aguentava gestar a criança até o fim. Seria tão ruim se fosse eu? Eu queria ter filhos um dia, mas esperava me apaixonar *primeiro* e depois ter um bebê nascido desse amor. Todo esse espetáculo fazia parecer que o rei queria o herdeiro, não a mulher, e eu não estava disposta a me sujeitar a isso.

Eu só precisava rezar para que minha magia permanecesse no meu corpo pelo resto dos meus dias ali, e que o rei escolhesse outra para ser a próxima rainha. Eu queria que ele tivesse o herdeiro dele, mas não comigo, não em uma competição. Eu não seria um prêmio.

Adormeci pensando em Nathanial e na tenda do beijo. A maneira como ele havia olhado para Ruby Ronaldson significava que, mesmo que eu fosse para casa, eles já estariam noivos.

◆　◆　◆

Levei dois dias para me recuperar da febre e do incidente com a explosão acidental. Tive que me fazer de boba para a médica, alegando que não sabia de mágica nenhuma e que, no meu entendimento, minha parte de povo-dragão era diluída. Elsie e Narine haviam sofrido algumas queimaduras leves que já tinham cicatrizado e, no geral, estavam bem. O conserto do banheiro levaria uma semana, mas nesse meio-tempo eu poderia usar o segundo banheiro de hóspedes – coisa que os ricos tinham.

Na manhã seguinte, acordei com os assobios de Narine. Minhas pálpebras se abriram e eu a olhei. Ela estava saltitando com as mãos para trás.

— O que foi? — resmunguei.

Narine não demonstrava aquele grau de felicidade sem motivo.

— Você tem um almoço com o rei em algumas horas! — exclamou ela.

Eu me sentei de supetão, esfregando os olhos para espantar o sono.

— Como é que é?

Narine confirmou.

— E chegou um vestido só para a ocasião.

Ah, então era por isso que ela estava assim.

— Que bom. Pegue o vestido e o venda antes mesmo de eu usá-lo. Não quero nada com ele.

Ela franziu a testa.

— Mas... *milady*, a senhorita só tem vestidos simples para o dia, e eles não são apropriados para almoçar com o rei.

Desci as pernas pela beirada da cama e me levantei, esticando os braços para me alongar.

— Sua Alteza me viu matar um homem quando eu estava montada nas costas dele. Ele não espera uma dama. Vá buscar a minha calça e a minha túnica.

Se era para ser um almoço a sós com ele e não um grande evento com as outras mulheres, eu queria ser eu mesma. Eu temia que se tratasse de um interrogatório sobre minha herança, agora que a dra. Elsie mencionara que havia farejado um feitiço em mim.

Narine cambaleou, apoiando-se no parapeito da janela como se estivesse prestes a desmaiar.

— *Milady*... a senhorita não pode... usar uma *calça* para almoçar com o rei.

— Não só posso, como vou — informei.

Eu não seria alguém que não sou por um homem que poderia acabar me matando se descobrisse sobre minha magia.

Não mesmo.

Narine respirou fundo algumas vezes.

— Isso pode me prejudicar com Annabeth — disse ela.

Dispensei o comentário e saí do quarto rumo ao banheiro.

— Direi a ela que você é ótima e que te obriguei a me deixar usar o que gosto.

Ela deixou escapar um sorrisinho.

— Não quer nem ver o vestido antes que eu o venda?

Comecei a escovar os dentes e concordei. Ela saiu do quarto e voltou segurando um vestido de seda em rosa e roxo, com flores costuradas à mão e mangas com babados.

Cuspi na pia e então olhei para ela.

— É lindo.

E era. Ficaria incrível em Kendal.

Ela parecia esperançosa, gesticulando para eu aceitar.

— Ponha à venda. Vou deixar você arrumar meu cabelo.

Resmungando, ela concordou.

— Pelo menos use um espartilho sobre a túnica para acentuar a cintura. Esconder essa silhueta sob roupas folgadas não vai te render um marido.

Pensei no conselho de minha mãe para seduzir o rei se as coisas parecessem não estar indo a meu favor e me dei conta de que Narine tinha razão.

Concordei.

Era uma troca justa.

Algumas horas depois, me olhei no espelho com um sorriso.

Estava usando uma calça justa de caça feita de camurça preta, uma túnica de seda azul real curta e justa – diferente de tudo que eu já tinha visto antes – e um pequeno cinturão de couro preto que terminava logo abaixo do busto. Impedi que Narine o amarrasse com força demais e até fiz um agachamento para garantir que eu pudesse me mover com facilidade.

Ela tinha cacheado meu cabelo e o prendido em uma trança jogada sobre o ombro. Eu até a havia deixado me encher de maquiagem.

— Acho que você acabou de inventar um novo estilo. — Narine me encarou, coçando o queixo. — Gostei.

Coloquei as mãos na minha cintura fina.

— Pois eu amei.

Guardei minha faca de caça em um coldre na cintura, mas Narine balançou a cabeça.

— Para almoçar com o rei?! Está louca?

Ela arrancou a arma e guardou-a em uma gaveta por perto.

Mostrei a língua para ela. Narine já tinha um comprador para o vestido: dez moedas de jade sem nem ver a peça antes.

Então houve uma batida à porta.

Narine foi ver quem era e olhou para mim, aflita.

— Annabeth está aqui para acompanhar você até o almoço.

Concordei, sabendo que ela estava preocupada com possíveis consequências por eu não ter usado o vestido.

Entrei no campo de visão de Annabeth e a assisti analisar minha roupa de cima a baixo.

— Não gostou do meu modelito de calça? Eu insisti em usá-lo. Acho que vai virar moda na corte assim que eu for rainha — disse, imitando o sotaque de Grande Jade.

Annabeth trocou um olhar preocupado com Narine.

— Tentei convencê-la a usar o vestido — disse Narine, nervosa.

Annabeth olhou para Narine com pena e depois para mim.

— Parece… algo que Regina usaria.

Sorri. Isso foi um elogio.

— Obrigada.

Depois de desejar a Narine um bom dia, Annabeth me conduziu por uma série de corredores até chegarmos a um conjunto menor de portas duplas.

— O salão de jantar particular do rei — anunciou abrindo a porta. Ela deu uma última olhada na minha roupa e balançou a cabeça. — Boa sorte.

Tentei não deixar meus nervos levarem a melhor. Será que o rei teria pedido aquele almoço comigo para sondar minha magia? Ou ele estava se encontrando com todas as moças a sós para avaliar seus potenciais como esposas?

Assim que pisei no salão, ela fechou as portas. Girando, examinei o lugar. Era coberto por um carpete preto macio. As paredes também eram pretas, mas gravadas com o emblema do dragão em dourado. Seria escuro demais se não fosse pelo magnífico candelabro e pela gigantesca janela aberta voltada para o jardim. Era um cômodo masculino e apropriado para o rei-dragão.

No centro da sala, havia uma pequena mesa de jantar posta para quatro. De repente, me senti estranha por estar ali. Será que ele fazia as refeições com a rainha Amelia ali?

Um baque chamou minha atenção para a janela e eu me aproximei para espiar lá fora. O rei estava atirando com arco e flecha no jardim.

Isso sim era o que eu chamava de encontro. Procurei a porta que dava para o lado de fora para me juntar a ele, mas o rei guardou o arco e começou a vir na minha direção. As portas dos fundos do salão se abriram e um homem entrou, empurrando um carrinho de comida.

— Ah, oi. — Me aproximei da mesa, mas não me sentei. Eu não queria ocupar a cadeira favorita do rei ou coisa assim.

Um segundo depois, o ilustre anfitrião entrou. Ele usava uma bela túnica de seda preta que ia até os joelhos e uma calça de camurça muito parecida com a minha. Seu olhar pousou em mim e ele fez um lento inventário do meu corpo, antes de um meio-sorriso se arrastar por seus lábios.

— Annabeth viu o que está vestindo? — perguntou ele.

— Ela adorou — menti, sabendo que ele sentiria o cheiro.

— Mentirosa.

Sorri. Tudo bem, então ele estava de bom humor. Isso era bom.

— Obrigado, Ferlin — disse o rei ao homem, que havia deixado dois pratos repletos de comida quente na mesa. — Primeiro as damas — continuou, apontando para o lugar mais próximo de mim.

Me sentei e abri o guardanapo sobre o colo.

Quando Ferlin saiu com seu carrinho, olhei para o prato delicioso diante de mim. Caranguejo, batatas e algum tipo de salada.

— Estou morrendo de fome. Pulei o café da manhã — informei, pegando meu garfo e o afundando na deliciosa comida.

Tomei cuidado para dar pequenas mordidas e mastigar devagar para ele não me achar uma glutona total, mas ainda assim ele parecia me observar com atenção.

Ele estendeu a mão e pegou o próprio garfo, fingindo escrever na mesa.

— Você se recusa a usar vestidos, come como uma criança faminta... mais alguma coisa que eu deva saber? — perguntou, meio sorrindo.

Tive que segurar minha risada de surpresa. *O rei tem senso de humor.* Gostei de ver esse lado dele. Peguei o garfo e o imitei, fingindo escrever na mesa.

— Atualmente saindo com cem mulheres ao mesmo tempo, só me quer pelo meu ventre... — Lancei a ele um sorriso desafiador.

Seus olhos brilharam de alegria com a alfinetada. E ele fingiu rabiscar na mesa de novo.

— Leva uma piada na brincadeira e sabe revidar com outra.

Eu ri.

— Não achei que você fosse um sujeito engraçado.

Ele deu de ombros.

— Você é diferente das outras. Gostei disso. Sinto que posso relaxar perto de você.

Foi uma coisa muito doce de se dizer e me fez pensar se ele tinha pessoas em sua vida com quem sentia que não podia ser ele mesmo.

— Eu não cobiço vestidos, flores e maquiagem como as outras mulheres, é verdade.

Ele comeu uma garfada da comida.

— Está gostando do caranguejo? Já comeu antes?

— É maravilhoso. Só comi caranguejo uma vez, em uma visita a Grande Jade alguns anos atrás.

Ele pareceu surpreso com a revelação.

— Já esteve na cidade antes?

— Sim... Na época em que a rainha Amelia... Para o casamento real. — Eu me contive, percebendo o que havia feito. — Me diverti muito.

Deixei assim mesmo, arrependida de ter dito o nome dela, sem saber o quanto seria doloroso para ele ouvir.

O rei abriu um sorriso amarelo, comendo mais uma garfada da própria comida, embora uma tristeza tivesse visivelmente se instalado. Fiquei em silêncio por um momento, me sentindo péssima.

— Me desculpe por falar nela. Foi sem pensar — confessei por fim.

Ele dispensou o pedido de desculpas.

— Tudo bem. Eu só sinto saudade dela. Ela era a minha melhor amiga.

— Há quanto tempo a conhecia antes de se casarem? — perguntei, imaginando se havia algum problema em fazer essa pergunta.

Ele engoliu em seco.

— Não é uma informação muito conhecida, então, por favor, guarde para você, mas Amelia e eu fomos prometidos desde que nascemos.

Arfei de surpresa.

— Noivos desde nascença? Você sempre soube que se casaria com ela?

— Sempre.

Um casamento arranjado. Eles eram mais comuns entre o povo feérico do que por ali, mas aconteciam. Ainda assim, eu não imaginava como me sentiria se soubesse que toda a minha vida havia sido planejada para mim. O rei a havia chamado de melhor amiga, mas isso significava que eles eram só isso? Ou existia amor romântico também? Minha língua coçava com as perguntas não feitas que me forcei a segurar.

— Então, quando foi que você começou a caçar?

Agradeci a mudança de assunto.

Engoli depressa, o pedaço de caranguejo caiu em meu estômago como uma pedra.

— Depois que o meu pai morreu. Eu tinha nove anos.

Sua mão congelou.

— Os homens da sua aldeia não ajudaram a sua família? Pensei que a comunidade de Cinzaforte era unida.

— E somos. Eles ajudaram no que puderam, mas com a minha irmãzinha são três bocas para alimentar, e minha mãe não quis se casar de novo só por comida. Então eu assumi a responsabilidade. Isso nos manteve alimentadas.

Ele estendeu o braço e pôs a mão sobre a minha, fazendo um calor se acumular no meu ventre, enquanto eu olhava nos olhos verdes sinceros dele.

— Isso é incrivelmente admirável da sua parte, Arwen.

Era como se todo o oxigênio tivesse sido sugado do salão. Sua mão na minha fez meu peito arfar. Ele deve ter percebido o efeito que o toque teve sobre mim, porque a afastou um segundo depois.

— Tem se sentido bem? Não teve mais febre? — Mudou outra vez de assunto. Ele parecia um especialista nisso.

Peguei meu pão, sem confiar mais em meu corpo para seguir o plano.

Qual era o plano mesmo? Ah, é, não se apaixone pelo rei! Ele não queria amor, ele queria meu útero mágico e poderia me matar se descobrisse quem era minha mãe biológica. Ainda assim, não pude deixar de admitir que o havia julgado mal. Ele não era quem eu imaginava.

— Nadinha. Tudo certo.

— Você sabia que carregava um feitiço para ocultar seus poderes? — perguntou ele com indiferença, embora eu tenha notado seu corpo ficar tenso.

Ele não confiava inteiramente em mim e podia farejar uma mentira, então eu precisava tomar cuidado.

Balancei a cabeça.

— Não tive nada a ver com nenhum feitiço lançado sobre mim.

Era verdade, mas não respondia por completo à pergunta.

Mas ele pareceu satisfeito com a resposta.

— Vou precisar ensinar você a controlar seus poderes à medida que eles se manifestarem. Não seria nada bom se você ficasse com raiva e cuspisse fogo em alguém.

Meus olhos se arregalaram.

— Você acha que eu consigo cuspir fogo?

Eu estava chocada de verdade com a ideia de ser capaz de tal coisa.

Ele deu de ombros.

— É possível. Nos próximos dias, farei com que pratique comigo ou com Regina para descobrir.

Eu me encolhi, desconfortável de repente com sua tentativa de me fazer demonstrar meu poder.

— Eu... não sei como me sinto sobre isso. Nunca manifestei magia de dragão antes.

Ele dispensou o comentário.

— Quando estiver pronta.

O alívio me percorreu e passamos a conversar sobre assuntos mais descontraídos: qual foi o maior animal que eu já tinha matado, qual foi o dele, nossa arma favorita...

— Sou fã de arco e flecha. — Apontei com a cabeça para fora, para onde ele esteve praticando.

— Prefiro uma lança — disse ele, terminando os últimos pedaços do caranguejo.

Ele seguiu a direção do meu olhar até o arco lá fora.

— Quer experimentar?

Eu me levantei, ansiosa.

— Achei que você nunca fosse oferecer.

O rei balançou a cabeça com um sorriso e indicou que eu o seguisse. Quando chegamos ao gramado, ele me entregou um arco de tamanho médio. Reconheci o ouro élfico logo de cara.

— Presente do rei-elfo quando eu era adolescente — contou ele. — Deve ser do seu tamanho.

Baixei o arco e estendi a mão para devolvê-lo.

— Não posso usar um presente tão especial.

Ele dispensou minha recusa.

— É do tamanho ideal para você. — Foi só o que disse antes de pegar um arco maior para si.

Deixei meus dedos deslizarem pela madeira polida e pela gravura em filigrana no ouro. Puxei uma flecha da cesta, encaixei o entalhe na corda e puxei algumas vezes para testar o aperto e sentir a arma.

Dava para sentir o rei me observando, enquanto eu levantava o arco e travava o cotovelo, puxando a corda para trás. Apontei para o ponto central do alvo de madeira e respirei fundo. Ajustei a mira e prendi a respiração, disparando a flecha.

Ela voou pelo ar e cravou na madeira com um baque.

Bem no alvo.

Olhei para o rei.

— Impressionante.

Então dei um passo para o lado e ele foi até a posição do atirador.

Ele puxou uma flecha e não levou nem meio segundo para alinhá-la e dispará-la. Aterrissou um centímetro acima da minha. Antes que eu pudesse comentar, ele pegou outra flecha, atirou, e outra, e depois outra. Em trinta segundos, ele havia disparado meia dúzia de flechas e desenhado um círculo ao redor da minha no centro.

Quando ele olhou para mim com um sorriso, revirei os olhos.

— Exibido.

A risada sincera e gutural que irrompeu dele aqueceu meu coração.

— E seria um encontro de verdade sem um pouco de exibicionismo? — perguntou ele.

Um encontro. Ele chamou isso de encontro. Meu corpo inteiro se contorceu em resposta à palavra. De repente, eu não estava mais tão brava por estar concorrendo para ser sua esposa. Seria tão ruim assim? Ele parecia um cara legal, era bonito, engraçado e sabia atirar bem com um arco. Então me perguntei se ele havia me convidado para almoçar só porque a dra. Elsie tinha dito que eu era uma de suas melhores chances de conseguir um herdeiro. Eu não queria ser escolhida pela minha capacidade de gerar um filho.

— Só é um encontro de verdade se tiver sobremesa — acrescentei, bem-humorada.

Ele inclinou a cabeça, concordando.

— Para a cozinha.

❖ ❖ ❖

— Estou ficando enjoada... mas não consigo parar! — exclamei uma hora depois.

O rei me observou lamber o chocolate derretido do garfo e semicerrou os olhos quando repeti o gesto para aproveitar a última migalha de bolo do utensílio.

Estávamos sentados diante de uma mesinha na cozinha, e o chef do castelo tinha acabado de nos servir um bolo inteiro de chocolate e framboesa para dividirmos com dois garfos.

Olhei para o rei com curiosidade, satisfeita com o dia que passamos juntos. Não havia sido o que eu esperava – e, para falar a verdade, eu queria mais.

— Qual foi a coisa mais nojenta que você já comeu?

Ele torceu o nariz com minha pergunta.

— Rato.

— Sem chance de você ter comido rato! — Apontei para ele. — Mentiroso.

Ele sorriu sem esforço, algo que parecia fazer bastante na minha presença. Seus dentes eram brancos e retos. Quando ele sorria de orelha a orelha, uma leve covinha aparecia em sua bochecha direita.

— Já sim. Fiquei preso com o Drayken em uma caverna por três dias na batalha contra a rainha de Obscúria, dois verões atrás. O exército dela tentou nos matar de fome.

Minha nossa, eu jamais tinha imaginado que Sua Alteza em pessoa teria comido rato um dia, mas ele também era um guerreiro, então fazia sentido.

— Foi a primeira caça que levei para casa depois que meu pai morreu — revelei.

Seu semblante assumiu um tom sombrio.

— A fome não é exigente, foi o que aprendi.

Baixei o queixo.

— É, não é mesmo.

Então ele olhou nos meus olhos, e um sentimento conflituoso tomou conta de mim. Eu estaria mentindo se dissesse que não gostava da companhia dele. Não gostava do senso de dever de fornecer um herdeiro, mas eu não podia mais mentir para mim mesma... Eu gostava dele.

Ele estendeu a mão e, ao colocar uma mecha solta de meus cabelos loiros atrás da minha orelha, senti um frio na barriga. Então ele parou a mão onde estava e acariciou minha bochecha com dois dedos. Quando fechei as pálpebras, a porta se abriu, fazendo com que nós dois pulássemos. O rei afastou a mão e eu reabri os olhos.

— Milorde, temos uma emergência em Sombramorada — informou um guarda.

O rei olhou uma última vez para mim.

— Obrigado por me encontrar, Arwen.

Ainda sentindo seus dedos traçando minha bochecha, mesmo que ele não estivesse mais me tocando, eu queria agradecê-lo também e perguntar o que estava acontecendo em Sombramorada, mas quando recobrei o juízo, ele já havia saído e me vi sozinha ali, me sentindo toda confusa.

AQUELA ERA A PRIMEIRA NOITE EM QUE EU ME VESTIRIA PARA UM BAILE de boas-vindas e encontraria o rei "oficialmente". Eu não tive notícias dele desde o nosso encontro algumas noites atrás. Minha esperança agora era que não houvesse tantas moças presentes a ponto de ele não ter tempo de falar comigo. Nos últimos dois dias, eu só pensava na sensação de seus dedos traçando a pele do meu rosto.

— Seu vestido chegou! — anunciou Narine da porta assim que uma assistente da costureira entrou com o vestido verde-esmeralda mais lindo que eu já tinha visto. O tecido brilhava sob a luz, com um busto justo e uma cintura que parecia um sino.

Era digno de uma *rainha*.

Eu tinha feito um acordo com Narine: nos grandes bailes, com todas as outras pretendentes, eu usaria os vestidos, mas se fosse um encontro ou se eu apenas fosse passear pelo palácio, usaria calça.

— Santo Hades! — Fiquei boquiaberta com o vestido. A costureira o pôs no sofá e se curvou para mim antes de sair. Eu me virei para Narine. — Você vai ganhar um bom dinheiro com isso, não vai?

Ela sorriu.

— Já tenho um comprador por vinte moedas de jade.

Todos os dias eu recebia roupas novas, como se usar a mesma veste duas vezes fosse um crime. Guardei alguns vestidos de algodão para minha mãe e Adaline. Eu gostava das minhas calças e túnicas de seda. A costureira havia costurado quatro pares para mim, e eu os usava sempre que era apropriado não usar vestido.

— Tomarei cuidado para não derramar nada nele — prometi.

Ela me encarou com seriedade no olhar.

— Jamais vou esquecer sua gentileza. Nesse ritmo, vou quitar o casamento da minha irmã até a próxima lua!

Abri um sorriso genuíno.

— Vamos experimentá-lo!

Eu nunca tinha gostado muito de moda, mas não me importava de parecer uma rainha por algumas horas. Era bom que eu aproveitasse meu tempo ali em Grande Jade para que tivesse muitas lembranças divertidas para me acompanhar na volta para casa.

A ideia de voltar para casa agora, depois do meu encontro com o rei, foi como uma pontada de tristeza no coração.

— Tenho praticado meus trançados na Mida, uma outra criada. Tive uma ideia para experimentar no seu cabelo e peguei algumas pedras de jade com o joalheiro real.

Ela enfiou a mão no bolso e tirou um saquinho.

— Vai ser divertido! Faça o que quiser — afirmei, enquanto ela abria o zíper nas costas do vestido.

Tirei as roupas, agora confortável em ficar nua diante de Narine, que a essa altura já havia me banhado inúmeras vezes. Ela me fez levantar os braços e depois deslizou o vestido sobre meu pequeno corpo. O interior era forrado de seda, então o tecido brilhante não coçava.

— Respire fundo — disse Narine.

Eu fiz uma careta.

— Por quê? — Ela puxou a corda do espartilho e de repente minha caixa torácica foi comprimida. — Aiii!

Respirei fundo para estufar o peito e ela afrouxou um pouco, rindo.

— Você adora fazer isso — brinquei.

— Só um pouquinho.

Depois de me vestir, ela me fez prometer não me olhar no espelho e pegou um livro velho para que eu lesse enquanto ela arrumava meu cabelo.

Como nunca tive muita oportunidade de ler romances completos, eu era uma leitora lenta, mas quando ela terminou meu cabelo, eu já tinha devorado seis capítulos de uma fantasia envolvente sobre um lobo metamorfo e um demônio das sombras que se apaixonaram.

— Quem escreveu isto? — perguntei, olhando para a capa de couro.

Havia duas letras gravadas em ouro: JE.

— Uma nobre que mora na cidade — disse Narine, dando um tapinha em meus ombros. — Pronta para olhar?

Coloquei o livro virado para baixo para poder continuar de onde havia parado e concordei.

No caminho até o espelho, precisei andar devagar para não tropeçar. Quando me vi, levei um breve susto, sem reconhecer a mulher diante de mim.

— Estou tão limpa! — exclamei, nunca tendo visto minha pele, unhas e cabelo tão imaculados em toda a minha vida.

Ela riu.

— Está mais do que isso. Você está linda.

Então me observei de perto, arfando quando vi o padrão de treliça que de alguma forma ela havia conseguido recriar em meus cabelos. Era como se uma rede tivesse sido trançada sobre meu rabo de cavalo, com pequenas joias brilhando por toda parte.

— Você é uma artista! — exclamei.

Narine corou.

— Não. Eu só gosto de usar a minha criatividade.

Revirei os olhos.

— Pois é isso que artistas fazem.

Depois de aplicar uma leve maquiagem, partimos para o salão principal, onde seria servido o jantar. Todas as moças por quem eu passava elogiavam meu penteado, e, a cada elogio, Narine sorria de orgulho. Kendal estava usando um vestido vermelho deslumbrante que combinava com seus cabelos, e nos sentamos juntas, começando logo a conversar. As moças tinham ouvido falar de meu mal-estar alguns dias antes, mas não sabiam o que havia sido.

— Sua febre melhorou? — perguntou Joslyn, a moça de Sombramorada.

Kendal e ela pareciam ter feito amizade. Joslyn usava um vestido dourado brilhante com contas pretas que valorizavam seu tom de pele bronzeado e seus cabelos escuros.

— Sim, obrigada. — Sorri.

Ao ouvir um burburinho, olhei para a frente da sala e constatei que o rei havia chegado. Ele estava devastadoramente belo em seu uniforme de couro preto da Guarda Real. Seus olhos percorreram com ansiedade a multidão e, por fim, pararam em mim.

Minhas costas ficaram tensas ao ver suas pupilas brilharem amareladas por uma fração de segundo. Inclinando-se, ele sussurrou algo para Regina, que estava ao lado, e ela saiu. Engoli em seco, sem saber se ele havia dito algo sobre mim ou não, mas parecia que sim.

— Peço desculpas pela minha ausência nos últimos dias. — Sua voz ecoou pelo salão e todos se calaram. — Tivemos um confronto em nossas fronteiras, que já foi resolvido e a divisa foi protegida.

O salão soltou um suspiro coletivo com a notícia, então ele continuou:

— Por mais que eu deseje conhecer cada uma de vocês pessoalmente e escolher minha nova esposa com base em compatibilidade... — Ele fez uma pausa. — Isso não vai alcançar o resultado que desejo, que é ter um herdeiro saudável.

Todos se calaram. Tamanha franqueza não era esperada, pelo menos não por mim.

— Gostaria que todas desfrutassem do jantar. Chamaremos vocês em grupos de cinco para testar sua magia. Quem não conseguir manifestar magia de povo-dragão suficiente para o gosto de meus especialistas, será mandada de volta para casa mais cedo, com o pagamento prometido para o mês inteiro.

O salão explodiu em lamentos e sussurros surpresos. Kendal, Joslyn e eu trocamos um olhar cauteloso. O rei estava claramente com pressa, enquanto muitas moças estavam se divertindo, brincando de se fantasiar, mas parecia que a diversão tinha chegado ao fim. Eu estava dividida entre querer ou não manifestar magia suficiente durante meu teste para continuar ali. Ele havia acabado de dizer que eu receberia as quinhentas moedas de jade, quer eu ficasse o mês inteiro ou não. Eu poderia dar um pouco para Narine usar no casamento da irmã e levar o resto para minha mãe. Mas... eu queria ser mandada para casa? Nunca mais vê-lo? Ou pior, vê-lo se casar com outra? Podia até ser melhor do que a alternativa, ou seja, manifestar tanta magia que descobririam quem eu era de fato: alguém com sangue puro, pelo visto dona de uma magia capaz de prejudicá-lo. Não foi isso que minha mãe havia dito?

Depois de passar um tempo com o rei, eu tinha certeza de que ele não me faria mal se descobrisse quem eu era.

Não é?

Foi uma noite linda. Uma noite que eu apreciaria para sempre. Bem como eu imaginava que seria um grande casamento nobre. Havia um conjunto musical de quatro cordas, um bufê infindável de comida, dança... tudo foi mágico. Tudo, exceto pela parte em que Regina convocava grupos de cinco garotas para fora, e apenas uma, ou em alguns casos nenhuma, voltava. O salão estava começando a ficar mais vazio, e Kendal e eu não tínhamos mais vontade de dançar. A ansiedade e a tensão pelo que estava por vir havia nos deixado com os nervos à flor da pele.

— Como você acha que é esse teste? — perguntei, mas Joslyn me silenciou.

— Estão se divertindo, senhoritas? — perguntou o rei atrás de mim, e eu fiquei imóvel.

— Ah, sim — balbuciou Joslyn.

— Que noite linda — comentou Kendal.

— E você, Arwen? — perguntou ele.

Girei o corpo e apontei para o meu prato vazio.

— A comida está divina.

— Gostaria de dançar comigo? — perguntou ele, oferecendo a mão para mim.

Eu congelei, já começando a suar no mesmo instante. *Dançar com ele? Por quê?* Ele não havia dançado com mais ninguém.

Olhei para Kendal, que arregalou os olhos como se dissesse que *jamais* se recusa uma dança com o rei.

— Hum, claro, mas aviso logo que tenho dois pés esquerdos. — Me levantei.

Aceitei sua mão e permiti que ele me levasse para a pista de dança, mas minha mente estava a mil.

Ele me observava com curiosidade, e depois seu olhar desceu até meus lábios. Engoli em seco para umedecer a garganta. Dançar com espontaneidade com Kendal era uma coisa, mas dançar uma música lenta com o rei de Escamabrasa era outra história.

Ele apoiou a mão na minha lombar e encaixou a palma da minha mão na dele. Começamos a nos balançar sem pressa para a frente e para trás ao som da música. Era difícil respirar tão perto dele, sentindo seu corpo pressionado de leve no meu. Dava para notar os olhos de todos da sala em mim, e ainda assim parecia tão certo. Parecia que eu tinha sido feita para estar nesses braços, e eu não queria mais deixá-lo ir.

Inclinando-se para o meu ouvido, ele disse:

— Você está deslumbrante.

Meu coração se aqueceu com o elogio.

— Obrigada. Como foi a questão em Sombramorada?

Ele olhou para mim.

— Era a rainha de Obscúria. Perdi alguns homens, mas ela perdeu mais.

Ouvir isso foi um alívio.

— Me conte sobre seus pais — perguntou ele de repente.

Fiquei um pouco tensa, mas logo sorri para disfarçar o nervosismo.

— Meu pai trabalhava nas minas de Cinzaforte. Ele ia beber na taverna todo fim de semana, e foi lá que conheceu a minha mãe. Ela era garçonete.

Ele me olhou com frieza, como se estivesse testando minha resposta, mais em busca de mentiras do que de fato interessado no que eu estava dizendo.

— E você disse que o seu pai era um quarto povo-dragão?

Larguei sua mão e recuei como se tivesse me queimado.

— Está me interrogando ou tentando me conhecer? — rebati, fazendo com que algumas moças por perto olhassem para nós.

Seu rosto ficou vermelho, e ele se aproximou de mim, me pegando de volta nos braços, agora com mais força do que antes.

Ele intensificou o aperto em minhas costas, aproximando minha barriga da dele, e se inclinou até meu pescoço para sussurrar em meu ouvido:

— Estou tentando descobrir como uma garota que diz ser um quarto povo-dragão explode como uma bomba de magia em um dos meus banheiros. Uma garota de quem gosto muito e na qual estou interessado.

Arrepios percorreram minha espinha com o tom de acusação em sua voz, mas também com a respiração quente que desceu pelo meu pescoço e a declaração de que ele gostava de mim.

Ainda assim, não pude evitar a raiva que sua desconfiança despertou em mim, então o encarei de volta.

— Por que você não responde algumas perguntas para mim? — Seus olhos passaram do verde ao amarelo. — O que faria você estar tão desesperado por um herdeiro a ponto de cortejar cem damas ao mesmo tempo, quando não faz nem um inverno que a sua esposa faleceu?

Sua expressão mudou para uma máscara de horror, e eu logo me arrependi de minhas palavras. Ele tirou as mãos das minhas costas e deu um passo gigante para longe de mim.

— Milorde, me desculpe...

Ele me dispensou e deu meia-volta, saindo da sala. Rezei ao Criador para ser engolida por um buraco gigante e não precisar revê-lo depois de ter dito uma coisa tão dolorosa. Por que fiz isso?

Medo. Eu tinha medo de que, se ele gostasse de mim, eu pudesse mesmo estar concorrendo para ser sua esposa, e se o aviso de minha mãe fosse real, eu precisava evitar isso a todo custo.

Caminhei emburrada até meu lugar, onde Joslyn e Kendal me olhavam com atenção.

— Então, sobre o que conversaram? — perguntou Kendal. — Ele pareceu magoado quando saiu.

Balancei a cabeça, indicando que não queria falar no assunto, e peguei meu prato. Eu ia comer mais duas fatias de bolo. Assim, quando o rei me mandasse para casa, minha barriga estaria cheia.

◆   ◆   ◆

A noite começou a se arrastar. Eu só queria voltar para o meu quarto e dormir, mas parecia que Regina estava determinada a me escolher por último. Quando ela finalmente entrou no salão e acenou para Kendal, Joslyn e eu, suspirei de alívio. Eu só queria acabar com essa história toda e entrar em coma de tanto comer bolo. Eu estava me arrependendo daquela terceira fatia.

Levantando-me com as outras moças, caminhei com as pernas trêmulas até a porta lateral, onde Regina esperava por nós.

Ela parecia tão cansada quanto eu. Devia ser quase meia-noite, mas estava claro que havia grande urgência em encontrar a próxima esposa do rei, então eles estavam apressando o processo. Não importava para mim – depois do que havia dito a ele, eu teria sorte se ele não me enforcasse em plena praça da cidade.

Regina deu um sorriso tenso para nós três e acenou para que a seguíssemos.

Será que o rei contou a ela o que eu havia dito? Se sim, então ficaria mortificada. Quem falava daquele jeito com a realeza? Qual era o meu problema? O pior era que eu gostava dele. Eu tinha dito algo horrível para alguém de quem gostava e agora me sentia um lixo.

Seguimos Regina por um longo corredor até outro conjunto de portas duplas.

Eu estava uma pilha de nervos tão grande que, quando ela abriu as portas e vi o rei de pé no fundo da sala, soltei um gritinho.

Os três pares de olhos se voltaram para mim, e eu apenas engoli o nó na garganta.

— Pensei ter visto uma aranha — justifiquei.

Relaxa, Arwen. Vai ficar tudo bem.

Quando entramos na sala, hesitei diante do tamanho da multidão. Havia meia dúzia de farejadores, um punhado de guardas reais, a dra. Elsie e um velho com um livro encadernado em couro nas mãos – todos de pé junto às paredes. No centro da sala, havia um único cristal azul-claro sobre um pequeno pedestal de pedra branca. Respirei fundo, e o cheiro de fumaça atingiu minhas narinas, então notei as marcas de queimadura.

Listras pretas corriam pelo ladrilho de pedra de jade branco que saía do cristal.

— Kendal, dê um passo à frente e toque na pedra reveladora — instruiu Regina.

Kendal olhou para mim com medo.

Ir primeiro era uma droga.

Dei a ela um aceno de cabeça em apoio, enquanto minha mente digeria as palavras. *Pedra reveladora.* Ela revelava a extensão do nosso poder?

Por Hades, esperava que não. Ainda mais depois que meu feitiço havia se dissipado, ou o que quer que tenha sido aquela explosão e a febre no banheiro.

O senhor mais velho com o livro de couro abriu em uma página específica e observou Kendal com um olhar atento. Enquanto isso, os farejadores ergueram o queixo e dilataram as narinas, como se estivessem esperando para sentir o cheiro de magia.

A coisa toda era mais assustadora que a ideia de Hades. Eu queria fugir dali. Pensei que ver farejadores na minha aldeia já havia concluído a busca por mágica. Isso parecia muito mais intrusivo.

Cada aviso que minha mãe havia me dado soava como uma trombeta em minha cabeça.

Corra. Corra. Corra.

Como se sentisse meu pânico, Regina parou atrás de mim, me deixando paralisada, sem ter para onde ir.

Os saltos de Kendal bateram no chão a caminho do altar e ela parou diante da pedra. Olhando para o rei, ela estendeu as mãos.

— É só tocar?

O rei Valdren parecia cansado.

— Sim. A pedra despertará um exemplo mais potente de seu poder para podermos avaliar sua capacidade de gerar uma criança que possa se transformar em dragão.

Sua voz estava tão monótona. Ficou claro que ele não estava gostando nada daquilo.

Kendal mordeu o lábio e envolveu a pedra com as mãos. Chamas alaranjadas explodiram de suas mãos em uma circunferência de sessenta centímetros, me fazendo ofegar. Kendal *nunca* havia demonstrado tanta magia antes. Aquela pedra devia mesmo levar o poder de alguém ao limite. Isso me assustou bastante. Se eu já havia explodido no banheiro, o que essa pedra faria a mim?

Kendal me olhou com orgulho e fiz para ela um sinal positivo, mas também peguei o rei olhando para a dra. Elsie, e a elfa-dragão balançou a cabeça.

Regina deu um passo à frente com uma carranca.

— Obrigada, Kendal. Venha comigo.

Espere… por que a médica balançou a cabeça? Isso indicava que Kendal ia para casa? Eu queria perguntar, mas já tinha abusado da minha sorte naquela noite quando censurei o rei por querer se casar em tão pouco tempo após a morte de sua amada esposa.

Regina reapareceu, e eu me perguntei para onde ela havia levado Kendal.

— Joslyn. — Ela fez menção para que Joslyn se aproximasse, o que me fez esquecer todas as minhas preocupações com Kendal.

Eles estavam me deixando para o final! Era pura maldade. Eu só queria dar fim àquela estupidez. Joslyn avançou com um sorriso confiante e, sem hesitar, segurou a pedra azul à sua frente.

Um inferno de chamas alaranjadas de um metro e oitenta de altura disparou em direção ao teto e todos deram um passo para trás, enquanto exclamavam e suspiravam.

Meu olhar foi para o rei, que estava avaliando Joslyn, seus olhos vagaram pelo corpo dela com mais atenção do que nunca.

Ele olhou para a dra. Elsie, que concordou com entusiasmo.

Regina pareceu aliviada ao dar um passo à frente e conduziu Joslyn para fora da sala. Quando ela voltou, todos se viraram para mim.

Por Hades. Eu não quero fazer isso.

A dra. Elsie se inclinou para o ouvido do rei e sussurrou alguma coisa. Ele a olhou com surpresa antes de pigarrear.

— Por favor, deem cinco passos largos para trás — ordenou, fazendo com que todos o olhassem, incrédulos, inclusive eu.

Será que Elsie achava que eu explodiria de novo? Como no banheiro? Aquilo foi coisa de uma vez, porque o feitiço que escondia meu poder se dissipou... não foi?

Eles já estavam perto do fundo da sala, mas se afastaram mais de mim até encostarem na parede oposta. Era ridículo pensar que minha magia pudesse ir tão longe.

— Estamos todos muito cansados, srta. Novakson. Por favor, vá em frente. — O tom de voz do rei foi seco, e meu rosto ardeu de vergonha.

Eu queria me desculpar pelo que havia dito na pista de dança, mas não era o momento. Com pequenos e hesitantes passos em direção à pedra, tentei atrasar o inevitável. O tempo todo, o conselho de minha mãe se repetia na minha cabeça.

Se parecer que ele está prestes a descobrir seus poderes, faça com que ele se apaixone por você.

Meu olhar foi para o rei, que me observava como se mal pudesse esperar para me mandar para casa, e suspirei.

Amor já não devia estar mais no jogo; eu tinha arruinado essa parte. Mas talvez ele ainda me deixasse ingressar na Guarda Real?

Sem chance.

Quando me aproximei da pedra, os pelos dos meus braços se arrepiaram e minha respiração ficou mais lenta. Era quase como se eu estivesse andando na água ou na areia. O ar estava carregado de poder, e quanto mais perto eu chegava, mais difícil era respirar. Será que as outras também sentiram isso? Se sim, não demonstraram.

Estiquei os dedos. A centímetros da pedra, um pressentimento tomou conta de mim. Cada célula do meu corpo me dizia para correr. A única vez em que eu havia experimentado tal sensação foi logo antes de ser perseguida por um gigantesco urso preto por cinco quilômetros junto ao rio.

Hesitei, olhando para o rei, que me observava com desconfiança. Meu olhar então foi para Regina, que estreitou os olhos. Se eu recusasse, eles me atacariam? Poderiam me forçar? Pela primeira vez, desde que eu tinha concordado com tudo aquilo, tive medo.

Eu tenho que fazer isso. Agora eu gostaria de ter escutado o que minha mãe tinha aconselhado e feito o rei desejar meu corpo. Nada poderia me salvar se aquela coisa acusasse minha verdadeira linhagem.

Que o Criador me proteja, rezei e pus as mãos na pedra.

Assim que tocou minha pele, soube que havia cometido um erro terrível.

Um genuíno poder sobrenatural atravessou todo o meu corpo e fui consumida por chamas azuis. O calor envolveu minha pele quando o fogo azul explodiu e a sala se encheu de gritos. A dor parecia dilacerar meus ombros, mas fui puxada por trás.

Cambaleei para trás, as chamas recuaram, e espiei por cima do ombro para ver quem estava me puxando. Quando vi duas asas de dragão azul, arfei. Procurei o rosto do rei Valdren pela sala.

Ele me olhava em choque absoluto. O velho com o livro encadernado em couro nas mãos correu até ele e sussurrou sem parar em seu ouvido. Comecei a chorar, com medo do que estava acontecendo, do que tudo aquilo significava, e a dra. Elsie correu até mim.

— Não! — O rei estendeu a mão, impedindo a médica, e olhou para seus guardas. — Prendam-na — ordenou.

O quê?

— Milorde? — Regina pareceu confusa, e seus guardas hesitaram.

— PRENDAM-NA! — vociferou o rei Valdren, soltando fumaça pelas narinas.

A traição e o choque do que ele disse partiram meu coração.

Dois guardas dispararam, enganchando os braços sob minhas axilas, enquanto eu continuava a soluçar e tremer de medo.

O que estava acontecendo? Que asas eram essas nas minhas costas? Por que meu fogo era azul e não laranja como o de todos os outros do povo-dragão?

— Milorde, ela está com medo. Ela não sabe o que isso significa — implorou a dra. Elsie.

Olhei para ele, implorando por misericórdia, mas ele apenas me encarou.

— A primeira coisa que ela me disse era mentira. Não posso confiar nela agora.

Eu havia me enganado por completo, pensando que meu almoço com ele poderia fazê-lo pegar leve comigo. O rei parecia disposto a me queimar viva.

Os guardas me arrastaram, e eu não me dei o trabalho de corrigi-lo. Ele tinha razão.

Fiquei deitada no pequeno colchonete dentro da cela no subsolo do castelo. As belas paredes do palácio de jade com incrustações de ouro se foram. Agora eu estava cercada por rochas cinzentas, planas e úmidas. E nada de bolo de chocolate e festas sofisticadas também – eu tinha passado as últimas vinte e quatro horas me aliviando em uma comadre, ainda usando aquele vestido ridículo, agora arruinado. As asas de dragão azul que brotaram das minhas costas foram absorvidas de volta quando os guardas me levaram lá para baixo. Regina tinha me visitado brevemente para me dizer que o rei estava me investigando por traição.

Ela pareceu arrependida até mesmo por ter que dizer essas palavras, depois saiu. Nas primeiras doze horas, chorei, repleta de medo. Então minhas lágrimas secaram e deram lugar à raiva. Agora eu estava pronta para matar alguém.

Como. Ele. Ousa?

Eu só fiz um comentário imprudente sobre ele se casar de novo cedo demais, criei asas, e de repente sou uma traidora?

Se o que minha mãe tinha dito, sobre minha magia ser uma ameaça para ele, fosse verdade, não era culpa minha e não havia nada que eu pudesse fazer. Eu não ia mais me acovardar e choramingar diante dele. Quando ele me levasse à praça da cidade para a sentença, eu não derramaria uma lágrima *nem* abaixaria a cabeça.

Eu *não* me desculparia por ter nascido.

O som de passos no corredor chamou minha atenção. Mais uma bandeja de comida? Ou quem sabe fosse Regina para revelar meu destino?

Eu me levantei, espanando a poeira do vestido e ergui o queixo com orgulho.

Quando o rei em pessoa apareceu na frente das grades, não pude evitar o pequeno grunhido que escapou da minha garganta.

Ele engoliu em seco, me avaliando, passando os olhos pelos meus cabelos e descendo pelo vestido desgrenhado até os pés descalços.

— Eu gostaria de interrogar você. Se me disser a verdade e não mentir, nem *uma vez*, posso deixar você viver.

— Me deixar *viver*? — gritei como um gato selvagem. — O que eu poderia ter feito para merecer a morte?

Ele estreitou os olhos e me avaliou mais a fundo. Ao olhar para a direita, para alguém que eu não podia ver, ele disse:

— Abra as portas.

Meu coração começou a martelar quando Regina apareceu e destrancou a porta.

— Vá se limpar e me encontre em meu escritório. Lembre-se: eu exijo que diga a verdade, Arwen — declarou ele antes de sair, o som de suas botas ecoou pelo corredor.

Regina foi acompanhada por dois guardas, e atrás deles estava minha criada pessoal, Narine.

Não pude conter as lágrimas que se acumularam nos meus olhos quando a vi. Ela correu para me abraçar.

— Sinto muito por sujar o vestido — sussurrei em seu ouvido.

Ela se afastou e me olhou em choque.

— Eu não me importo com o vestido. Você está bem?

— Vamos, podem conversar enquanto ela toma banho — interrompeu Regina, nos apressando e lançando um olhar na direção dos guardas.

Segui Narine por uma rede de escadas e corredores até voltarmos ao meu quarto, que tinha dois guardas a postos do lado de fora. Regina ficou na sala, enquanto Narine e eu entrávamos no banheiro.

Assim que ficamos a sós, uma onda de emoções me dominou.

— Kendal está bem?

— Assim como a maioria das outras meninas, eles a mandaram de volta para casa com um saco de moedas e comida adicional. Ela está em uma carruagem com destino a Cinzaforte.

Ouvir isso foi um alívio.

— Ela sabe o que aconteceu comigo?

Narine balançou a cabeça.

— Fui instruída a dizer a todos que você estava indisposta. Outra febre.

Isso era bom. Eu não queria que Kendal contasse à minha mãe. Enquanto Narine preparava a água do meu banho, trabalhávamos para desfazer o lindo desenho de treliça que ela havia feito em meus cabelos, deixando as joias no balcão para que fossem devolvidas ao joalheiro do palácio.

Ela ficou em silêncio por um minuto inteiro antes de, por fim, perguntar:

— *Milady...* o que aconteceu? *Traição?*

Ah, claro. Eles não contaram a ela. Óbvio que não.

Dei de ombros.

— Fiz um comentário sobre o rei se casar logo após a morte da esposa e depois passei por um teste de magia durante o qual asas de dragão azul saltaram das minhas costas. Aí ele me aprisionou.

Seu corpo todo congelou.

— Você se *transformou?*

— Acho que sim. Na verdade, não, foram só as asas e não foi de propósito! — jurei.

Nem assim ela se mexeu. Suas mãos estavam imóveis sobre meu cabelo e ela apenas me olhava com uma expressão de completa perplexidade.

— Apenas membros da realeza de sangue puro se transformam.

Realeza de sangue puro.

Minha mãe tinha dito que a mulher que havia me dado à luz era nobre, mas ela não era da realeza, era? Isso faria dela uma rainha, e na época do meu nascimento a única rainha viva era a mãe do rei Valdren, que sem dúvida nunca havia fugido nem tido um filho em segredo, e muito menos morrera no parto.

Por Hades, se eu fosse a irmã desaparecida do rei Valdren, vomitaria naquele instante.

Narine pareceu ler meus pensamentos com a confusão em meu rosto. Ela me persuadiu a ir até a banheira e ajudou a me despir.

— Já ouviu falar de um regente desaparecido, não é? — perguntou ela, sua voz era quase um sussurro.

Regente desaparecido?

Balancei a cabeça, sem saber se o súbito arrepio em meus braços era por essa história ou pela minha nudez. Entrei no banho quente, incapaz de aproveitá-lo de verdade com a minha vida em risco.

Narine começou a lavar meus cabelos.

— Alguns séculos atrás, havia *duas* famílias reais de dragões. Escamabrasa também era dividida em dois territórios, e cada família real abrangia uma parte. Sombramorada e Grande Jade costumavam ser o lar do clã Dragão da Noite Eterna, que pertence ao rei Valdren. E Pedra Errante e Montanha Cinzaforte eram do clã Dragão do Eclipse.

Clã Dragão do Eclipse?

Por que eu nunca tinha ouvido essa história? Devia ser porque ela vinha de algum livro de história que não tínhamos em Cinzaforte. Mas, ainda assim, era o tipo de história que teria sido repassada de boca em boca.

— Nunca ouvi falar disso — informei.

— É proibido falar a respeito. Minha mãe me contou quando eu era criança.

Proibido falar sobre uma história? Isso não parecia certo.

— O que aconteceu com a outra família real? — Eu não queria *mesmo* saber a resposta, mas de qualquer forma perguntei.

Ela olhou para a porta, que nos separava de Regina, à espera do outro lado.

— A rainha dos Dragões do Eclipse entrou em guerra com o clã Dragão da Noite Eterna e massacrou quase todos os seus integrantes. Por qual motivo, eu não sei.

Dava para sentir meu rosto perdendo toda a cor.

— Rainha dos Dragões do Eclipse?

Ela confirmou.

— A rainha de Montanha Cinzaforte. Ela tinha um tipo especial de magia. Eles a chamaram de *regicida*. Ela sabia roubar a magia de outros dragões e fundi-la com a dela, se tornando ainda mais poderosa.

Meu coração deve ter parado de bater, porque eu não o sentia mais. Eu só me sentia... dormente... e em choque. Tanto que esqueci de respirar por um momento.

Não. Não pode ser verdade. *Que seja mentira*, rezei.

Narine continuou, um tom acima de um sussurro:

— Quando a rainha dos Dragões do Eclipse tentou matar o rei dos Dragões da Noite Eterna, na época o tataravô do rei Valdren, ela perdeu. Mas dizem que a filha dela se escondeu nos penhascos acima de Pedra Errante com o marido e a linhagem real sobreviveu.

Meu coração martelava no peito.

— O que está dizendo?

Narine mordeu o lábio e me encarou.

— Estou dizendo, *milady,* que acho que a senhorita é a rainha perdida do clã Dragão do Eclipse.

Meu coração foi até a boca, eu não conseguia falar. Como? Não era possível. Rainha? Só podia ser piada.

Balancei a cabeça e ri de nervoso.

— Uma boa fábula para crianças, com certeza — resmunguei. — Além disso, eu só ganhei asas.

Ela olhou para o chão.

— Por enquanto — murmurou.

O que *aquilo* significava? Que da próxima vez eu me transformaria *por completo*? Eu não conseguia mais lidar com isso. Em um esforço para escapar da conversa, deslizei e mergulhei a cabeça ensaboada debaixo d'água.

A lembrança das asas azuis despontando de minhas costas me veio à mente e considerei a história de Narine. Ela meio que se alinhava com a da minha mãe. A narrativa sobre a mulher que havia me dado à luz após fugir de uma batalha, coberta de sangue, e que tinha dito que toda a sua família havia sido morta, não é? Talvez, dezoito invernos atrás, quando nasci, o rei-dragão da época tenha encontrado o esconderijo dela e matado um por um. Tentei me lembrar de cada palavra que minha mãe havia dito, mas eu estava sob pressão e os detalhes do relato me escapavam.

Mas de duas coisas eu me lembrava bem...

A mulher que tinha me dado à luz disse que sua família havia sido morta devido a uma magia que carregavam.

E ela também tinha dito que eu teria o mesmo destino se essa magia fosse descoberta em mim.

Eu logo precisaria de ar, mas não queria sair da água e da segurança de seu abraço. Demorei mais um instante, então emergi e ofeguei, aliviada ao ver que Narine tinha me deixado sozinha. Havia roupas limpas dobradas na cadeira em frente à janela.

Aquele podia ser o último banho da minha vida. O rei Valdren havia me feito uma pequena gentileza ao permitir que eu me limpasse antes do interrogatório, mas eu sabia no que estava prestes a me meter. O rei farejava mentiras, então o interrogatório seria uma explosão de verdades em proporções épicas que, sem dúvida, me custariam a vida.

Eu só tinha uma coisa que ele desejava, e era meu útero, então só me restava rezar para ele querer muito aquele herdeiro e promover meus poderes como geradora de filhos para minha história não acabar ali.

Era hora de seguir o conselho de minha mãe e fazê-lo se apaixonar por mim. Quer isso fosse possível ou não.

◆ ◆ ◆

Quando saí do banheiro, Narine olhou para minha túnica desabotoada e um leve sorriso agraciou seus lábios. Eu a havia deixado aberta apenas o suficiente para mostrar um relance de meu busto. Também mantive os cabelos soltos em ondas largas, como uma vez ouvi os homens na taverna dizerem que gostavam. Eu não me sentia orgulhosa do que estava fazendo, mas estava desesperada o bastante para ser capaz disso. O rei precisava me ver como mais do que uma ameaça – que era tudo o que eu representava para ele agora.

Uma regicida.

Ainda mais depois de ouvir a história de Narine. Se fosse verdade, e minha tataravó quase tinha matado todo o clã do rei, eu estava em sérios apuros.

Eu me despedi de Narine com um aceno e ela me devolveu um sorriso nervoso de incentivo. Regina se levantou, com seu rosto desprovido de qualquer emoção, e gesticulou para que eu a acompanhasse. Eu precisava de aliados se quisesse salvar minha vida, e Regina havia sido boa comigo antes.

— Traição por ter asas? Como isso é possível? Eu nem sabia que tinha o poder de fazer aquilo até ele me obrigar a passar por aquele teste — comecei assim que saímos de meus aposentos.

Ela continuou olhando para a frente e não disse nada.

— Ele te contou o que fiz em Pedra Errante? Que montei nas costas dele e matei um guerreiro de Obscúria? Eu o protegi! — gritei.

Regina parou e se virou para mim. Meu coração foi até a boca.

— Lutei ao lado do rei em muitas batalhas. Ele é um homem justo que não toma decisões irracionais. Acredito que ele tenha seus motivos para a forma como... tratou você.

Ela recomeçou a caminhada.

Tudo bem, não era exatamente uma declaração de aliança comigo, mas eu aceitaria.

Foi uma longa marcha até a sala de tortura ou seja lá para onde estavam me levando. Passamos por uma biblioteca, cozinhas, duas salas de treinamento e finalmente chegamos a um conjunto de portas duplas.

Soltei um suspiro trêmulo quando Regina levantou a mão e bateu, e me virei para ela, desesperada de repente.

— Se ele me matar, diga para minha mãe e Adaline que eu as amo.

Ela pareceu perplexa, como se a ideia de que o rei pudesse me matar fosse absurda. Mas eu tinha sido mantida presa nas últimas vinte e quatro horas e agora estava sendo interrogada por traição, então ela apenas concordou.

Quando a porta se abriu, lá estava o rei, usando sua armadura de batalha completa, flexionando o maxilar.

— Obrigado, Regina. Pode esperar aqui fora.

— Sim, milorde.

O rei abriu bem a porta. Atrás dele, vi uma única cadeira no meio da sala. Quase deixei escapar um choro baixo, mas o engoli e entrei. Depois que a porta se fechou, olhei bem ao redor. Não havia janelas, apenas quatro castiçais nas paredes, que queimavam com fogo de dragão laranja.

— Sente-se — ordenou o rei, e eu engoli em seco, obedecendo.

Levantei o rosto para ele, que veio na minha direção, seus traços eram iluminados pelo brilho alaranjado das chamas. Ele não parecia tão bravo quanto eu esperava, e sim curioso.

Quando ele notou minha túnica entreaberta, não pude deixar de alimentar uma pequena sensação de vitória. Dando um passo até mim, ele estendeu a mão, me fazendo congelar, segurou minha túnica e começou a abotoá-la.

— Boa tentativa, mas será preciso mais do que uma mulher bonita para me distrair — declarou, soltando a camisa de volta.

Minhas bochechas queimaram de vergonha. Ele tinha decifrado meu plano?

E ele havia acabado de me chamar de *bonita*?

— Vamos resolver isso, então. Não fiz nada de errado.

Cruzei os braços e o encarei. Eu nunca esqueceria como ele tinha me feito usar uma comadre nas últimas vinte e quatro horas, como se eu fosse um paciente doente!

O rei continuou diante de mim, me olhando de cima.

— Sou eu quem determinará isso. — Seus olhos brilharam amarelados. — Agora, me conte tudo o que sabe sobre o seu poder, e, se não mentir, talvez eu consiga reparar a confiança que você traiu.

Confiança que traí? Eu mal o conhecia.

Fiz uma careta para ele.

— Por que também não me conta todos os seus segredos para *você* ganhar a *minha* confiança?

Ele estreitou os olhos.

— Não preciso da sua confiança.

Inclinei a cabeça para trás e ri.

— Se quiser colocar uma criança no meu ventre, acho que precisa, sim.

Pus a mão sobre o ventre e seus olhos brilharam como o sol, um leve rosado tingiu suas bochechas.

Ele pigarreou, e uma pequena parte minha se sentiu triunfante por fazê-lo corar.

— Há quanto tempo você sabe que pode se transformar em dragão? — perguntou, ignorando tudo o que eu havia dito.

Revirei os olhos.

— Ontem à noite foi a primeira vez.

Seus olhos se estreitaram como se tentassem captar uma mentira.

— É verdade — insisti, presunçosa.

Isso fez suas narinas se dilatarem.

— Você é uma assassina que veio me matar?

Não pude deixar de rir, mas o olhar que ele me deu logo desmanchou meu sorriso.

— Não — respondi com toda a sinceridade.

Ele franziu a testa, como se estivesse frustrado por eu estar dizendo a verdade.

— A mulher que criou você é a sua verdadeira mãe?

A pergunta foi tão repentina que meu coração parou de bater por um segundo. Ele foi direto na jugular. Mordi o lábio. Minha *verdadeira* mãe. O que isso significava, afinal? Sabia o que ele queria dizer, mas, para mim, ela *era* minha verdadeira mãe. Eu sabia que não podia mais mentir, ou ele me mataria; mas, por respeito à minha mãe, eu diria a minha verdade.

— Sim, ela sempre será a minha *verdadeira* mãe, mas... ela não me deu à luz.

Ergui o queixo, amaldiçoando a lágrima estúpida que rolou pela minha bochecha.

O rei pareceu confuso, sem dúvida considerando minha resposta.

— Há quanto tempo você sabe?

— Ela só me contou no dia em que você foi à cidade para levar Kendal e eu embora — afirmei, indiferente.

Seu semblante relaxava a cada verdade que eu dizia, e percebi então que eu *precisava* ganhar sua confiança. Que vida eu teria se meu próprio rei não confiasse em mim?

— Ela contou o que você é? — perguntou, e havia uma pitada de compaixão em sua voz.

Como assim?

— O que eu sou? — perguntei, de repente com medo da resposta.

Seu semblante sério estava de volta.

— O que sua mãe contou no dia em que fui buscar você?

Mordi o interior do lábio. Minha mãe havia dito para não confiar nele, mas meu disfarce tinha sido descoberto, então agora era o plano B: fazê-lo se apaixonar por mim, o que estava indo *maravilhosamente bem*.

Só que não.

Então rumo ao plano C, que era: *não morra.*

Soltei a respiração que estava prendendo.

— Primeiro, me diga algo que me ajude a confiar em você. Não consigo sentir o cheiro de mentira, mas fico imaginando por que você está tão desesperado por um herdeiro quando acabou de perder a sua amada esposa.

Seu rosto assumiu uma expressão de dor e ele esfregou a lateral do maxilar, me avaliando.

— Minha magia está ligada ao povo-dragão — disse ele. Isso era de conhecimento geral. — A cada dia que passa sem que eu gere um herdeiro para fortalecer e dobrar a magia, nosso povo fica mais fraco. *Eu* fico mais fraco.

Ofeguei.

— Em breve, não poderei mais me transformar, e as pessoas ligadas a mim perderão sua magia.

A verdade me atingiu como uma tonelada de tijolos. Sem sua magia, o povo-dragão *morreria*. Havia uma história bem conhecida sobre uma mulher do povo-dragão que teve sua magia sugada pelo rei-elfo e, em vez de apenas se tornar humana, ela murchou e se tornou uma mera casca. Não éramos nada sem nossa magia... ela mantinha toda a nossa forma humana viva. Mesmo sendo um híbrido, não era possível viver apenas com sua metade humana.

— Eu... — Eu não sabia o que dizer.

— Sua vez.

O rei me avaliou com aqueles olhos verdes frios. Ele havia compartilhado algo comigo, algo muito pessoal, e agora era a minha vez.

— A mulher que me deu à luz estava de passagem. Minha mãe disse que ela chegou grávida, visivelmente nobre, coberta de sangue, e falou de uma batalha em que toda a família dela tinha sido massacrada por causa de uma magia que possuíam.

Ele franziu a testa.

— Dezoito invernos atrás? Não havia nenhum Dragão do Eclipse na época, a menos que... — Ele se deu conta de alguma coisa e caiu contra a parede, suas costas bateram nela com força. — Meu avô morreu dezoito invernos atrás. Lutando contra uma ameaça à coroa, segundo meu pai.

Um silêncio caiu sobre nós dois. Ele estava dizendo que seu avô tinha matado toda a família da minha mãe biológica e a fez entrar em trabalho de parto prematuro?

Então a história de Narine era verdadeira? Os Dragões do Eclipse? O tal regente desaparecido?

Pigarreei.

— A mulher disse à minha mãe que a família dela foi assassinada por causa da magia que possuíam, e que se alguém detectasse essa magia no bebê... em mim, eu seria morta. Ela morreu de hemorragia.

Ele processou minha confissão e deu um longo e sofrido suspiro, me observando a fundo.

— Ela tinha razão. Eu *deveria* matar você.

Eu não estava preparada para essas palavras, para a *sua* verdade, e uma onda de choque percorreu meu corpo.

Ofeguei.

— Por quê? Eu não fiz nada de errado contra você!

Meu olhar foi para a porta, sonhando em escapar, mas não havia como passar por ele; e, mesmo se eu passasse, Regina estaria à minha espera do outro lado.

Ele balançou a cabeça.

— Você não sabe mesmo o que é? O que a sua magia pode fazer comigo? Com qualquer um do povo-dragão?

— É claro que não! Descobri que tinha asas ontem, depois fui jogada em uma cela! Não tive tempo de correr para a biblioteca e pesquisar!

Ele me lançou um olhar que deixou claro que meu tom não era bem-vindo. *Que homem irritante!*

Então ele se aproximou e se inclinou para a frente, apoiando as mãos nas laterais da minha cadeira de modo que seu rosto ficasse a centímetros do meu. Estar tão perto dele me roubou o oxigênio e encheu meu corpo de um calor pulsante para o qual eu não estava preparada. Meus pensamentos se embaralharam e ao encarar seu olhar iluminado como brasa, me perguntei se ele iria me beijar.

— Arwen Novakson, você é a rainha perdida do clã Dragão do Eclipse, e sua magia é tão poderosa que pode devorar a minha, matando a mim e a *todos* do povo-dragão ligados a mim. Você, Arwen, é a regicida.

Fiquei imóvel, sem nem mesmo ousar respirar. Dor, vergonha e medo correram por minhas veias em igual medida. Lágrimas não derramadas encheram meus olhos, embaçando minha visão. *Narine tinha razão.*

— Não — finalmente consegui responder, e ele empurrou a cadeira e começou a andar pela sala.

— Sim. Séculos atrás, sua família fez um acordo com a rainha de Obscúria para matar meu pai e drenar a magia do nosso povo, realizando o sonho da rainha de uma utopia humana desprovida de magia.

— Não — insisti, embora não soubesse nada sobre minha família para saber se era verdade ou não.

— Sim — rosnou ele, espirais negras de fumaça escaparam de seu nariz. — Temos registros detalhados. Espiões enviados pelo meu tataravô, testemunhas de encontros entre a rainha de Obscúria e a rainha do clã Dragão do Eclipse.

Meu coração martelava a cada palavra.

— Então o seu tataravô matou a rainha do clã Eclipse?

— Era matar ou morrer. — Ele cruzou os braços e me encarou.

— Mas as pessoas ligadas a ela…

— A magia do Dragão do Eclipse não está ligada a um povo como a minha. Suas rainhas não precisam de herdeiros para ter poder. Elas são bem singulares. — Ele pareceu simplesmente odiar esse fato.

Franzi a testa.

— Então onde está o povo do Dragão do Eclipse hoje? Aqueles com magia azul como eu? Se não são ligados a ela, não teriam morrido com ela.

Ele suspirou.

— A rainha do clã Eclipse matou quase todos. Ela queria que sua família consistisse nos últimos dragões restantes no reino. Ela absorveu o poder deles, se tornando praticamente imortal.

Imortal.

Alguém com pelo menos um quarto de magia do povo-dragão vivia cerca de cem anos, já um nobre de sangue puro vivia cerca de cento e cinquenta. Se ela consumisse a magia de centenas de dragões... Balancei a cabeça, tentando processar tudo.

— Mas e o povo do clã Eclipse... ela os matou? Isso não estaria em nossos livros de história?

Então eu entendi.

— A peste... Não foi uma praga, foi?

Pensei nas histórias de pessoas murchando e morrendo, encontradas secas como uma mera casca em suas tendas. Havia sido cerca de dois séculos atrás, devia ser bem quando tudo aquilo aconteceu.

Ele balançou a cabeça.

— Não foi uma praga. Essa foi a fachada escolhida para evitar que as pessoas entrassem em pânico. A regicida pode pegar a magia de qualquer povo-dragão, absorvê-la, transformá-la em cinzas, tornando-se assim mais *poderosa*.

Levantei-me em um salto, assustando-o.

— Todas aquelas crianças — solucei, passando mal de repente, me lembrando das histórias das criancinhas que morreram na "peste".

— A rainha dos Dragões do Eclipse as matou. Todas morreram. — Seu tom era resoluto.

Uma tristeza imensa me atingiu, tirando meu fôlego e fazendo meus joelhos se dobrarem. Quando caí no chão, um soluço me escapou.

Eu não conseguia parar de pensar nas criancinhas que a peste levou... só que não havia sido uma peste. Havia sido minha tataravó. Eu não tive nada a ver com aquele genocídio, ainda assim manchava minha alma, penetrava no âmago do meu ser, e aceitei que tive um papel naquilo, mesmo que apenas de nascença.

Fui então dominada pela raiva. Eu tinha mais perguntas do que respostas, e toda a minha linhagem estava morta, então nunca teria aquelas respostas. Eu estava tão furiosa que minha pele estava quente.

— Seu nariz está fumegando — observou o rei.

Olhei para baixo. Um pequeno fio de fumaça branca flutuava até o teto. Um grito me escapou e tropecei para trás, tentando me afastar daquilo.

— Acalme-se. — O rei estendeu as mãos. — Seu fogo de dragão pode vir à tona.

Eu o imobilizei com um olhar.

— Não posso me acalmar.

Ele me ignorou.

— Respire fundo e acalme-se.

Macho estúpido! O que eu mais odiava na vida era que me mandassem me acalmar quando eu estava com raiva. A fumaça estava mais espessa agora e eu estava pirando por completo.

Eu soltaria mesmo fogo pelo nariz? Se fizesse isso, poderia queimar o rei, e aí ele teria motivos *reais* para me matar.

Fechei os olhos e inspirei devagar. O gosto queimado da fumaça se espalhou pela minha língua por um segundo e então expirei.

Quando meus olhos se abriram, seu rosto estava a centímetros do meu.

— Eu estou calma. Não precisa me matar — falei com o máximo de sarcasmo que consegui.

— Eu decido isso. — Seu tom foi mais sério do que eu gostaria.

Pude sentir o sangue deixar meu rosto.

— Meu rei, eu *jamais* drenaria seu poder e mataria seu povo.

Havia surpresa em seus olhos. Talvez porque eu o havia chamado de meu rei, ou porque ele tinha captado a verdade na minha afirmação.

— Se eu matasse você, estaria matando a minha própria irmã. Use a cabeça, seu idiota! — rebati, irritada.

— Eu *sou* um idiota. Sou um idiota por gostar de você! — gritou ele de volta, e então olhou para mim com uma vulnerabilidade para a qual eu não estava preparada.

O rei flexionou o maxilar, mas não me arrependi de chamá-lo de idiota. Eu havia sido sincera com ele todo esse tempo e ele sabia. Ele se aproximou mais, sem se intimidar, e meu corpo parecia querer se aproximar cada vez mais do dele. Mesmo agora, sabendo que ele tinha meu destino nas mãos, eu queria sentir seus braços à minha volta.

— Eu também gostei de você, caramba! — gritei.

Então, antes que me desse conta do que estava fazendo, avancei e pressionei meus lábios nos dele.

Sua surpresa tirou meu fôlego e me fez pensar melhor no que diabos eu estava fazendo. Antes que eu pudesse recuar e me repreender por me atirar em cima dele, ele envolveu minha cintura com as mãos e me comprimiu junto ao seu corpo. Quando deslizei a língua pela dele, um gemido raivoso escapou de sua garganta, enquanto ele me consumia. Estar tão próxima, pressionada nele, fez algo dentro de mim doer. Eu ansiava por estar ainda mais perto, eu ansiava por sermos um só. Sua língua deslizou pela minha outra vez e uma corrente de energia foi trocada entre nós. Muito parecida com aquele dia na tenda do beijo.

Foi ele.

Afastei a cabeça com a surpresa, levando as mãos à boca.

O peito do rei arfava, e ele me encarava com os olhos amarelos e acesos enquanto sem dúvida pelejava com meu destino. Será que acabei imaginando aquela descarga elétrica há pouco? Será que imaginei que o beijo foi tão parecido com o da tenda? *Não poderia ter sido ele, poderia?* Ele estava esperando do outro lado dos muros, não estava? Minha mente estava a mil com a constatação.

Depois do que pareceu uma eternidade, ele suspirou, parecendo cansado.

— Eu a sentencio como sendo inocente de traição e permitirei que você transite pelo castelo livremente, mas não saia da cidade até eu resolver o que fazer com você. Entendido?

Cedi de alívio ao ouvir que minha morte iminente havia sido suspensa. Eu esperava que ele não pensasse que o beijo tinha sido uma tentativa de mudar aquilo, mas depois de entrar ali com a túnica desabotoada, temi que fosse justamente isso que ele pensava. Acho que íamos apenas ignorar que o beijo havia acontecido.

Por mim tudo bem. Eu já estava surtando por ter sido idêntico ao beijo da tenda para sequer tentar entender.

— Espera. Como assim *"o que você vai fazer comigo"*?

Ele não estava mais pensando em me matar, estava?

Ele apertou a ponte do nariz.

— Tenha um bom dia, Arwen. — Ele me dispensou.

Bufei, mas antes que eu pudesse responder, Regina abriu a porta.

— Vou acompanhar a senhorita até seu quarto, *milady*.

Ele a havia chamado?

Ao passar por ele, o encarei na esperança de expressar como estava me sentindo através do olhar. Só que eu não tinha certeza de como estava me sentindo. Eu queria beijá-lo de novo. E também bater nele por ser um idiota, e me prender, e me interrogar. O que quer que ele tenha visto em meu rosto não pode ter sido bom, porque ele flexionou de novo um músculo do maxilar.

Ops.

Regina e eu voltamos para o quarto em silêncio, e quando chegamos ela me encarou.

— Eu disse que ele era um rei justo.

Ela tinha razão. Achei que ele me torturaria e depois me mataria, mas tudo o que fizemos foi gritar um com o outro por meia hora para depois nos beijarmos.

— Obrigada — balbuciei.

Eu não podia acreditar que havia passado os últimos dias com uma mulher que eu idolatrava, e que ela tinha testemunhado todas aquelas situações humilhantes.

— Tenha um bom dia, *milady*. — Ela fez uma reverência e me deixou na porta dos meus aposentos.

Quando entrei no quarto, Narine estava esperando, retorcendo as mãos de ansiedade.

— Você está viva! — exclamou.

— E livre para perambular por aí, mas não para sair da cidade — informei.

Meu olhar recaiu sobre o vestido verde-esmeralda úmido aos seus pés e para a bacia de água suja com uma escova ao lado. Estava imundo de terra e coberto por manchas que não saíam.

— Sinto muito.

Ela acenou para mim.

— Eu vou dar um jeito. Estou feliz que a senhora esteja bem.

Foi uma gentileza dizer isso, mas era uma mentira deslavada.

— Como? Que jeito você encontraria?

O vestido não podia mais ser vendido, e agora não haveria novos vestidos. Ela não conseguiria pagar pelo casamento da irmã.

Ela mordeu o lábio, quase às lágrimas.

— Vou dar um jeito, está bem? Se importa se eu sair mais cedo hoje para falar com o comprador e resolver a situação?

Ela gesticulou para o vestido.

Concordei, tomada de culpa.

— Claro.

Com um sorriso tímido, ela pegou o lindo vestido verde-esmeralda nos braços e saiu dos aposentos.

Me deixar sozinha com meus pensamentos turbulentos foi uma *péssima* ideia. Minha mente estava processando uma centena de coisas diferentes. O casamento da irmã de Narine não ia acontecer porque eu tinha estragado o vestido. A hipótese de o rei ainda estar pensando em me matar. Kendal ter sido mandada de volta para casa. Joslyn e algumas das outras moças ainda estarem ali, competindo pela mão do rei, e agora eu estaria mentindo se dissesse que não queria esse casamento. Aquele beijo – santo Criador, aquele beijo – que tinha dado um nó na minha cabeça! E eu ainda era uma rainha desaparecida? Era demais.

Eu precisava espairecer.

Saí do quarto, atravessei a ala dos dormitórios e fui atrás da biblioteca. Talvez eu encontrasse algo sobre esse regente desaparecido ou os Dragões do Eclipse lá. Eu tinha certeza de que era por ali, logo depois da cozinha, mas quando cheguei, percebi que era um corredor sem saída. Dei meia-volta, lembrando-me de que a biblioteca ficava na direção oposta.

Passei por uma sala com a porta entreaberta. A voz do rei Valdren ecoou pelo corredor.

— Qual delas tem mais chance de me dar um filho saudável? — perguntou ele a alguém.

— Tecnicamente, Arwen tem mais magia — respondeu a dra. Elsie, e, ao ouvir meu nome, congelei. — Mas não temos ideia do que um membro da realeza do Eclipse e um membro da realeza da Noite Eterna produziriam. A magia resultante pode ser... imensamente poderosa *ou* catastrófica.

Ninguém disse nada por um minuto inteiro, e eu deveria ter ido embora... mas não consegui. Eu queria ouvir a resposta dele. Afinal, o assunto me dizia respeito.

— Joslyn é a sua escolha *mais segura*, milorde — disse a dra. Elsie.

— Mas Arwen é uma escolha que eu também poderia fazer? — A esperança no tom de voz do rei me deu um frio na barriga.

— Receio ter que desaconselhar isso, milorde — disse uma voz masculina. Eu a reconheci como a do velho com o livro encadernado em couro da sala de testes. Ele devia ser um importante conselheiro. — Ela é uma regicida, uma rainha dos Dragões do Eclipse. Ela carrega o poder de aniquilar o senhor e todo o seu clã. Nunca se esqueça disso.

— Eu não esqueci — rosnou o rei —, mas eu a interroguei e ela é inocente. Ela nem suspeitava da própria herança.

Ele me defendeu! Meu corpo estava colado à parede na expectativa de que rumo aquela conversa tomaria.

— Mas agora que ela conhece o poder que exerce, as terras que poderia reivindicar, o que ela fará com essa informação?

Terras para reivindicar? Eles achavam que eu queria um palácio e um trono na Montanha Cinzaforte? Era ridículo.

— Meu conselho é que a elimine antes que ela faça o mesmo com o senhor — continuou o homem, e meu sangue gelou.

— Mestre Augustson! — repreendeu a dra. Elsie.

O tom do rei Valdren foi tão incisivo que poderia cortar vidro.

— Foi isso que aconselhou ao meu avô há dezoito invernos? Recomendação que o matou e deixou meu pai no poder?

Eu queria espiar dentro da sala e ver a expressão no rosto de todos. Eu queria saber se tinha sido daquela forma que a família da minha mãe biológica morrera. Se o avô de Drae os tinha matado, fazendo com que minha mãe fugisse para Cinzaforte e me desse à luz.

— Joslyn é uma ótima escolha, milorde — concluiu o homem, sem responder à pergunta.

— Concordo. Ela tem mais magia do que a rainha Amelia. Não muito, mas um pouco mais — propôs a dra. Elsie.

Silêncio. O silêncio mais longo que já tive que suportar.

— Tudo bem, se essa é sua avaliação, eu concordo. Diga a Joslyn que eu a escolhi e comece a monitorar seus ciclos mensais. Podemos nos casar em uma lua cheia. Vou lidar com Arwen. — Suas palavras ao mesmo tempo partiram meu coração e enviaram calafrios pelo meu corpo.

Saí depressa do corredor e voltei para meus aposentos.

Ele vai se casar com Joslyn.

A aposta mais segura.

Eu deveria estar feliz por ela, por ele, pela minha irmã e todos os dragões que seriam salvos pelo herdeiro que eles criariam, mas também estava com raiva. Ele não amava Joslyn. Ele queria um filho e iria se casar com ela apenas por obrigação, apenas para proteger sua pureza e imagem. Acho que ela deveria agradecer por ele não apenas tomá-la como amante. Por alguma razão, ouvir o grupo falar de Joslyn e de mim em termos de classificação mágica me irritou bastante.

Mas eu podia culpá-lo? Seu povo, todo o povo-dragão, dependia de um herdeiro gerado por ele. Será que eu faria o mesmo no lugar dele? *Provavelmente*. Mas, por um instante, pareceu que ele queria me escolher, e isso tinha me deixado esperançosa. Claro que gritamos um com o outro, e ele me prendeu, mas… havia mais ali. Uma conexão profunda que não sei explicar, algo que nunca experimentei antes.

Esquecendo meu desejo anterior de ir à biblioteca, fui para meu quarto e me enrolei sob as cobertas. A qualquer momento alguém viria me avisar que eu voltaria para casa ou seria enforcada, com certeza.

Agora eu sabia o que o rei quis dizer quando declarou que lidaria comigo. Ele estava pensando se deveria se casar comigo pelo meu útero de dragão mágico ou me matar porque eu tinha o poder de matá-lo.

Vou lidar com Arwen. Suas palavras me assombraram. O que ele quis dizer com isso? Ele não seguiria ao pé da letra o conselho daquele homem, seguiria?

Joguei as cobertas para o lado e me levantei às pressas.

Ele iria me matar. Ele *sem dúvida* iria me matar. Só mais um dragão a ser eliminado, assim como seu avô havia feito, e ele não teria mais problemas.

Corri pelo quarto, procurando nas gavetas meu traje de caçadora que minha mãe e Kendal haviam feito para mim. Estava na gaveta de baixo da cômoda, quase limpa, com minha faca de caça em cima.

Obrigada, *Narine*.

Puxei a roupa da gaveta e a enfiei em uma bolsa vazia, guardando a faca na cintura em seguida. Correndo para a pequena cozinha de meus aposentos, joguei algumas frutas secas e queijos na mesma bolsa e enchi meu cantil.

Talvez, se eu conseguisse roubar um cavalo, pudesse sair pelos portões principais antes que percebessem meu sumiço e tocassem o alarme.

Saindo de fininho dos aposentos, disparei pelo corredor, tentando não parecer uma fugitiva em plena retirada.

Quando passei por Annabeth, a governanta, acenei para ela.

— Lindo dia para um passeio — eu disse.

Ela sorriu.

— Os jardins são lindos nesta época do ano.

Sim, estou indo para os jardins, nada de suspeito nisso. Quando cheguei ao final do corredor que dava para o lado de fora, empurrei as portas e me pus a correr.

Fiquei um pouco desnorteada no começo; eu só estivera ali algumas vezes e levei alguns instantes para me orientar. Os celeiros e estábulos ficavam à direita, então mirei naquela direção pouco antes de ouvir um grito atrás de mim.

— Arwen, pare! — ordenou o rei.

Fui tomada do mais puro terror enquanto passava correndo por uma funcionária do estábulo, depois virei para a esquerda, avistando um labirinto de altas cercas vivas em que eu poderia me perder. Disparei pelo quintal e irrompi na proteção da cerca viva, mas os sons dos passos atrás de mim estavam perto demais.

Levando a mão às costas, toquei em minha faca de caça assim que um corpo se chocou contra o meu. Tropecei nos meus próprios pés, girando no ar, mas os braços do rei Valdren pararam em volta dos meus ombros. Meu traseiro se chocou no chão primeiro, depois as costas e, por fim, o baque no meu crânio. Felizmente, foi na grama macia, mas isso não me protegia do homem gigante que caiu em cima de mim, tirando uma lufada de ar dos meus pulmões.

Suas coxas prenderam meus quadris no lugar, e eu odiei o calor que subiu pelo meu corpo ao seu toque.

— Você ia puxar uma faca para mim?

Ele me olhava incrédulo, com seus olhos selvagens e os cabelos escuros desgrenhados.

Nossos corpos estavam comprimidos, pressionados um contra o outro, e dava para sentir meu rosto vermelho com o contato. Eu nunca estive daquele jeito com um homem antes...

Ele pareceu perceber minha perplexidade e incapacidade de falar, e saiu de cima de mim, levando minha faca de caça.

Com a ausência de seu corpo, consegui respirar e pensar.

— Vou defender a minha vida se for atacada, sim — respondi, sentando-me e olhando para sua silhueta gigante, que agora encobria o sol.

Ele estendeu a mão para mim e eu ergui a sobrancelha, encarando-o com ceticismo.

— Não vou morder — disse ele.

Aceitei a oferta, permitindo que ele me ajudasse a levantar. Quando eu enfim fiquei de frente para ele, ou, para ser mais exata, estiquei o pescoço para olhá-lo, me preparei.

— Vou me casar com Joslyn.

Eu não esperava uma dor devastadora no peito, ainda mais considerando que eu tinha acabado de ouvi-lo resolver aquilo com seus conselheiros.

— Parabéns.

Por que soei tão amargurada?

— Meus conselheiros dizem que não posso permitir seu retorno para casa, onde você pode conspirar para tomar meu reino...

Caí na gargalhada com o absurdo da coisa toda, mas seu olhar me calou.

— Então você tem que me matar.

Olhei para a faca de caça em sua mão. Ele me mataria com minha própria lâmina? Bem ali, na privacidade dos corredores de um labirinto? O pânico invadiu todo o meu corpo.

Sou jovem demais para morrer.

Ele pareceu triste com a acusação e olhou bem fundo nos meus olhos.

— Eu jamais poderia matar você, Arwen. — Por mais que a declaração denunciasse sua mágoa, de alguma forma as palavras pareceram românticas vindas dele. Quando relaxei um pouco, ele se aproximou. — Vim perguntar se você gostaria de se juntar à minha Guarda Real. Você me pareceu entusiasmada com a ideia no dia em que mencionei, então... temos uma vaga para você, se quiser.

Minha boca se abriu em choque. Tentei falar, mas não consegui encontrar as palavras. Ele estava louco? Depois de descobrir que eu podia sugar seu poder e matar todo mundo, ele me queria entre seus protetores?

Ele me olhava com expectativa, como se à espera de uma resposta. Ele estava falando sério. O riso borbulhou dentro de mim e minhas pernas ficaram bambas.

— Me juntar à Guarda Real. Está brincando? É o meu sonho!

Eu me deixei levar e me atirei em seus braços, abraçando-o. Seu corpo enrijeceu e eu me afastei, me repreendendo por ter agido de forma inapropriada.

— Desculpe. Só fiquei animada.

Então me afastei, dolorosamente ciente de que não tinha boas maneiras e de que devia ter quebrado um milhão de regras com aquele homem. Um *rei*.

— Você tem pouco medo do perigo, qualidade que procuro em possíveis integrantes da Guarda Real. Sua conduta naquele dia do ataque em Pedra Errante foi admirável. Vou treinar você para que controle seus poderes de dragão, e Regina treinará você no combate. Acho que você será um grande trunfo para o reino.

Fiz uma reverência, inclinando a cabeça também para garantir.

— Aceito sua oferta generosa.

Ele franziu a testa, parecendo um pouco perturbado com meu entusiasmo.

— Você entendeu que é uma rainha por direito de nascença e que vou relegá-la a *meu* serviço pelo resto da sua vida, não entendeu?

Balancei a cabeça com força.

— Não sou rainha nenhuma. Sou só uma caçadora que quer cuidar da própria família. Eu o seguirei aonde quer que vá, Sua Alteza.

Seu semblante pareceu relaxar e sua respiração desacelerou. Algo que eu disse o tocou bastante. Eu não havia dito nada de ruim, então não sabia bem se deveria me desculpar ou não. Quando ele olhou fundo em meus olhos, pareceu que o ar ao nosso redor estava magnetizado. Repleto de algo palpável. Tive um forte desejo de tocá-lo, de acariciar seu pescoço como havia feito com sua forma de dragão naquele dia.

Isso me fez pensar uma vez mais em nosso beijo. Será que era ele na tenda do Dia de Maio? Seria loucura, não seria?

Seu olhar foi para meus lábios, como se ele também estivesse pensando no beijo, e eu engoli o nó na garganta.

— Posso pegar minha faca de volta? — perguntei, estendendo a mão e esperando quebrar qualquer feitiço lançado sobre mim que me fizesse querer tocá-lo.

Ele pigarreou e me devolveu a arma, mas não antes de me olhar de cima a baixo.

— É uma boa faca de caça, mas logo precisará de uma espada adequada. E de um arco e flecha.

A alegria de ganhar novas armas deve ter ficado evidente em meu rosto, pois os cantos dos lábios do rei se curvaram de leve.

— Espero que esse novo arranjo sirva para nós dois. Tenha um bom dia, Arwen. — Ele inclinou a cabeça.

— Tenha um bom dia, milorde — devolvi, ainda aturdida com a perspectiva de ingressar na Guarda Real.

— Pode me chamar de Drae — disse ele, afastando-se.

Chamar o rei pelo primeiro nome? Isso não poderia ter corrido melhor. Não só ele não me mataria, como eu me juntaria à sua Guarda Real!

Quando me lembrei de repente do casamento da irmã de Narine, exclamei:

— Espere!

Ele parou e olhou para trás.

— Existe um salário para o cargo em seu exército?

Ele me avaliou.

— Claro. Cem moedas de jade por lua.

Era justo a quantia de que Narine precisava!

— Mas poderei ficar no castelo e comer de graça? — perguntei.

— Sim.

— Será que posso receber um adiantamento da minha primeira lua? Há algo muito importante que preciso pagar. Não posso esperar.

Engoli em seco. Pedir dinheiro a um homem nunca era bom. Pedir ao rei um adiantamento por um trabalho que eu não havia nem começado parecia péssimo. Mas eu queria surpreender Narine com o pagamento integral do casamento de sua irmã.

Ele juntou as sobrancelhas.

— Você tem algum vício em jogo que eu desconheça?

Eu ri.

— Não, e para não mentir mais, posso explicar: é para o casamento da irmã caçula da minha criada.

Ele me encarou por um momento, talvez analisando a resposta, então suas sobrancelhas se juntaram ainda mais, quase formando um nó na testa.

— Você pagaria um mês inteiro de salário para uma criada que conhece há menos de uma lua?

Confirmei com a cabeça, esperando que ele não negasse nem contasse a Annabeth.

— Muito bem. Vá ao tesoureiro do castelo amanhã. Estará liberado.

Quando ele finalmente partiu, não pude acreditar no quanto minha sorte havia mudado. Eu poderia enviar a maior parte do dinheiro para minha mãe e minha irmã todos os meses, e ainda teria o emprego dos meus sonhos. O rei conseguiria seu herdeiro com Joslyn e tudo daria certo...

Então por que parecia que alguém havia feito um buraco no meu peito com uma faca?

— O QUE É ISSO? — PERGUNTOU NARINE, ARREGALANDO OS OLHOS quando coloquei a bolsinha com cem moedas de jade na sua mão.

Eu havia ido logo cedo ao tesoureiro do castelo, que já estava com as moedas à minha espera.

— O pagamento do casamento da sua irmã, e você tem o resto do dia de folga para tratar dos seus assuntos — respondi, incapaz de esconder o sorriso no rosto.

— Como!? — gritou ela, rindo, enquanto abria a bolsinha para espiar. Lágrimas rolaram por seu rosto e ela olhou para mim.

— Arranjei um emprego. Isso é o adiantamento da minha primeira lua — declarei.

Ela balançou a cabeça, tentando me devolver a bolsinha.

— Não posso. É generoso demais. Você também terá que pagar o casamento da sua irmã um dia.

Eu ri.

— Os casamentos em Cinzaforte custam dez moedas de jade e todos levam um prato de comida para compartilhar. Confie em mim, eu posso pagar.

Ela mordeu o lábio, balançando a cabeça com espanto.

— Eu… não sei o que dizer. Que emprego é esse? Aqui em Grande Jade?

— Fui convidada a ingressar na Guarda Real. Começo meu primeiro treino em uma hora, depois de jurar lealdade ao rei.

Narine levantou as suas sobrancelhas castanhas.

— Depois de tudo, o rei pediu para você entrar na Guarda Real?

— Pois é. Loucura, né?

— Sem dúvida. Já soube que ele vai se casar com Joslyn?

Abaixei a cabeça, tentando esconder a emoção.

— Ouvi dizer que ele está desesperado para ter um herdeiro, mas ninguém sabe por quê. Ele sofreu tanto pela rainha Amelia que ninguém pensou que ele se casaria de novo tão cedo, mas... — Sua voz falhou.

Eu sabia por quê. Mas era o meu segredo com o rei Valdren – *Drae*, agora que estávamos nos tratando pelo primeiro nome. Eu o respeitava o suficiente para guardar isso só para mim. Se as pessoas soubessem que sua magia e sua própria sobrevivência estavam ligadas ao fato de ele ter um herdeiro, o pânico se instalaria em todo o reino.

— Ele deve ter gostado muito de Joslyn — declarei.

Narine concordou e me desejou um bom-dia antes de sair com suas moedas.

Deixei meus aposentos e caminhei até o campo de treinamento cheia de disposição. Estava usando a armadura de couro dada por minha mãe e me sentia pronta para ser uma integrante feroz da Guarda Real, assim como Regina.

Andei depressa até o grande salão, onde Regina havia me pedido para encontrá-la, assim como o rei, para jurar minha lealdade. Quando cheguei, ela estava esperando do lado de fora com as mãos para trás.

— Pronta? — perguntou.

Confirmei. Eu nem imaginava o que aquela aventura envolveria, mas estava pronta para jurar lealdade ao rei e ser nomeada cavaleira ou qualquer outra função no seu exército.

Ela abriu as grandes portas duplas e eu levantei o rosto, minha respiração ficou presa na garganta. Quase *todo* o exército estava presente. E pelo visto algumas famílias nobres também. A Guarda Real estava disposta em fileiras perfeitas, de frente para o corredor que eu atravessava lado a lado com Regina. Eu queria me encolher e morrer. Não esperava essa multidão. Parecia uma ocasião muito maior do que eu esperava. Quando chegamos à frente, dei sorrisos educados para as famílias nobres, confusa quanto ao motivo de todos estarem ali para um simples juramento de lealdade.

Quando cheguei ao estrado elevado, olhei para o rei, sentado em seu trono de espaldar alto. O trono era feito de metal preto que simulava escamas de dragão, e o desenho lembrava chamas que cresciam nas costas e se espalhavam por trás dele. Ele me observava com aqueles olhos amarelos quando me aproximei.

Regina abaixou a cabeça quando paramos diante dele, então fiz o mesmo, meu coração martelava na garganta.

E se ele tiver mentido? E se ele nunca teve a intenção de me deixar ingressar na guarda e estivesse prestes a me decapitar ali mesmo?

Houve um barulho de metal quando ele se levantou do trono e se aproximou de mim.

— Grande parte da nossa história foi ocultada pelos nossos antepassados, mas muitos de vocês sabem que um dia existiram *dois* clãs de dragões — bradou o rei, ecoando por todo o salão. — Ao testar a magia de lady Arwen, descobrimos que ela é uma integrante perdida do clã Dragão do Eclipse.

Suspiros e cochichos soaram atrás de mim, e eu congelei, pega desprevenida pela revelação. Eu não imaginava que ele contaria às pessoas sobre mim... De repente me senti nua ao ter meu segredo exposto para todos ouvirem, mas também percebi que ele não tinha me chamado de *regente* perdida – ele estava guardando isso para si.

— Ela será um grande trunfo para o meu exército, e estou honrado em ouvir sua promessa pública de lealdade — declarou ele.

Era uma *grande* ocasião, uma ocasião muito maior do que aquela para a qual eu havia me preparado. Eu tinha certeza de que iria desmaiar.

— Ajoelhe-se — ordenou Regina em um sussurro suave.

Caí de joelhos, ainda com a cabeça baixa, e o rei desceu quatro degraus e se aproximou de mim.

— Olhe para seu rei — instruiu Regina, então olhei para os olhos infinitamente verdes do rei Valdren.

Eu não conseguia decidir de qual cor gostava mais, verde ou amarelo. Ele as mudava com tanta frequência com suas emoções que me perguntei se ele notava.

— Lady Arwen Novakson de Montanha Cinzaforte.

Lady era uma designação nobre. Ao me chamar assim, ele estava dizendo a todos que eu tinha uma posição de nobreza com uma única palavra.

— Sim, meu rei?

Olhei em seus olhos e vi que ele me observava com atenção. Quando ele me olhava, era como se pudesse me ler com a facilidade que se lê um livro.

— Jura lealdade a mim como seu rei e governante, enquanto viver? Jura proteger a mim e a minha família acima de sua própria vida?

— Sim — jurei, projetando minha voz para que todos ouvissem.

A multidão irrompeu em aplausos. Quando estava prestes a me levantar, o rei ergueu as mãos, indicando que todos ficassem quietos.

Fiquei onde estava.

— E jura nunca me fazer mal com sua magia? — acrescentou.

Uma dor cresceu em meu peito e um nó se formou em minha garganta. Pela expressão no rosto de Regina, percebi que ele não perguntava isso a todos, e o fato de que ele *ainda* não confiava totalmente em mim foi como jogar sal em uma ferida.

— Sim, meu rei — quase rosnei.

Seu rosto relaxou e a multidão mais uma vez aplaudiu, mas eu continuei ajoelhada.

— Posso me levantar agora? Ou gostaria de me perguntar mais alguma coisa? — perguntei a ele.

A plateia batia palmas tão alto que apenas Regina e o rei deviam ter me ouvido.

Ele abriu um sorriso sarcástico.

— Pode se levantar, *milady*.

E assim o fiz, limpando os joelhos. Do bolso, ele tirou um peitoral com a insígnia da Guarda Real. O fundo era preto e havia um emblema de dragão em dourado. A única coisa que faltava era o vermelho que designava a guarda Drayken de elite, mas eu planejava escalar a hierarquia ao longo dos anos e conquistar aquilo também.

— Bem-vinda à Guarda Real, Arwen.

Quando ele me entregou o peitoral, não consegui mais conter o sorriso bobo de felicidade que enfeitou meu rosto.

— Boa sorte com o treinamento — desejou ele, dando meia-volta e saindo do salão.

Tudo bem, foi um evento um pouco estranho e exagerado para durar só cinco minutos. Os convidados não pareceram se importar com a saída do rei, visto que todos continuaram conversando entre si, e a Guarda Real se aproximou para me parabenizar.

Sorri e agradeci. Regina se inclinou por cima do meu ombro para sussurrar em meu ouvido:

— Sei que você não passou um tempo fácil aqui e que estou prestes a me tornar sua comandante, então não vou poder tratar você de forma especial. — Quando concordei, ela abriu um largo sorriso. — Mas, como mulher, devo admitir que tenho um orgulho danado de ter você na guarda. É um prazer, Arwen.

Meu coração estava leve e acelerado. Eu era obcecada pelas histórias de Regina Wayfeather desde criancinha, quando passava pela taverna e ouvia os homens falando sobre ela e todas as incríveis batalhas em que ela lutara.

— O prazer é meu, Regina.

Seu rosto então adquiriu uma fria máscara de calma.

— Já pode me chamar de comandante.

— Sim, comandante.

Acho que esses trinta segundos de vínculo seriam tudo o que teríamos. Pelo visto, ela me faria comer o pão que Hades amassou.

— Calston! — chamou Regina um homem, que conversava com um grupo de soldados.

Um homem alto, alguns invernos mais velho que eu, de ombros largos e cabelo cor de areia se aproximou. Seu cabelo seguia o estilo do cabelo do rei, com as laterais raspadas e uma longa trança descia pelas costas. O retrato de um guerreiro de alto escalão.

Ele ficou em posição de sentido diante de Regina.

— Sim, comandante?

— Pode mostrar o arsenal a lady Arwen e depois levá-la para o campo de treinamento para filhotes? Preciso ir até lá.

Campo de treinamento para filhotes? Era assim que nos chamavam?

O homem afirmou com a cabeça e Regina saiu. Então ele se virou e me encarou.

— Lady Arwen. — Ele se curvou. Era estranho ser cumprimentada dessa forma e chamada desse jeito, mas imaginei que fosse o protocolo agora que o rei havia revelado que eu era uma nobre.

— Er, Calston? — Também fiz uma reverência e, quando ele sorriu, me surpreendi com sua beleza. Havia uma covinha profunda em sua bochecha direita.

— Você não deve se curvar para mim, não sou nobre — orientou. — E agora que está na Guarda Real, basta inclinar um pouco a cabeça para ele.

Engoli em seco, minhas bochechas ficaram vermelhas.

— Entendido. Também não sou uma nobre de verdade. Quer dizer, acho que de sangue eu sou, mas cresci em Cinzaforte.

Ele abriu um sorriso descontraído para mim, exibindo seus dentes brancos e retos.

— Sou de uma vila minúscula perto de Sombramorada. E os meus amigos me chamam de Cal.

— Cal...

Ele estendeu a mão e a encostou de leve em minhas costas, levando-me para longe da multidão agitada, rumo a uma porta lateral. Depois de abri-la e esperar que eu passasse primeiro, ele se juntou a mim no corredor silencioso.

— Fale a verdade — pediu ele enquanto seguíamos pelo corredor e passávamos pela biblioteca. — Não ficou envergonhada com aquela cerimônia na frente de todo mundo?

Eu ri, logo de cara gostei de sua sinceridade.

— Envergonhada demais. Regina não me avisou que haveria tanta gente.

— Ela gosta de ver os novos filhotes se contorcendo de vergonha.

— Até quando serei chamada de filhote? — resmunguei.

Ele riu.

— Até ter travado a sua primeira batalha.

Estufei o peito.

— Pois já matei um guerreiro de Obscúria montada nas costas do rei-dragão.

Ele me olhou de lado, indicando estar impressionado.

— Ouvi falar. Espere até matar uma dúzia de inimigos em poucos minutos. Aí sim não vamos te chamar mais de filhote.

Uma dúzia? A ideia me deixou doente, mas eu fazia parte da Guarda Real agora, então teria que me acostumar.

Matar ou morrer.

Por fim, ele abriu uma porta ao final do corredor e saiu. Atravessamos o pátio para outro prédio e paramos diante de duas gigantescas portas de ferro.

— Thad! — Cal bateu à porta, que se abriu, revelando um homem baixo com uma barriga gigante e cinco espadas de madeira na mão.

— Espadas de treino? — perguntou Thad.

Cal confirmou, pegando uma delas e entregando-a para mim, depois as outras para levar ao campo de treinamento.

Era mais pesada do que eu esperava, mas não tanto quanto a do rei. Eu não queria uma espadinha de treino inútil, ainda mais depois que o rei havia dito que eu precisava de uma espada adequada e de um arco e flecha, mas fiquei de boca fechada.

— A Guarda Real já teve outras mulheres? — perguntei enquanto caminhávamos pelo gramado verde.

Cal me olhou sério.

— Não, senhora. Só você e a Regina.

Eu esperava que isso não fosse um problema... já que desejava ser aceita como um deles. Eu era boa em caçar e tinha certeza de que seria uma grande guerreira se recebesse o treinamento adequado.

— Você deve ter muito poder para ser convidada pelo rei a integrar a Guarda Real — Cal disse.

De repente fiquei quieta, segurando a espada sem jeito, enquanto prosseguíamos.

— Acho que sim — murmurei.

Cal parou e se virou para mim, o que me fez parar também e encontrar seus olhos azuis.

— O rei não permite mulheres na Guarda Real, a menos que sejam tão poderosas que seu maior temor é *não* as ter por perto.

Engoli em seco com a impressão de que o comentário era uma advertência.

— Então Regina é poderosa? — Tentei desviar o assunto para outra pessoa.

Ele riu.

— Ela tem mais poder que todos nós. Regina poderia queimar uma grande construção com um sopro, se quisesse.

Ela poderia soprar um fogo tão potente assim? Que incrível.

— Clã Eclipse, hein? — continuou ele, olhando-me um pouco incrédulo. — Eu pensei que... Quer dizer, como é possível?

Eu *não* queria falar sobre esse assunto. Ele era gentil e tinha boas intenções, mas eu precisava tomar cuidado ali.

— Não faço a menor ideia.

Dei de ombros, avistando Regina ao longe. Acenei para ela, embora ela não estivesse olhando para mim.

— Estou indo! — gritei, afastando-me a passos largos.

O rei tinha revelado a minha linhagem do clã Eclipse, porque os homens poderiam ver meu fogo azul e minhas asas em algum momento, mas eles não precisavam saber de maiores detalhes.

Quando cheguei ao campo de treinamento, Regina estava dando ordens para alguns homens diante dela.

Caminhando até ela, acenei toda feliz.

— Oi. Nós temos treinamento...

— Está atrasada e a anos-lua desse novo esquadrão de novatos — vociferou Regina. — Pegue a sua espada e escolha um parceiro. Vai precisar de três treinos por dia para entrar em forma. Soldados fracos são soldados mortos, e não quero que isso aconteça sob meu comando.

Engoli em seco. Todas as pretensões de que seria uma sessão matinal para fortalecer vínculos com meu novo esquadrão haviam sido frustradas. Regina não estava brincando sobre não me dispensar nenhum tratamento especial.

— Sim, comandante.

Ergui minha espada e parei ao lado de um magricela que parecia perdido.

— Para cima — gritou Regina, apontando a espada diante de si para o céu. — Cruze à direita — bradou, levando-a para baixo e depois para a direita.

Os outros homens a imitaram, então logo entrei na linha e copiei também os movimentos.

— Cruze à esquerda. — Ela levou a espada para a esquerda. — E para baixo. — Ela baixou a espada.

Depois repetimos tudo cinco mil vezes. Talvez não tantas, mas foi o que pareceu. Meus braços pareciam não ter mais ossos, restando apenas pele e sangue. Quando Regina encerrou o treino, eles tremiam à menor tentativa de erguer a espada.

— Vão comer um pouco — ordenou para o grupo, mas depois inclinou a cabeça para mim, indicando que eu ficasse.

Eu me aproximei e parei ao seu lado, e ela olhou de mim para Cal.

— Volte depois do almoço e treine com Cal. Você precisa recuperar o tempo perdido.

Cal havia ajudado Regina durante todo o treino e agora, pelo visto, tinha se tornado meu tutor. Ele me deu um sorriso, e mais uma vez fiquei impressionada com sua beleza. Talvez não me casar com o rei, ser independente, com meu próprio emprego e salário, fosse a maior bênção de todas.

Talvez, se eu repetisse isso para mim mesma vezes suficientes, poderia até acreditar que era verdade.

Três semanas depois.

Eu tinha ouvido falar que Hades era um destino abominável para qualquer alma, um lugar de constante tormento e dor na vida após a morte. Bem, eu havia experimentado tudo aquilo nas últimas três semanas sob os "cuidados" constantes de Regina e Cal. Era como se eles estivessem tentando me levar à beira da morte todos os dias, e só quando eu estava pronta para encontrar o Criador que eles me permitiam ir para casa e descansar. Meu traje de caça de couro não servia mais: eu tinha ganhado músculos em todas as regiões com o peso constante das armas e a ingestão de alimentos nutritivos. A costureira do palácio vinha buscá-lo para adicionar uma emenda na lateral naquele mesmo dia.

Apesar dos treinos constantes, hematomas e até alguns pontos, eu nunca havia sido tão forte, veloz ou letal. Aprendi a manejar uma espada em combate e a cuspir fogo em meu inimigo. Até aprendi que tinha poderes de autocura. Uma ferida que antes levaria semanas para cicatrizar agora desaparecia em um dia.

Eu tinha três treinos por dia, um com Regina e meu esquadrão de filhotes, um com Cal e um com o próprio rei. Minhas práticas com o rei eram secretas, e nelas ele me ensinava a usar minha magia de dragão.

Joslyn e o rei ficaram oficialmente noivos em uma semana. Às vezes ela comparecia aos treinos, o que era um pouco estranho. Eu a assistia se apaixonar pelo rei, mas estava claro que ele não compartilhava dos mesmos sentimentos. Ele era respeitoso e cuidava de suas necessidades, mas não segurava sua mão, não a beijava, e ela tinha confidenciado a mim que temia ser um casamento só de conveniência.

Eu também havia me aproximado dela, considerando-a uma de minhas boas amigas. Joslyn era bondosa, forte e atenciosa, e passávamos quase todas as noites passeando pelos jardins e conversando sobre nosso dia. Era bom ter alguém que conhecesse sua situação, e a de Joslyn e a minha eram únicas. Ela seria a futura rainha de Escamabrasa e estava ciente do segredo de eu ser a regente desaparecida. A regicida. Eu rejeitava todos esses títulos. Preferia ser conhecida como uma boa caçadora ou mesmo um filhote da Guarda Real.

Agora, eu estava no campo de treinamento, esperando o rei, enquanto comia uma maçã. Joslyn tomava sol em uma rocha próxima com os cabelos escuros espalhados nas costas.

— Sua mãe e sua irmã vão comparecer ao Festival da Lua de Outono, não vão? — perguntou Joslyn.

Confirmei, incapaz de esconder o sorriso do rosto. Eu não as via desde que tinha chegado ali, quase uma lua atrás, mas havia enviado para casa uma carta por um mensageiro real, contando sobre meu novo emprego, e minha mãe parecia feliz com minha nova posição na Guarda Real.

— Drae disse que ela e a minha irmã podem ficar no palácio.

O rei e eu nos tratávamos pelo primeiro nome, e por mais que eu odiasse admitir, o considerava um dos meus amigos mais próximos. Nós nos víamos todos os dias para praticar, e ele era tão paciente para me ensinar coisas novas, além de fácil de conversar. Desde que eu tinha entrado para a Guarda Real e feito aquele juramento diante de todos, era como se ele confiasse totalmente em mim. Aquele rei arrogante e de olhar indecifrável se fora. Agora, ele era apenas... Drae.

— Que gentileza do rei por fazer isso. — Ouvi a voz de Drae atrás de mim, e Joslyn caiu na gargalhada quando revirei os olhos.

— Ele é legalzinho às vezes — admiti, ganhando dele um leve empurrão no ombro.

— Oi, Drae — disse Joslyn sem jeito, sentando-se e acenando para ele um pouco afoita demais.

— Como está hoje? — perguntou ele com educação.

Ela abriu um pequeno sorriso.

— Bem. Mandei fazer um vestido novo.

Ela pôs as mãos sobre a seda em um amarelo vibrante e olhou para ele com expectativa. Estava na cara que ela queria um elogio.

Drae suspirou, percebendo a necessidade de atenção. Ele me contornou e a encarou, inclinando-se para beijá-la no rosto.

— Você está linda — disse ele.

E ela estava, não havia como negar.

Joslyn pôs as mãos sobre as dele, sorrindo, devia estar desesperada por seu toque, e uma pequena dor despontou em meu peito ao observar Drae pairar sobre minha amiga enquanto ela o olhava com adoração.

Eu queria aquilo. Eu queria alguém para tocar, e dar as mãos, e... beijar.

Eu não tinha beijado ninguém desde aquele dia na sala de interrogatório com Drae, e agora que sabia que ele se casaria com Joslyn, queria seguir em frente. Meu treinador, Cal, e eu nos aproximamos, e tivemos diversos quase acidentes em que pensei que ele pretendia me beijar, mas algo o segurava. Decidi que naquele dia eu perguntaria a ele a respeito.

Depois do meu treinamento com o rei.

Drae se afastou de Joslyn e se virou para mim.

— Você já sabe cuspir uma corrente de fogo de dez metros, lançar cinco bolas de fogo das mãos de cada vez. Acho que é hora de dominarmos o voo.

A ansiedade fez meu estômago virar do avesso, e Joslyn se levantou de repente.

— Meu rei, da última vez ela...

Ele a interrompeu:

— Se ela vai lutar ao meu lado em uma batalha, preciso garantir que seja hábil em voar.

Uma inquietação doentia tomou conta de mim. Eu tinha me transformado um total de três vezes.

A primeira no meu teste de magia, a segunda em um treino com Drae e Regina, e meus braços e pernas também se transformaram. Já a terceira vez tinha sido na semana anterior, quando todo o meu corpo se transformou em um dragão azul e Drae me convenceu a voar com ele. Estava ventando, então minha asa utilizou o ar de um jeito errado, dobrou e me fez despencar quinze metros. Embora minha magia de dragão me proporcionasse uma habilidade de autocura avançada, levei dois dias para voltar a andar sem sentir dor, e não estava nada ansiosa para passar por aquilo de novo.

— Eu... estou com medo. Não posso — admiti.

Ele balançou a cabeça.

— Você pode e vai. Se deixar o medo tomar conta, jamais voará, e para que serve um dragão que não pode voar?

Gemi, olhando para o céu em busca de qualquer indício de vento.

Não havia nenhum.

A rainha de Obscúria não parava de ameaçar nossas pontes no Grande Rio. Diziam que era apenas uma questão de tempo até ela romper nossas defesas lá outra vez. Ela queria aniquilar o rei e todos os dragões, além de tomar nossas terras férteis. Segundo os rumores, a maioria das terras de Obscúria eram quentes e áridas nos meses de verão, assim nada crescia ali.

— Você consegue — encorajou Joslyn, embora eu pudesse notar o tremor em sua voz.

Ela havia testemunhado minha queda e me visto toda quebrada e sangrenta no chão. À noite, quando eu me deitava para dormir, às vezes ainda ouvia seus gritos de socorro em minha cabeça.

O rei se aproximou de mim, me forçando a encontrar seu olhar.

— Posso voar por baixo de você. Assim, se você cair, posso te pegar.

Olhar naqueles olhos verdes e ouvir sua promessa me deu um quentinho no estômago. No mesmo instante me senti culpada por aqueles sentimentos, ainda mais com Joslyn bem ali. O calor entre nossos corpos foi tão intenso que ele recuou. Isso acontecia com frequência entre nós, mas nada falávamos a respeito, optando por ignorar.

— Tudo bem — rosnei. — Mas se eu quebrar um único osso, você me deve quinhentas moedas de jade.

Ele sorriu.

— Fechado.

— Eu teria apostado mil — confessou Joslyn quando me aproximei para lhe entregar minha espada, meu porta-moedas e meu cinto.

— Seus ossos são muito mais valiosos do que os meus — observei com um sorriso, então caminhei em direção ao riacho, onde o mato era alto e eu podia me transformar com privacidade.

O rei simplesmente se virou para uma árvore e começou a se despir ao ar livre. O homem não se importava com quem o via nu, e eu estava mais uma vez hipnotizada com a visão de suas nádegas. Com uma risada, tirei as roupas de treino, que estavam cobertas de lama da sessão com Cal mais cedo, e quando fiquei nua em pelo, olhei para meu corpo.

Uma série de hematomas roxos, azuis e amarelos marcavam meus quadris e joelhos, e eu me orgulhava de cada um. As reentrâncias musculosas em meu abdômen e coxas nunca haviam estado tão pronunciadas, e eu me orgulhava delas também.

Fechando os olhos, respirei fundo e senti minha magia.

Se transformar, como o rei havia me ensinado, era um aspecto da magia diferente de lançar ou soltar fogo. Algo mais intenso que precisava realmente ser convocado com confiança. Pensei em minha magia de transformação e a convoquei com toda a força que pude reunir. Uma dor percorreu minha coluna e eu me dobrei, o som dos ossos se quebrando começou a ressoar pelos arbustos.

— Ele já terminou! — anunciou Joslyn.

— Pois ele vai ter que esperar! — berrei de volta em um grunhido doloroso.

O rei era um homem impaciente, como eu havia descoberto, o que só me levava a querer fazê-lo esperar mais por mim.

Depois de terminar minha metamorfose, saí dos arbustos, quebrando alguns galhos no caminho.

— *Dia perfeito para voar* — disse o rei ao me ver.

Dei o equivalente a um bufo de dragão e revirei os olhos.

— *Lembre-se de que o meu contrato com a Guarda Real diz que, se eu morrer, você deve levar o meu corpo de volta para minha mãe em Cinzaforte.*

Ele bufou.

— *Eu nunca deixaria isso acontecer, Arwen.*

Me aproximei e o olhei de soslaio sem pressa.

— *Agora você se importa se eu vivo ou morro? Você mudou muito, meu rei.*

Um mês antes, ele tinha me prendido e ameaçado me matar, e eu estava determinada a jamais deixá-lo se esquecer disso.

— *Já disse que me arrependi das minhas ações de quando nos conhecemos. Achei que você estava aqui para me matar!* — retrucou o rei.

Abri as asas e as bati o mais rápido que pude.

— *Não. Sou só uma garota de Cinzaforte que não sabe voar!*

Peguei impulso no chão antes que perdesse a coragem.

O terror me atravessou enquanto a resistência do ar empurrava minhas asas. Vacilei, mas a voz de Drae estava na minha cabeça para me tranquilizar.

— *Está indo muito bem, apenas respire e se concentre nas batidas de suas asas.*

Respirei fundo com minhas narinas de dragão e olhei para baixo, vendo que Drae estava bem abaixo de mim.

— *Eu te seguro se você cair.*

Acalmando os nervos, me concentrei no que as suas asas faziam. Para cima, uma pausa, para baixo, uma pausa, para cima, outra pausa. Repliquei seus movimentos, que eram muito mais lentos, harmoniosos e controlados do que meu voo rápido e frenético.

— *Isso* — encorajou ele.

— Isso aí, Arwen! — gritou Joslyn lá de baixo, me fazendo sorrir.

Drae desviou para a esquerda, indo para as plantações além dos portões do palácio. Engoli em seco.

— *Tem certeza?* — perguntei.

Apenas integrantes selecionados da Guarda Real e funcionários da casa sabiam sobre meus poderes de transformação. Sobrevoar fazendas faria as pessoas falarem. Só um dragão real de sangue puro podia se transformar.

— *Estou preparado para responder a quaisquer perguntas sobre você e as suas habilidades* — foi tudo que ele disse enquanto sobrevoávamos os portões do castelo.

Eu nunca tinha voado tão longe ou por tanto tempo, mas ignorei a ansiedade e o segui. Deslizamos sobre fileiras e mais fileiras de trigo, campos dourados que se transformavam em cobertores de lavanda roxa e, por fim, ele começou a descer sobre um grupo de salgueiros.

Estávamos a cerca de meia hora a pé do castelo. Havia sido um bom voo curto. Não muito tempo para mim, mas o suficiente para me sentir confiante e querer mais. Enquanto descíamos, olhei para baixo, para ver aonde ele estava nos levando e meu coração foi até a garganta.

Entre o círculo de quatro salgueiros gigantes havia um punhado de lápides. Uma delas era grande, como se fosse de um adulto, e as outras quatro eram pequenas.

Quatro crianças.

Era ali que a rainha Amelia e seus filhos natimortos descansavam.

— *Não sei por que eu te trouxe aqui* — admitiu ele de repente enquanto aterrissava diante das pequenas sepulturas.

Havia uma cesta de roupas sob uma das árvores, e me perguntei se era porque ele voava para aquele local com frequência e ali voltava à sua forma humana.

Engoli em seco, aterrissando bruscamente ao seu lado, tentando não cair, já que eu ainda não dominava o pouso.

Ainda sem saber o que dizer, apenas fiquei ao seu lado, olhando para a lápide de puro jade verde com letras gravadas em ouro.

Sua Majestade, a rainha Amelia.
Amada esposa e mãe.
Melhor amiga.

Deixei escapar um soluço, mas soou como um rosnado agudo em minha forma de dragão.

O rei olhou para mim, suas escamas pretas e brilhantes contrastavam com os olhos amarelos e ardentes.

— *Nem tente chorar na forma de dragão. Faz um som terrível e ainda vai assustar os aldeões locais.*

Como ele raramente brincava comigo, isso me espantou a tal ponto que ri e bufei, e outra vez emiti um som atroz na forma de dragão. Uma fumaça negra escapuliu de minhas narinas.

Seus lábios se abriram, exibindo seus dentes de dragão. Torci para ser um sorriso e não vontade de me devorar por rir em um momento como aquele.

— *Amelia teria gostado de você. Ela gostava de treinar com a espada dela junto com Regina sempre que podia.*

— *Sério?* — perguntei.

Jamais soube daquilo, e só a havia visto de vestido com um penteado delicado e maquiagem feminina. Imaginá-la praticando com uma espada contra Regina trouxe um sorriso aos meus lábios.

— *Depois que perdemos o nosso primeiro filho, Amelia saiu correndo do castelo, aos prantos, e eu a encontrei aqui, no meio das árvores, ainda chorando. Pedi que voltasse e construísse um enorme mausoléu para o bebê, mas ela se recusou.*

— *Por quê?*

Eu me aproximei dele, prestando atenção a cada palavra sua.

— Ela disse que as árvores pareciam estar chorando também, e ela queria compartilhar sua dor com elas para aliviar o fardo. Então enterramos o primeiro aqui.

Meu peito doía e a tristeza me dominava. Foi uma coisa bonita de se dizer. As árvores pareciam mesmo estar chorando, daí o nome "salgueiro-chorão".

O que Drae não precisou dizer foi que outra criança faleceu, e mais uma, e finalmente a última, com sua esposa. E ele havia trazido todos para ali.

— Obrigada por me trazer aqui. É um lugar muito especial.

Quando ele começou a mudar para sua forma humana, me virei, dando-lhe privacidade enquanto ele vestia as roupas. Depois, foi até um campo de flores silvestres, puxou um punhado e as deixou sobre o túmulo de Amelia. Então ele pegou outro buquê, e eu resolvi me transformar de volta também. Retornar à minha forma humana era como puxar o ralo de uma banheira – como se você estivesse segurando tudo e de repente tudo fluísse de uma vez. Após levar um tempo para me transformar, corri até a cesta e vesti uma túnica comprida que tinha o cheiro de Drae. O comprimento passava dos meus joelhos, então não precisei me preocupar em vestir uma calça.

Drae estava deixando um buquê no túmulo da terceira criança. Puxei um ramo de flores roxas e brancas, as reuni e o encontrei na quarta lápide. Sem dizer uma palavra, entreguei as flores a ele, que as deixou no alto do pequeno monte.

Ficamos em silêncio por um bom tempo, apenas deixando a leve brisa balançar os galhos compridos do salgueiro, até que finalmente ele se virou para mim com uma tempestade se formando nos olhos.

— Eu não amo a Joslyn — declarou. Meu corpo inteiro ficou rígido. Por que ele estava me dizendo isso? Seria por eu ter me aproximado tanto dela? — Eu a respeito, me preocupo com o bem-estar dela… mas não a amo.

Meu coração chacoalhava minhas costelas como um pássaro preso em uma gaiola. Eu realmente temia que ele fosse saltar do meu peito e se estatelar no chão, expondo meus sentimentos.

— Você precisa ter um herdeiro, senão o povo-dragão pode morrer — argumentei, tentando amenizar sua culpa.

— Mas eu poderia ter escolhido você — disse ele com ousadia, se aproximando, e foi como se o mundo inteiro tivesse saído do eixo.

Por que ele está dizendo isso? Meu cérebro estava tão confuso que nem sabia como responder. Ele estava dizendo que queria ter me escolhido?

Fui atravessada por uma emoção e tristeza simultâneas. O rei se aproximou mais um passo. Meu peito estava pressionado no dele com apenas um pedaço de pano fino entre nós e de repente parecia que eu tinha entrado em um inferno. Um calor como eu nunca havia sentido antes disparou por mim e gotas de suor começaram a pontilhar meu lábio superior. Ele respirou fundo, pressionando o peito ainda mais no meu, e soltou um suspiro trêmulo. Então ele se inclinou, lambendo os lábios para umedecê-los.

Eu queria beijá-lo – por Hades, como eu queria ir para a cama com ele agora mesmo, mas havia outra coisa passando pela minha cabeça naquele momento.

Joslyn.

Ele podia não a amar, mas *ela* estava se apaixonando por ele. Eles podiam não estar casados ainda e talvez fosse mesmo só um casamento de conveniência, mas eu não podia fazer aquilo com ela. Ela era minha amiga.

Virei o rosto depressa.

— Não posso — murmurei.

Drae congelou, dando um passo gigante para trás e levando consigo todo aquele calor delicioso.

Engolindo em seco, ele disse com uma expressão de conflito nos olhos:

— Talvez seja melhor assim. Se eu não amar ninguém, ninguém poderá me destruir quando morrer.

Ele deu meia-volta e saiu do círculo de salgueiros-chorões.

O nó se apertou em minha garganta a ponto de doer e tive que me esforçar para não chorar. Eu queria correr até ele, puxá-lo para os meus braços e dizer que ele podia me amar. Que seria seguro, que eu o amaria de volta. Mas cercada por aqueles entes queridos que ele viu morrer, eu simplesmente não tinha certeza se era verdade. Como Elsie havia dito, não sabíamos que tipo de filho nossa união geraria. Joslyn era a escolha mais segura. Enquanto eu me recompunha, ele tirou as roupas e me deu outro vislumbre de seu traseiro real.

Gemi, odiando o desenho perfeito de suas nádegas, então me virei de costas. Arranquei a túnica com raiva e comecei também a minha transformação.

Por que ele fez isso? Por que disse aquilo?

Eu não amo a Joslyn.

Eu poderia ter escolhido você.

Aquelas palavras me assombrariam até o dia da minha morte.

Quando eu estava toda transformada em dragão, me virei. Ele deu uma olhada em mim e pegou impulso com uma pisada forte no chão, disparando rumo ao céu.

Eu o segui, ainda perplexa com a confissão. Será que ele se arrependeu de não ter me escolhido? Ele queria mudar de ideia? Eu queria saber, mas decidi não dizer nada. Pelo bem de Joslyn. Pelo bem de todo o povo-dragão.

Ele tinha semeado o vento. Que agora colhesse a tempestade.

O voo de volta foi silencioso e um pouco constrangedor. Drae voou abaixo de mim como havia prometido, e a cada batida de minhas asas, o medo de voar me deixava. Quando voltamos para o campo de treinamento, Joslyn estava lá, sempre a boa noiva, esperando por seu homem em seu novo vestido amarelo.

A culpa me inundou ao vê-la acenando animada para nós.

— Você conseguiu! — gritou.

Eu não amo a Joslyn.

— É isso aí, Arwen! — Ela deu um soco no ar.

Eu não amo a Joslyn.

Escapuli para os arbustos e me troquei, sentindo a pedra em meu estômago ficar cada vez mais pesada. Quando saí, Joslyn estava tirando uma folha dos cabelos do rei e sorrindo para ele.

— Vamos jantar juntos hoje? — sugeriu ela.

— Tenho muito trabalho para pôr em dia — respondeu ele, me olhando com culpa.

Meu coração estava ao mesmo tempo partido por Joslyn e disparado porque o rei não a amava. Era abominável, perverso, mas naquele momento percebi que o queria para mim. Por mais que eu quisesse que ele tivesse me escolhido, esse tipo de devaneio corroía uma pessoa. Sem contar que Joslyn era minha querida amiga e isso não estava certo. Eu precisava remediar aquilo imediatamente.

Não era justo com Joslyn.

Andando com pressa, parti para o estábulo em busca de Cal, dizendo a Joslyn e ao rei que precisava ir a um lugar. Cal vinha flertando comigo por três semanas seguidas. Eu o beijaria e nós dois veríamos que poderíamos ser felizes juntos e eu conseguiria esquecer o rei. Drae, por sua vez, me veria com outro homem e seguiria com sua vida, feliz ao lado de Joslyn. Todo mundo sairia ganhando.

Passando por grupos de soldados, gritei o nome de Cal e finalmente o encontrei prendendo a sela em seu cavalo ao lado do celeiro.

Ele levantou a cabeça com um sorriso ao me ver me aproximar.

— Ainda sente dor por causa do...?

Colidi com seu corpo, pressionando meus lábios nos dele. Seus braços me envolveram, me puxando para mais perto. Ele gemeu quando nossos lábios se tocaram e eu logo senti a gravidade do meu erro.

O mundo não voltou aos eixos. O beijo não foi estrondoso. Parecia que eu estava dando um beijo de boa-noite na minha mãe.

Ele se afastou abruptamente, olhando para mim com os olhos arregalados, como se também não tivesse gostado.

Eu era uma idiota. Rezei para que o Criador me matasse com um raio ali mesmo, assim eu não precisaria passar por isso.

— Desculpa — murmurei, me afastando. — Eu... não faço ideia de onde eu estava com a cabeça.

Ele estendeu o braço e pegou minha mão.

— Não. Não precisa se desculpar... Eu quero, mas... não tenho permissão.

Parei onde estava, sentindo seus dedos nos meus enquanto o olhava.

— Você não tem *permissão* para me beijar?

Suas bochechas ficaram rosadas e ele olhou para a esquerda e para a direita como se para garantir que não houvesse ninguém perto o suficiente para nos ouvir.

— O rei disse para toda a Guarda Real que nenhum de nós podia se envolver com você.

Aquele. Canalha.

— Por quê?

Meu coração martelava. Dava para sentir a cor se esvaindo do meu rosto.

Cal mordeu o lábio.

— Caso algo aconteça com Joslyn... você é a segunda opção dele.

Senti a bile subindo pela garganta. O rei tinha ordenado que ninguém da Guarda Real gostasse de mim para que ele pudesse me manter como sua *segunda opção*?

Eu não era segunda opção de *ninguém*.

Aquele *canalha*.

Balancei a cabeça, me afastando depressa de Cal, que chamou meu nome. As lágrimas começaram a brotar, mas pisquei até que parassem.

Não deixe que vejam você chorar.

Eu vinha treinando por quase um mês. Quebrei ossos, me cortei, fui nocauteada e não derramei uma única lágrima na frente daqueles homens. Eu não choraria agora por uma ferida invisível no coração.

Ao passar por Annabeth, abri um sorriso breve, mas quanto mais rápido eu andava, mais apertado ficava o nó em minha garganta. Quando enfim abri a porta do meu aposento, me joguei para dentro e a bati.

— Arwen? — A voz doce de Narine veio da cozinha e então tudo se quebrou dentro de mim. Soluços sacudiram meu corpo e me fizeram cair no chão. Eu não conseguia mais segurar. — Meu Criador!

Narine veio correndo até mim, pegando-me e examinando meu corpo como se procurasse feridas.

— Você se machucou?

— Não fisicamente — resmunguei. — Eu não queria vir para cá! Eu não queria me casar com ele. Eu não pedi nada disso — choraminguei.

Vi a compreensão tomar conta do rosto de Narine.

— Assuntos do coração doem mais que ferimentos corporais. Vou fazer um chá e preparar um banho.

— Obrigada — choraminguei, permitindo que ela me levasse até o sofá e me deixasse ali.

Quanto mais eu ficava sentada ali, tomando meu chá, enquanto Narine preparava o banho, mais zangada eu ficava. Drae tinha pedido Joslyn em casamento, ele a havia escolhido, ele não deveria estar flertando comigo. E ainda proibir a Guarda Real de me tocar para que eu pudesse ser a sua segunda opção?! Não era justo. Eu queria dar um soco bem na cara dele!

— Você está fumegando — observou Narine, e eu congelei ao ver as espirais de fumaça deixando meu nariz.

Respirei fundo e me acalmei.

Se eu não amar ninguém, ninguém poderá me destruir quando morrer. Ao me lembrar das palavras assombrosas do rei, murchei. Toda a raiva que sentia dele sumiu, dando lugar a nada mais que muita tristeza e pena. Ele estava em uma posição terrível, de mãos atadas pelo dever para com seu povo. Joslyn era a escolha mais segura para lhe dar um filho, e eu respeitava isso. Se a situação fosse inversa, eu teria feito a mesma escolha – negado os desejos de meu coração pelo bem de meu povo.

Depois do banho, li um pouco, planejando me deitar cedo, quando ouvi uma batida à porta. Eu esperava que fosse o rei, mas, tarde da noite como era, seria um tanto inapropriado.

Quando Narine abriu a porta, Joslyn entrou, e seus olhos vermelhos e úmidos eram o sinal característico de que ela esteve chorando.

Por Hades.

— Quer dar uma volta comigo? — perguntou.

Não.

— Claro.

Calcei as sandálias e, por hábito, enfiei a faca de caça no cós da calça.

Atravessamos o corredor em silêncio. Acenei para uma criada que passava e depois para o guarda real parado na saída para os jardins. Só quando estávamos sozinhas no jardim, diante dos lilases roxos, que Joslyn olhou para mim.

— Ele nunca vai me amar — disse ela, partindo meu coração.

— O quê? — Tentei fingir surpresa.

Joslyn torceu as mãos.

— Acabei de falar com Drae. Ele deixou claro que será um casamento de conveniência e não tem certeza se algum dia vai me amar como eu mereço ser amada, e ele me disse que posso desistir de tudo, se eu quiser.

Isso me deixou em choque.

— Desistir? Terminar o noivado?

— Ele disse que garantiria que meu nome de família não seria manchado se eu decidisse ir embora. Eu ainda continuaria sendo uma nobre e ele pagaria um estipêndio mensal para cuidar de mim pelo resto da minha vida.

Meu coração ficou apertado com a bondade do rei. Pisquei para conter as lágrimas várias vezes enquanto minha visão embaçava.

— O que você vai fazer?

Ela mordeu o lábio.

— Eu vou ficar. É meu dever fornecer um herdeiro real e salvar o povo de Escamabrasa, e assim o farei. Com ou sem amor.

Então ele também havia contado a ela sobre a urgência de um herdeiro para salvar o povo dele. O povo dela. Nosso povo. Noventa por cento das pessoas em Escamabrasa carregavam a magia do dragão em suas veias e sucumbiriam à morte se a magia do rei desaparecesse em algum momento.

De repente, fui inundada por uma grande onda de respeito por Joslyn.

— Você é uma boa pessoa. Será uma rainha maravilhosa — informei.

Puxei minha amiga para um abraço e ela chorou no meu ombro. Eu estaria mentindo se não admitisse que meu coração estava partido por saber que nunca teria Drae só para mim. Mas jurei, naquele momento, que nunca mais veria o rei como um objeto de desejo. Por respeito a Joslyn, que claramente o amava.

Quando ela se afastou, enxugou os olhos.

— Me conte uma história. Para tirar esse assunto da minha cabeça.

Comecei a andar pelo jardim, tentando pensar em uma história da minha infância que a fizesse rir.

— Quando eu era mais nova e o meu pai havia acabado de falecer, não tínhamos carvão para a lareira. Uma grande ironia, considerando onde moramos, mas carvão precisava ser comprado como todo o resto. Sem o salário do meu pai, minha mãe temia que fosse um inverno frio e tenebroso.

Joslyn olhou para mim com preocupação.

— O que você fez?

— Bem — murmurei, andando de um lado para o outro na grama —, ouvi dizer que o povo de Pedra Errante se aquece queimando montinhos de esterco seco… mas não tínhamos vacas em Cinzaforte. Só cachorros.

De repente, Joslyn caiu na gargalhada.

— Mentira!

Sorri e me virei para ela, feliz por tê-la feito rir e melhorado seu estado de espírito.

— Fico feliz em informar que merda de cachorro queima bem quando…

As palavras morreram na minha garganta. Um homem apareceu de repente atrás de Joslyn. Com uma das mãos, ele tampou sua boca e com a outra apontou uma faca para seu pescoço. Ele usava o brasão de Obscúria na armadura. O brilho do aço de suas asas mecânicas cintilou ao luar.

Por uma fração de segundo, fiquei imóvel, perplexa, depois levei a mão até minha faca, no cós da calça. Foi quando ouvi o farfalhar das folhas atrás de mim e senti alguém segurar meu pulso, apertando-o com força até eu soltar a lâmina.

— Vamos com calma — disse uma voz masculina e rouca.

Meu coração pulsava na garganta enquanto eu olhava para uma Joslyn apavorada e trêmula.

— Qual das duas é a futura esposa? — perguntou o homem que segurava Joslyn a seja lá quem me segurava.

Pequenos tentáculos de fumaça vazaram de minhas narinas e eu usei meu poder de dragão.

O homem atrás de mim apertou minha mão com mais força, me imobilizando.

— A sua.

Aconteceu tão rápido.

Em um segundo, Joslyn estava de pé e, no outro, o homem estava arrastando a lâmina em sua garganta, o sangue escorreu por todo o vestido antes que o corpo caísse no chão.

— Acabe com essa também. Ela é a segunda opção.

Foi quando um homem que reconheci saiu da floresta.

Bonner. Da Guarda Real. Um traidor.

Eu nunca gostei dele.

O homem que me segurava puxou sua lâmina. A dor esmagadora e a compreensão de que Joslyn estava morta me partiram em pedaços.

Um lamento desumano escapou da minha garganta, enquanto o calor, a raiva e a angústia me consumiam. Uma rajada de fogo azul explodiu, e então tudo ficou preto.

— ARWEN. — A VOZ FAMILIAR E APAVORADA ME DESPERTOU. — ARWEN!

Senti um leve tapa na bochecha.

Minhas pálpebras se abriram depressa e me vi cara a cara com Drae.

Seus olhos verdes e apavorados percorreram todo o meu corpo, da cabeça aos pés.

— Está ferida? — perguntou ele.

Pisquei algumas vezes e depois olhei para baixo, descobrindo que estava completamente nua. Minhas roupas tinham queimado. Minha pele estava manchada de vestígios de cinza e fuligem. Meu olhar foi para o jardim e de repente me lembrei de tudo.

— Joslyn — choraminguei, meu lábio tremia, enquanto o corpo começava a sacudir.

O rei se abaixou, tirou sua túnica, e me ajudou a sentar, passando meus braços pela vestimenta. Soldados corriam pelo jardim, dando ordens e pegando suas armas, mas tudo o que pude ver foram os lindos cabelos escuros espalhados na grama e a poça de sangue sob o corpo de Joslyn.

— Eu… não consegui salvá-la — choraminguei.

O rei me pegou em seus braços e quando olhei para baixo vi dois cadáveres. Estavam queimados como churrasco. Eu devo ter… meu poder…

— Alguém me traiu. Quem era? — rosnou o rei, caminhando comigo em seus braços, me apertando contra o peito.

— Bonner — soltei.

Ele flexionou o maxilar e os braços ao meu redor. Ao passarmos por Cal, o rei parou e o encarou.

— Leve a esposa de Bonner para ser interrogada. Se descobrir que ela sabia que o marido era um traidor, providencie para que seja banida com os filhos para Obscúria.

Cal saiu apressado.

Obscúria não era lugar para o povo-dragão. Acho que era por isso que o rei mandava traidores para lá. Ao pôr os pés naquele território, você era morto ao menor sinal de sangue mágico que possuísse. Eu não me importava com isso agora, incapaz de tirar da cabeça a imagem de Joslyn sangrando até morrer como uma cabra.

Meu corpo estremeceu com um frio mortal.

Drae deu um tapinha no meu rosto e eu ofeguei, percebendo que havia desmaiado de novo.

— Ela está entrando em choque — declarou Elsie.

Quando foi que a dra. Elsie tinha chegado ali?

Olhei ao redor, vendo o papel de parede preto com o padrão de escamas de dragão e a cama de dossel laqueada em cinza-escuro. Drae me deitou sobre os lençóis de seda carvão e me olhou assustado.

— Ela queimou metade do jardim. Explodiu com um fogo de dragão de pelo menos seis metros de largura.

A dra. Elsie sacou uma varinha de cura élfica de sua maleta e a segurou sobre mim. Eu havia visto um elfo se curando uma vez; um elfo que tinha passado pela cidade enquanto viajava pela perigosa Passagem Escura, um pequeno pedaço de terra neutra no território de Obscúria que ligava Escamabrasa a Fadabrava. Quem avançava um centímetro além da passagem se deparava com os soldados de Obscúria, que podiam então cravar uma flecha nas suas costas com respaldo legal.

O elfo estava em trânsito com um amigo que havia se desviado da parte neutra da Passagem Escura, e apareceu em Cinzaforte com uma flecha nas costas. Nunca esqueci quando a curandeira chegou com sua varinha de cura e do brilho sobrenatural do objeto. Era uma mistura de azul e roxo, mas também prata. Como se as estrelas de todo o céu estivessem contidas naquela varinha e...

Tap.

Ofeguei e abri os olhos.

— Fique comigo! — esbravejou a Dra. Elsie.

— Pare de me bater — choramingei sem forças, olhando para ela.

— Preciso que esteja consciente, Arwen. Você vai entrar em choque e não sei nem por quê.

Suas palavras me apavoraram.

Ela segurava a varinha, pequena como uma vareta que é jogada para acompanhar o fluxo do rio. O objeto brilhava com aquele roxo azulado mágico e a luz parecia banhar minha pele, envolvendo e abraçando meu corpo. A luz não tocou os lençóis abaixo de mim, apenas parecia procurar o que estava vivo e se fixar nisso, assim como o elfo carregado para minha aldeia.

De repente, minhas pernas começaram a tremer e meus dentes a bater violentamente.

Elsie ofegou, observando a luz que banhava minha pele, como se eu tivesse acabado de lhe dizer alguma coisa.

— Preparem um banho quente, ela está fria como gelo! Os órgãos estão desligando. Ela usou todo o seu fogo para lutar contra aqueles homens e agora está… morrendo de frio.

O rei Valdren pairava sobre mim agora, os olhos brilhavam com um fogo alaranjado.

— Não há tempo para banho. Mexa-se.

A dra. Elsie olhou para ele.

— Milorde, ela precisa de…

— MEXA-SE! — vociferou ele.

Ela se levantou de um salto, cambaleando para trás.

Meu corpo inteiro convulsionou, o frio se entranhando em meu coração e o deixando apertado. Fechei os olhos, pronta para encontrar o Criador, então um calor ardente se espalhou pela minha pele. Minhas pálpebras se abriram assim que o rei se debruçou sobre mim, as chamas saíam de suas mãos e envolviam todo o meu corpo.

Isso *queimava*, mas de um jeito bom. Ele passou as mãos por baixo de mim e me puxou para si, aproximando-nos em um casulo de calor. As chamas dançavam ao nosso redor e senti o cheiro de fumaça, enquanto a roupa de cama chamuscava, mas o rei e eu permanecemos ilesos, como se esse fogo de dragão fosse um bálsamo curador e não o ardor escaldante que seria para outra pessoa. Olhei em seus olhos, sentindo seu peso em cima de mim enquanto ele também me olhava.

A constatação me pegou de surpresa.

Eu havia me apaixonado por ele. Eu o queria. Eu...

Senti um nó na garganta ao pensar em Joslyn. Em Cal e como ele não queria me beijar. Eu era a segunda opção – Drae não tinha me escolhido. Eu precisava me lembrar disso.

O calor derreteu o frio profundo que havia tomado conta de mim e meu corpo parou de tremer. Meus dentes não batiam mais e voltei a pensar com clareza. Respirei fundo, sem mais me sentir meio desligada.

O fogo à nossa volta se extinguiu, e Regina e a dra. Elsie se aproximaram às pressas, batendo nos lençóis para apagar os pequenos focos que irromperam ao nosso redor. O rei se afastou de mim com o peito arfando, nu como um bebê.

Seus olhos estavam semicerrados, fixos em mim. Olhei para o meu corpo e confirmei que a túnica havia queimado e eu estava nua mais uma vez.

— Mantenha-a segura — ordenou ele a dra. Elsie. — Ela não pode sair do meu quarto até eu voltar.

A dra. Elsie concordou e Drae atravessou o quarto, pegando uma calça no guarda-roupa. Regina se aproximou dele.

— Meu rei, como vai retaliar essa injustiça? A rainha de Obscúria acabou de matar sua noiva e depois tentou matar a sua segunda opção.

Segunda opção.

Ela disse *segunda opção*. Então Regina também sabia? Eu era a única que de fato pensava que eu estava ali porque ele queria que eu estivesse em seu exército? Rolei para o lado, dando as costas para todos eles. As lágrimas escorriam pelo meu rosto e caíam nos lençóis chamuscados. A dra. Elsie estendeu um novo cobertor sobre meu corpo e começou a me examinar novamente com sua varinha.

— Ela tirou minha chance de ter um herdeiro, então agora vou pegar um dos dela. — A voz do rei seria capaz de cortar vidro, suas palavras me gelaram o sangue.

— Um dos filhos dela? — Regina pareceu satisfeita.

O rei deve ter afirmado com a cabeça, porque em seguida a porta bateu, e eu fiquei em silêncio, banhada pela luz curativa dos elfos e sozinha.

O rei ia matar um dos filhos da rainha de Obscúria? Ouvi dizer que ela tinha sete, além de uma filha.

E se ele fosse morto ao tentar retaliar a morte de Joslyn? Eu não podia deixar isso acontecer, não quando podia ajudá-los.

Me sentei de repente, fazendo a dra. Elsie se inclinar para trás para desviar a cabeça da minha.

— Estou curada? O fogo dele me curou, não curou? Eu me sinto bem — informei, e por bem quis dizer fisicamente. Quando se tratava de emoções, eu estava um caco.

Ela franziu a testa.

— Seu corpo parece estável e os órgãos estão funcionando como o planejado, mas... — Pulei da cama e corri para o guarda-roupa do rei. — Mas você não pode ir a lugar nenhum. Ordens do rei!

Vesti uma das túnicas, sem me dar ao trabalho de usar roupa de baixo, e disparei pela porta.

— Ops. — Colidi bem no peito de Cal.

— Não posso deixar você ir a lugar algum — informou ele, franzindo a testa ao reparar na minha aparência.

Eu devia ter fuligem no cabelo, e vincos na pele, e parecia um animal selvagem, mas eu não me importava. Eu me sentia mesmo como um.

— Saia da frente — rosnei, com as narinas fumegando.

Cal revirou os olhos, engrandecendo sua postura.

— São ordens do rei. Você não sairá deste quarto, Arwen.

Levantei a mão, convocando uma bola de fogo.

— Saia da frente ou me escolte até Drae. Não me importa como, mas saia do meu caminho.

Cal suspirou, saindo da frente.

— Vou acompanhar você até ele e depois de volta para cá — consentiu.

Saí em disparada, sem me preocupar em esperar.

Se o rei se vingaria em nome de Joslyn, então eu estava indo ajudá-lo.

Eu sabia onde ele estaria: nos estábulos, preparando-se para cavalgar com seu exército. Disparei pelo corredor, minhas pernas ainda estavam trêmulas pelo trauma de ter visto Joslyn ser assassinada bem na minha frente. Era impossível tirar da cabeça a imagem de seu corpo caído na poça de sangue carmesim. Atravessando o gramado até o celeiro, encontrei Drae dirigindo-se a um pequeno contingente de seis guardas Drayken, incluindo Regina.

— Vou mudar de forma e levar dois de vocês nas costas rumo ao território de Obscúria… — Quando ele viu que eu me aproximava, parou de falar. — Arwen — rosnou, então olhou para Cal.

— Eu também vou — exigi.

Regina suspirou, afastando os outros cinco guardas, além de Cal, para que ficássemos apenas Drae e eu.

— Você não pode ir. Está fora de cogitação — decretou ele.

Estreitei os olhos para ele e me aproximei até que nossos dedos dos pés estivessem quase se tocando.

— Não serei deixada para trás só para ser a sua *segunda opção* — vociferei. — Sou mais que um útero. Sou uma guerreira e vou lutar pela honra de Joslyn. Com ou sem você!

Ele recuou a cabeça como se eu o tivesse esbofeteado.

— Eu… não a vejo só como um útero, nem como uma segunda opção — rosnou ele.

— Mentira — retruquei. — Desde o primeiro dia, foi só isso que você viu em mim. E em Joslyn também. Ela resolveu ficar ao seu lado, sabia disso? Quando estávamos no jardim, ela me contou que, mesmo que você tivesse dito que nunca a amaria, ela ficaria aqui e cumpriria o dever de lhe dar um herdeiro.

Ele congelou, inspirando e expirando lufadas irregulares.

— Eu disse para Joslyn que não a amaria… porque me apaixonei por outra.

Fiquei imóvel, meu coração batia tão rápido que pensei que ele poderia saltar e cair no chão, mostrando a ele como eu estava nervosa.

— Quem? — perguntei sem jeito, rezando para saber a resposta.

— Você. Eu quero *você* — respondeu ele.

Engoli em seco, tudo dentro de mim guerreava. *Joslyn. Segunda opção. O beijo em Cal. Útero real. Herdeiro. Segunda opção. Segunda opção. Segunda opção.*

— Você não me quer. Você *precisa* de mim… você precisa do meu útero — esclareci, incapaz de superar essa verdade.

Se Joslyn não estivesse morta agora e eu não fosse a única opção dele para gerar uma criança, ele ainda estaria dizendo tudo isso?

— Você é uma mulher impossível! — gritou ele, lançando-se sobre mim.

Tropecei para trás, pensando por um segundo que ele ia me bater. Mas eu já deveria ter imaginado. Com a mão em volta do meu pescoço, ele me puxou, apertando seus lábios nos meus.

Engoli em seco, absorvendo sua respiração. Meus lábios se abriram e nossas línguas se chocaram. Nossos beijos sempre pareciam ser assim: raivosos, apaixonados e febris. Com a outra mão, ele contornou minha lombar e pressionou minha barriga na dele. Ao sentir seu corpo junto ao meu, gemi. O calor entre nós dois aumentou, e deslizei a língua pela dele, sentindo o mundo girar.

Havia uma fome em seu beijo que eu amava. Era como se ele estivesse ávido pelo meu gosto e não conseguisse se saciar. Eu queria consumi-lo do mesmo jeito, mas aquelas palavras continuavam se repetindo na minha cabeça.

Segunda opção.

Será que ele só estava me beijando agora porque Joslyn estava morta e eu era sua única chance de ter um herdeiro? Será que eu o culpava? Será que eu ainda iria querer seu afeto se fosse falso?

Então me afastei, não mais embriagada de seus lábios, e levei a mão até a boca.

Ele franziu as sobrancelhas de preocupação ao me observar.

— Respeito a posição em que você está, mas... — Respirei fundo. — Sou boa demais para ser a segunda opção de alguém.

Ergui o queixo, sabendo muito bem que o comentário poderia me matar. Essa talvez fosse a única razão para ele estar me mantendo viva, e agora que eu o estava recusando, ele faria o que minha mãe tinha avisado o tempo todo.

Drae levou a mão ao peito como se eu tivesse enfiado uma lâmina nele.

— Arwen, você... você não entende...

— Milorde! — A voz penetrante de Regina veio por trás de nós, me fazendo pular de susto. — A luz da manhã se aproxima. Se quisermos fazer isso e chegar em casa sob o manto da escuridão, precisamos ir agora.

Olhei para Drae.

— Eu vou. Posso levar um deles nas costas.

A única maneira razoável de entrar no território de Obscúria era por via aérea. Suas fronteiras eram as mais protegidas de todos os reinos.

Seus olhos se acenderam em laranja.

— Você nunca transportou ninguém antes.

— Sou pequena — disse Regina. — Ela pode me levar. Sei como ficar quieta para não a desequilibrar.

— Então está feito — declarei, passando pelo rei e entrando no celeiro para tirar a túnica que estava usando e me transformar.

Ouvi a breve discussão deles do lado de fora, mas não me importei, determinada a ir de qualquer maneira. Eu me sentia ainda mais culpada agora por ter beijado o rei, com Joslyn morta há apenas uma hora. Eu precisava me vingar. Uma vez transformada, saí do celeiro e pisei no pasto aberto, onde o rei também já se encontrava em sua forma de dragão. Arfei ao notar as pequenas manchas de pele humana espreitando por trás das escamas negras, como se ele não pudesse se transformar por completo.

— Está piorando — assinalou Regina.

Congelei, a gravidade de vê-lo daquele jeito pesou em mim.

Sua magia estava se esvaindo sem um herdeiro – algo que eu poderia dar a ele. Algo que eu *queria* dar a ele. Quando ele olhou para mim, senti um vínculo intangível se formar entre nós. Não era fácil explicar, mas era como se algo se entrelaçasse, unindo nossos destinos.

Criador, me ajude, implorei. No que dizia respeito a Drae, eu não tinha certeza de nada, apenas que queria ser verdadeira comigo mesma antes de mais nada. Eu queria ser amada, adorada, desejada.

— *Vamos voar* — disse ele. — *Por Joslyn*.

— *Por Joslyn* — concordei.

Peguei impulso no chão e voei para o oeste com minha mente repassando o melhor beijo de toda a minha vida. Todo beijo com ele seria assim? Ou era só porque era novo, e excitante, e… proibido? Eu não deveria estar beijando um rei prometido. *Um rei que agora está de luto pela perda da futura esposa.*

Mas será que ele estava de luto? Não parecia. Ele respeitava Joslyn, mas parecia mais zangado do que triste com a morte dela. Ainda assim, o momento não era adequado e eu me sentia péssima. Por que eu beijaria um homem que nada disse quando Regina me chamou de segunda opção? Esse era o maior motivo de todos para não o beijar nunca mais. Tudo isso guerreava em minha mente enquanto voávamos rumo a um destino desconhecido.

VOAMOS BAIXO SOBRE A FRONTEIRA DE OBSCÚRIA, ESCONDENDO-NOS em um denso leito de neblina. Eu nunca tinha visitado aquela parte do reino antes e, embora estivesse em uma missão, também estava de certa forma passeando. Assim que alcançamos o portão principal, subimos mais para evitar que fôssemos detectados.

Eu nunca tinha visto tanto vidro e metal quanto no reino de Obscúria. Carruagens mecânicas sem cavalos com lâmpadas à frente sacolejavam pelas ruas e, embora fosse noite, tudo estava aceso. Só que não havia chama ou fogo, era... um tipo diferente de luz. Um brilho suave e consistente. As construções eram muito bem-feitas, de vidro, tijolo e metal. Todas as linhas eram retas, nada parecia irregular ou improvisado. Lamentei ter que admitir que era lindo, um espetáculo para os olhos.

Havia soldados posicionados em todos os lugares, dois a cada esquina, e todos munidos de diferentes engenhocas assassinas. Armas de metal com projéteis carregados. Disparadores de flechas, disparadores de lanças, e um tinha até uma chama acesa na ponta. Um disparador de fogo?

O que era aquele lugar? Um lugar de invenção e tecnologia que eu não poderia imaginar em meus mais loucos sonhos... ou pesadelos. Era como se a rainha quisesse expurgar o reino da magia e usar suas máquinas e seu metal para que se tornassem *humanos mágicos*.

— *O amado filho mais velho da rainha vive um pouco além do castelo, em seu próprio forte.* — A voz de Drae perfurou minha mente, interrompendo meus devaneios.

— *Como você sabe?* — perguntei enquanto virávamos para a esquerda, afastando-nos das luzes reluzentes de um castelo distante, em direção a uma vila menor.

— *Espiões* — foi tudo o que ele disse.

Nosso beijo permanecia vivo entre nós. Eu não sabia como agir na frente dele agora. Drae tinha salvado a minha vida ao me aquecer quando eu estava congelando, mas eu não me sentia grata. Eu estava com raiva por ele ter dito a Cal e a todos os outros guardas que não podiam se envolver comigo. Ele havia aceitado com a maior naturalidade quando Regina me chamou de segunda opção, e ainda afirmado, com naturalidade, que me queria minutos depois da morte de Joslyn. Ele se referia a mim como segunda opção, mas não como integrante de sua Guarda Real? Não como uma amiga? Era isso que mais doía.

Eu era uma apólice de seguro.

Quando a fumaça começou a escapar de minhas narinas, a cabeça negra do rei girou na minha direção. Funguei até apagar o fogo e olhei para a frente, determinada a me concentrar apenas na tarefa em mãos.

Em vingar Joslyn.

Sua partida, sua alma deixando o corpo… ainda não parecia real.

— *Eu deveria tê-la protegido. Que péssima guarda real eu sou* — murmurei para Drae.

Ele olhou para mim.

— *Péssima guarda real? E a dúzia de guardas pelos quais os soldados de Obscúria passaram quando invadiram meu palácio? Regina está fora de si por não ter feito o trabalho dela. Você fez mais do que todos. Você os matou.*

Eu não havia pensado em como Regina estaria lidando com a situação. Como ela estaria chateada, como líder dos Drayken, por ter permitido que dois forasteiros invadissem o palácio e matassem a noiva do rei. Sem contar que ela teve um espião infiltrado em sua guarda sem jamais ter desconfiado.

Fiquei quieta depois disso, percebendo que a questão afetava mais do que a mim. Mesmo que eu tivesse certeza de que, de todos eles, Joslyn era quem eu conhecia melhor e com quem eu mais me importava.

— *Voe mais baixo, para aquela névoa* — orientou o rei de repente, descendo em seguida.

Desci com ele e segundos depois estávamos voando em meio a uma névoa branca e úmida.

— Aquele afloramento de árvores… — apontou Regina.

Olhei para a esquerda e vi que, logo após os portões do forte, havia um pequeno pomar. Continuamos no meio da névoa, passando por cima da cerca, e então, quando já estávamos sobre as árvores, Drae despencou de repente, como se suas asas tivessem quebrado.

— *Abaixe-se depressa para não ser vista. Só bata suas asas no último minuto para diminuir o impacto* — instruiu ele.

O medo me dominou com a altura da queda. Isso me lembrou da vez em que o vento me derrubou e fiquei gravemente ferida.

Contornei o pomar, ainda mascarada pela névoa, o pânico me consumia. E se eu não mergulhasse rápido o suficiente e os guardas nos vissem? Ou se eu caísse rápido demais e matasse Regina, que estava presa a uma cesta nas minhas costas? Contornei a área por um bom tempo, enlouquecendo de ansiedade. Regina estendeu a mão e acariciou minha cabeça.

— Você consegue. Eu vou ficar bem. Já caí e desci das costas do rei Valdren muitas vezes.

Então, com essa garantia, mergulhei, fechando as asas para que entrássemos em queda livre. O instinto me fez querer bater as asas para permanecer em voo, mas a voz de Drae invadiu minha mente:

— *Espere.* — Assim que ultrapassei a copa das árvores, minhas asas explodiram em pânico. — *Agora!* — gritou Drae.

Bati as asas como uma louca para abrandar a descida. Mesmo conseguindo desacelerar, foi uma queda rápida, e meus pés e peito bateram no solo quando avancei, aos trancos e barrancos, como um bufão bêbado em um festival de verão. Senti Regina oscilar em cima de mim, mas consegui recuperar o equilíbrio.

Regina logo soltou minha sela e depois estendeu meu traje de caça de couro marrom. O rei já havia se trocado e me esperava com três homens, incluindo Cal. Nox e Falcon eram os outros dois. Falcon era um veterano com tantas cicatrizes que eu não sabia como sua pele se mexia. Tudo que eu sabia era que ele havia se queimado em um incêndio. Também soube que ele tivera um falcão de estimação que lhe tinha rendido esse apelido, mas que o animal havia morrido. Ele era um homem bom e um amigo muito leal do rei, que tinha servido a seu pai.

— Regina — sussurrou Drae —, vamos nos dividir em dois times. — Ele falava enquanto eu me trocava. Os homens tinham me dado as costas para que eu tivesse alguma privacidade. — Falcon, Nox e eu entraremos primeiro. Você, Arwen e Cal fecharão a retaguarda e serão a equipe de extração.

Graças ao meu treinamento, entendi que eu teria que armar uma forma de tirá-los de lá depois que cometessem o assassinato. Seria a parte mais fácil do trabalho, mas ele havia me deixado vir, então eu que não ia reclamar. Assim que terminei de me vestir, me aproximei dele.

— Matar esse cara vai atingir a rainha? — sussurrei para Drae.

Eu queria ter certeza de que aquela bruxa pagaria pelo que havia feito à minha amiga.

Drae concordou.

— Não só isso. Ele é o principal comandante dela. Nenhuma missão passa sem o planejamento e aprovação dele.

Cerrei a mandíbula, sentindo os dentes rangerem com a pressão. Então tinha sido ele o responsável direto pela morte de Joslyn?

Olhei para Drae.

— Prometa que vai acabar com ele.

Ele me encarou.

— Tem minha palavra, Arwen.

Arwen. A maneira como ele disse meu nome fez meu estômago dar piruetas.

Entramos em um beco lateral e deixamos o rei ir primeiro. Ele tinha levado um mapa de papel e o consultava com frequência. Seja lá quem fosse seu espião, havia providenciado um diagrama que levava direto aos aposentos do filho mais velho da rainha de Obscúria.

O herdeiro dela.

Então me dei conta da gravidade do que estávamos prestes a fazer. Matar um homem durante o sono, não importava quão cruel ele fosse, era difícil de engolir. Agora eu sabia por que Drae havia me colocado na equipe de extração: eu não estaria lá para ver. Depois de testemunhar a morte de Joslyn, poucas horas antes, fiquei grata por ser poupada.

Chegamos ao lado de uma grande propriedade, escondidos no beco, e logo nos encolhemos sob as sombras quando um guarda passou à frente. O guarda foi banhado pela luz de um lampião, e eu fiquei aliviada ao ver que não havia asas de metal presas às suas costas.

Havia uma pequena janela na lateral da casa logo à frente. Drae fez um sinal com os dedos para Regina. Quando olhei mais de perto, notei que estava entreaberta! Ele ia entrar por aquela janela, e eu não o veria até que tudo acabasse.

E se Drae morresse...? E se o filho da rainha dormisse com uma adaga sob o travesseiro e tivesse um guarda do outro lado da porta?

Alcancei a mão de Drae antes que ele se afastasse e a apertei.

— *Cuidado* — pedi mentalmente, sem saber se funcionaria na forma humana.

Ele apertou minha mão de volta, e se foi, com Falcon e Nox em seu rastro.

Embora estivesse furiosa com aquele canalha, eu não queria que ele morresse. Eu não poderia lidar com outra morte.

Sem dizer nada, Regina gesticulou para que Cal e eu a seguíssemos até o final do beco. Quando passamos pela janela aberta, Drae e os outros já tinham entrado.

Ao alcançarmos o final do beco, Regina apontou para os estábulos do outro lado da rua, e Cal e eu acenamos. Era lá que precisávamos chegar. Havia uma boa chance de Drae acabar ferido, então teríamos que voltar para casa a cavalo e de carruagem, embora eu não soubesse como. De qualquer maneira, precisávamos de duas saídas o tempo todo, uma pelo céu e outra por terra. Só por precaução.

Regina espiou pelo beco e olhou rápido para a esquerda e para a direita. Ela escondeu o corpo de volta nas sombras e deu o sinal de partida.

Nós três saímos depressa do beco em direção aos estábulos. Sem correr de verdade, o que poderia parecer suspeito para um observador, mas também não devagar o suficiente para parecer incomum. Uma caminhada perfeita de três amigos tentando voltar para casa tarde da noite, depois de uma noite de bebedeira na taverna.

Assim que entramos nos estábulos, nos deparamos com um guarda. Ele estava urinando lá dentro e, ao nos ver, subiu as calças. Sem muito jeito, tentou alcançar sua espada, mas Regina foi mais veloz. Ela investiu e, com a ponta do cabo da adaga, o acertou na lateral da cabeça. O sujeito caiu na poça da própria urina.

— Que infelicidade — disse Regina, baixinho.

Em seguida, pegamos rápido os cavalos. Eu ainda não tinha feito aulas de equitação de verdade, mas parte do meu treinamento de filhote implicava em limpar as baias e amarrar as selas, então eu sabia fazer essas coisas agora. Em minutos, tínhamos duas éguas grandes atreladas a uma carroça de tamanho médio, que deveria acomodar todos nós. Não conseguimos encontrar uma carruagem fechada; eram todas mecânicas, sem cavalos, e não sabíamos manejá-las. Mas a carroça, que parecia não ser usada há anos, serviria. Regina estendeu alguns cobertores no interior para usarmos como cobertura, se necessário. Meu coração disparou ao pensar no rei dentro da propriedade agora, tentando assassinar ninguém menos que o filho da rainha de Obscúria. Era um feito ousado e perigoso, mas necessário.

Por Joslyn.

Se a rainha pensou que poderia simplesmente entrar em Escamabrasa e tirar a chance de o rei ter um herdeiro, ela estava muito enganada.

Seguramos os cavalos dentro do estábulo, esperando Drae dar o sinal de que precisava ser resgatado. Mas em vez de um sinal, a porta da frente da casa explodiu e Drae foi arremessado pela rua em meio a uma nuvem de fumaça preta.

O que...?

Regina fincou os calcanhares no cavalo e o caos estava formado na noite antes silenciosa. Nox e Falcon irromperam da casa, ambos com os braços ensanguentados. Meia dúzia de guardas os seguiam com as espadas em riste.

Mal tive tempo de processar a cena, porque Regina parou a carroça ao lado deles e assobiou.

Drae, Falcon e Nox se lançaram para dentro e disparamos em seguida.

— Missão cumprida — foi tudo que Drae disse.

Um sentimento triunfante se espalhou pelo meu corpo. Eles conseguiram. O responsável pela morte de Joslyn estava morto.

Uma buzina alta e profunda soou por todo o forte, e eu soube que eles estavam fechando os portões e se preparando para um ataque. Uma flecha passou zunindo pela minha cabeça, me fazendo abaixá-la e depois levantá-la de novo, com os olhos arregalados. *É assim que deve ser na guerra*, pensei. Quando você conseguia processar o que estava acontecendo, outra situação bem diferente se desenrolava.

— Segure as rédeas — orientou Regina.

Montei desajeitada no cavalo, enquanto Regina trocava de lugar comigo e pegava seu arco, atirando flechas no exército raivoso de Obscúria, que se aproximava com velocidade atrás de nós.

— Arwen, vamos voar! — gritou Drae.

Meu coração martelava no peito. Os cavalos disparavam para os portões fechados do forte. Assumir minha forma de dragão e fugir dali enquanto estava montada em um cavalo em movimento?! *Ele está louco?*

Quando me virei, já o vi arrancando a camisa.

Por Hades, ele está falando sério. Lá vamos nós...

Soltando as rédeas, pulei na pequena carroça onde ele estava, arrancando minhas roupas de couro sem me importar com a nudez. Como se preocupar com isso quando se está prestes a morrer?

O rei foi o primeiro a se despir, mas só pela metade, ainda usando sua calça quando, em segundos, com um grunhido de dor, começaram a brotar suas asas. Ele se transformou em um dragão parcial, apenas as asas, e usou os braços para pegar Nox e Falcon pela cintura.

— Consegue levar Cal e Regina? É mais fácil pegar dois se você se transformar parcialmente e segurá-los assim — explicou ele.

Er... Não. Por Hades, não! Eu não conseguiria.

Algo pavoroso cruzou seus olhos, e eu franzi a testa. Ele estava escondendo alguma coisa de mim.

— *Não consigo me transformar totalmente. Não há magia suficiente* — admitiu.

Uma onda de medo atravessou meu corpo.

Já? A cada transformação, ele perdia mais poder, o que significava que o povo de Escamabrasa corria grande perigo.

De uma vez, ele saltou da carroça para o ar, levando Nox e Falcon pendurados em seus braços enquanto sobrevoava o forte.

Por. Hades.

— Não sei se consigo fazer isso — murmurei para Regina.

Ela olhou para o que havia à frente, na direção do que eu sabia ser o portão, cada vez mais próximo, e provavelmente um exército de homens.

— Você precisa — foi tudo que ela disse.

Cal e ela estenderam as mãos e cada um segurou um dos meus braços.

Minhas roupas de couro estavam dependuradas da cintura, meus seios cobertos pelo meu pequeno *bralette*, mas concluí que era roupa suficiente, já que o objetivo era deixar minhas asas brotarem nas costas.

Convoquei o fogo dentro de mim e o direcionei para minha transformação, sentindo um estalo de dor quando as asas explodiram nas costas.

— Agora! — gritou Regina.

A carruagem freou de repente. Eu saltei no ar, batendo as asas. Estávamos voando, e por alguns segundos pensei mesmo que seria fácil. Então o peso de duas pessoas começou a me puxar para baixo.

— Bata as asas com mais força! — gritou Regina, segurando meu braço esquerdo com as duas mãos, Cal segurava o direito.

Minhas asas vacilavam com o esforço de batê-las feito louca, ganhando alguns metros. O exército estava abaixo de nós agora, mirando em nós com suas flechas.

Vamos todos morrer!

Não consegui subir o suficiente, fui lenta demais, eu...

Uma flecha passou zunindo pelo meu rosto, e eu gritei.

Regina soltou uma das mãos, mirando nos homens que se aproximavam com seus arcos.

— Não! — berrou ela, com uma expressão diabólica e feroz no rosto.

Quando ela ergueu a mão, uma bela corrente de fogo alaranjado mortal explodiu de sua palma e lambeu os homens abaixo.

Gritos ecoaram pela noite, mas o zunido de mais flechas continuava entrecortando o céu. De repente, uma dor em meu braço direito me fez gritar e afrouxar o aperto em Cal por meio segundo. Ele escorregou, mas deu um jeito de se segurar no último segundo. Virei a cabeça para olhar de onde vinha a dor e descobri uma flecha alojada no meu ombro direito. O sangue escorria de meu braço para as mãos de Cal. Bati as asas feito louca, mas ainda estávamos a cinco metros do chão.

Ainda com o ombro queimando mais que Hades, continuei, ignorando a dormência nos dedos. Eu só precisava passar por cima da muralha. Era duas vezes mais alta do que eu estava voando, então bati as asas com tudo o que tinha.

Mas era difícil demais. Perdemos altitude, caindo alguns metros, e comecei a choramingar.

— *Me ajude. Não consigo atravessar a muralha* — gritei para Drae quando o pânico tomou conta.

Eu deixaria Cal cair a qualquer segundo.

— Estou tentando! — falei ao ver a fisionomia apavorada de Cal e Regina.

Regina olhou para Cal, o viu escorregar pelo meu braço, e olhou para mim.

— Ajude o rei a voltar para casa e tenha um herdeiro. Salve o nosso povo, Arwen. Isso é uma ordem!

Ter um herdeiro? Por que ela estava dizendo isso em um momento como aquele?

— NÃO! — O grito arrepiante me escapou quando ela soltou minha mão esquerda e caiu no meio da batalha. Cal estendeu freneticamente a mão e agarrou meu outro braço, mudando seu peso de lado para poupar meu ombro ferido.

Olhei para baixo em choque e vi Regina puxar sua espada e cuspir um jato de fogo, tentando lutar e abrir caminho no meio dos vinte homens que a atacavam.

Não! Assim não. Não podia terminar assim.

— Regina!

Um nó se formou no meu estômago quando comecei a mergulhar depressa para ajudar minha amada comandante, mas antes que eu pudesse fazer qualquer coisa, ela foi atingida por meia dúzia de flechas em segundos. Como se não bastasse, um soldado de Obscúria se aproximou e arrancou sua cabeça. Uma raiva desenfreada e uma dor selvagem me dominaram em igual medida, uma coisa não deixava espaço suficiente para a outra, as duas colidiam dentro de mim.

Cal apertou meu braço e disse:

— Não! Ou terá sido tudo em vão. Precisamos atravessar a muralha. O rei não voltou para ajudar, o que significa que está ferido.

A insistência de Cal me despertou do transe. O rei estava ferido? Por que ele não voltou para nos ajudar nem me respondeu?

Ao ver Regina desabar, todo o meu corpo estremeceu e então ficou dormente. Era tudo que precisava ver para saber que se eu não nos tirasse dali agora, estaríamos mortos. Bati as asas o mais rápido que pude, segurando Cal em maior parte com meu braço bom, subi e, agora com a carga mais leve, sobrevoei a cerca. Fui até o afloramento das árvores onde havíamos deixado nossas selas, torcendo para que o rei também estivesse lá.

Regina… meu exemplo, minha mentora, a líder dos Drayken reais…

Morta.

Eu não conseguia processar, não parecia verdade. Rezei para acordar a qualquer momento e descobrir que a morte de Joslyn e Regina havia sido um pesadelo doentio.

Assim que chegamos às árvores, percebi que havia algo errado. Drae estava de joelhos, pondo para fora todo o seu jantar.

Aterrissei sem jeito, tropeçando em meus próprios pés, mas aliviada por finalmente me livrar do peso de Cal em meu braço machucado.

— O que hou...?

A náusea tomou conta de mim e um suor frio brotou da minha pele.

Quando Drae se levantou, notei que ele também havia sido atingido por uma flechada, embora de raspão. Seu braço tinha uma leve linha de sangue na lateral.

— A Regina foi... morta — revelei, piscando rápido enquanto tudo ficava borrado.

O que está acontecendo? Perder Regina e Joslyn na mesma noite era crueldade demais para o meu coração. Eu parecia estar morrendo.

O rei avançou a passos largos, segurou a ponta da flecha em meu ombro e a arrancou. Tentei gritar, mas ele cobriu minha boca de forma que eu apenas gemesse em seus dedos salgados.

— As flechas estão envenenadas — sussurrou ele, seus olhos arregalados me olhavam de cima a baixo. — Trouxemos outro antídoto? — perguntou ele para Nox.

Nox deu um passo à frente.

— Não, senhor, só o que acabou de tomar.

O pânico selvagem em seu rosto fez meus joelhos fraquejarem.

— Eu vou morrer — choraminguei.

Talvez fosse melhor assim. Talvez aquela noite fosse conhecida como a Noite do Luto. A noite em que a noiva, a segunda opção e a comandante do rei foram todas tiradas dele. Eu não me importava mais, contente em apenas não sentir mais dor.

— Não! — Ele me sacudiu pelos ombros e olhou para Cal. — Você e os outros podem voltar a pé para Escamabrasa?

Cal confirmou.

— Milorde, ela não sobreviverá ao voo para casa. A dra. Elsie está longe demais... — observou Falcon.

Drae baixou a cabeça.

— Eu sei. Mas estamos a poucos quilômetros da fronteira de Arquemírea.

Cal arregalou os olhos.

— O senhor irá até os elfos?

Drae suspirou.

— Eu não tenho escolha.

Uma cólica terrível tomou conta do meu estômago e eu caí para trás. Drae estendeu o braço para me pegar.

— Apenas me deixe morrer. Quero estar com Joslyn e Regina — chorei.

Ele me puxou para o peito e murmurou em meu ouvido:

— Não posso. Eu *preciso* de você.

Eu preciso de você. Palavras que eu queria ouvir dele há tanto tempo, mas ainda assim... de alguma forma não achei que ele as tivesse dito da maneira que eu queria.

Ele precisava do meu *útero*. Não de mim.

Então tudo ficou nebuloso e a vida começou a passar em fragmentos.

O voo.

Drae correndo para a humilde casa de um casal de elfos comigo nos braços enquanto gritava, apavorado.

A elfa da casa me examinando com sua varinha de cura.

Ela balançando a cabeça para Drae e afirmando que eu não sobreviveria.

Mais um voo.

Tudo finalmente terminou com um homem de aparência sinistra me olhando de cima. Ele tinha cabelos brancos reluzentes e uma fina coroa de prata na cabeça. Eu estava deitada em algum tipo de cama de cristal. Dura, mas não... desconfortável. Parecia ter sido esculpida em um quartzo rosa gigante com entalhes que se ajustavam ao meu corpo como uma luva.

— Esse assunto não me diz respeito — disse o homem enquanto me olhava de cima.

Rolei de lado e gemi quando as cãibras nos músculos foram tão violentas que eu quis morrer. Eu sentia meus batimentos cardíacos pulsarem nos ouvidos.

— Raife — rosnou Drae. — Ela é importante para mim. Sei que você pode salvá-la. Se fizer isso... eu te darei o que quiser. Carvão, barcos, jade. Diga seu preço!

Raife? Raife Luminare. O rei dos elfos? Diziam que ele havia perdido toda a família em uma só noite por obra da rainha de Obscúria. Os pais e os sete irmãos. Agora, ele era um homem amargurado, decidido a se vingar.

— Meu preço? — O rei Raife inclinou a cabeça de lado. — Irmão, meu preço sempre foi o mesmo, mas você sempre me nega. Você sabe o que eu quero, do que eu preciso.

Gemi com uma queimação que subia pela garganta. Drae estendeu a mão e o segurou com força pelas laterais do rosto.

— Tudo bem, ajudo você a matar a rainha de Obscúria se salvar Arwen, mas você precisa convencer Lucien e Axil a nos ajudar. Ela é poderosa demais se não estivermos unidos.

Lucien Almabrava, rei feérico, e Axil Lunaferis, o rei lobo? Drae tinha mesmo acabado de concordar em derrubar o reino de Obscúria para salvar minha vida?

Raife coçou o queixo, como se pensasse a fundo, e Drae avançou mais.

— Salve-a, maldição!

O rei élfico revirou os olhos.

— Tudo bem, temos um acordo. Pode levar algum tempo para eu trazer os outros reis a bordo, mas você *cumprirá* a sua promessa.

Pus as mãos em volta do pescoço, não conseguindo mais respirar. Eu estava me engasgando pela falta de ar.

Drae cruzou o punho sobre o peito.

— Eu juro, Raife! Vou ajudar você a vingar sua família. Apenas salve Arwen!

Raife se ajoelhou, pairando sobre mim, trazendo consigo o perfume dos lírios. Eu odiava lírios. O cheiro era forte *demais* e sempre me fazia espirrar. Debruçando-se, o rei élfico posicionou o nariz a uma polegada do meu ombro ferido e inalou.

— Seiva de madeira da morte — declarou.

Drae correu para o meu outro lado.

— Consegue reverter isso?

Raife olhou para Drae e eu me perguntei de onde os dois se conheciam. Raife o havia chamado de *irmão*.

— É ela quem você escolheu para ter seu herdeiro? — perguntou Raife.

Eu me preparei para a resposta.

Segunda opção.

Drae olhou nos meus olhos.

— Se ela me aceitar.

Meu coração bateu descompassado; a escuridão invadiu as bordas do meu campo de visão. Se eu ia morrer, pelo menos era uma coisa muito doce de se ouvir antes de partir.

Raife concordou.

— Muito bem, então.

Ele pôs uma das mãos em meu ombro ferido e eu prendi a respiração com o contato de sua pele na minha. Uma luz roxa explodiu de sua palma, me cegando por um instante. Então a escuridão em minha visão recuou e minha garganta parou de queimar. Eu finalmente conseguia respirar, e tomei enormes golfadas de ar. Uma por uma, minhas cãibras pararam e a náusea cedeu.

Olhei perplexa para o rei élfico, que retribuiu com um semblante frio e implacável. Ele estremeceu, e fiquei imaginando se o ato de me curar lhe causava alguma dor. Então ele tirou a mão do meu ombro e a segurou junto ao peito como se estivesse ferido.

Já me sentindo melhor, me sentei e sussurrei:

— Obrigada.

Ele me ignorou e olhou para Drae.

— Vá embora pela manhã. Meu conselho não pode saber que ajudei você até que eu os convença a matar Zafira.

Drae abaixou a cabeça e abriu um pequeno sorriso para o rei Raife.

— Eles continuam te importunando para se casar?

Raife gemeu, sacudindo os dedos como se para expulsar qualquer mal que o veneno tivesse causado.

— Devo me casar até o inverno, caso contrário eles afirmam que vão me derrubar.

Drae sorriu outra vez, e então deu um passo à frente, puxando o rei élfico para um abraço.

— Obrigado, irmão.

Raife não o abraçou de volta. Congelado como se nunca tivesse abraçado alguém em toda a sua vida, mas Drae não pareceu se importar. O rei-dragão recuou, apertou os ombros do amigo e se virou para se dirigir a mim.

Raife foi até a porta na parede oposta e, pela primeira vez, observei o cômodo à minha volta: piso de pedra branca, papel de parede roxo-claro com manchas douradas. Era tranquilizante, calmante.

— Drae? — chamou Raife da porta.

Drae se virou para o rei élfico.

— Ajudarei você, e daremos fim ao reinado da rainha Zafira. — Foi ao mesmo tempo uma ordem e uma promessa.

— Tem a minha palavra — disse Drae.

Com isso, Raife saiu do quarto e fechou a porta.

Minha língua parecia estar presa ao céu da boca. Quase morrer duas vezes em um dia tinha se provado penoso demais para meu corpo.

— Me diga que está bem.

Drae se ajoelhou diante de mim, colocando as mãos na minha cintura e olhando fundo nos meus olhos.

Senti meu lábio tremer, enquanto as lágrimas enevoavam meus olhos.

— Eu... — Um gemido escapou. — Joslyn... Regina.

Ele suspirou, olhando para o frio piso branco.

— Deixamos a rainha à vontade por tempo demais. Ela precisa ser contida.

— Com os dispositivos de voo dela e lançadores de fogo, não vejo como. Mesmo com os elfos. Você viu as carroças sem cavalos?

Ele confirmou.

— Os pais de Raife, cientes dos planos dela de um dia exterminar as raças mágicas, queriam restringir a tecnologia dela. Meu pai negou o pedido de ajuda deles.

Ofeguei.

— Mas eles tentaram e ela os matou?

Drae baixou o rosto.

— Os pais de Raife explodiram uma das fábricas de máquinas da rainha e, por sua vez, ela matou toda a família dele, deixando-o vivo por misericórdia.

Deixá-lo vivo depois de matar toda a família dele era uma misericórdia?

— Por que você não o ajudou a se vingar depois que ela fez isso? Vocês parecem ter sido amigos íntimos.

A vergonha corou suas bochechas.

— Eu era um jovem príncipe. Meu pai tinha medo da rainha de Obscúria e me aconselhou a não ajudar Raife.

— Mas invernos depois, quando você se tornou rei, por que ainda negou?

Drae pareceu triste com a pergunta.

— Porque eu tinha acabado de perder meu próprio pai, estava me casando e tentando ter um herdeiro. Eu não sabia nada sobre invadir um território e começar uma guerra. Para falar a verdade, a rainha de Obscúria me dava medo. O que ela fez com a família Luminare me assustou.

Foi doloroso demais ouvi-lo soar tão fraco e vulnerável.

— Raife sabe? Que sem um herdeiro a sua magia acaba?

Ele balançou a cabeça.

Suspirei. Eu podia ser a segunda opção, mas era tudo o que ele tinha e não o deixaria sozinho quando ele precisava de mim.

— Tudo bem. Pode usar o meu útero real — brinquei.

Ele parou, ficando completamente rígido.

— Não brinque assim. Quero você com ou sem herdeiro.

Agora era a minha vez de ficar completamente imóvel.

— Drae, eu sei que você mandou toda a Guarda Real ficar longe de mim porque eu era sua segunda opção.

Ele rosnou.

— Quem te disse isso?

— Cal… quando eu o beijei — admiti.

Ele arregalou os olhos.

— Você beijou o Calston!

— Eu estava tentando te esquecer! — exclamei, com um soco de leve no seu peito. — Mas ele não quis retribuir. Disse que não podia.

Drae se aproximou e me olhou bem nos olhos.

— Ordenei aos outros homens que ficassem longe de você porque pensar em você com outro homem me deixava louco.

— Ah.

Respirei fundo e ele estendeu a mão, traçando meu lábio inferior com o dedo. Arrepios percorreram todo o meu corpo e meus olhos piscaram.

— Desde que Amelia morreu, era como se eu estivesse me afogando. Então você entrou na minha vida… e agora, pela primeira vez, sinto que posso respirar.

Fiquei boquiaberta com a declaração. Foi a coisa mais linda que alguém já havia me dito.

— Você *nunca* foi a minha segunda opção, Arwen. Você sempre foi a minha primeira escolha, desde que te vi entrando na cidade com aquele puma gigante nos ombros. Fiquei fascinado com a bela e forte caçadora.

A confissão me deixou em choque. *Ele tinha me visto levar a minha presa para casa?*

— Espiei dentro da tenda do beijo e te vi andando na direção de outro cara, com os lábios em um biquinho e prontos. Sem pensar duas vezes, pulei na frente dele e peguei o que queria.

Eu sabia que era ele! A revelação de que ele tinha me beijado por vontade própria, porque gostava de mim já naquela época, fez com que a muralha que eu tinha erguido em torno do meu coração desmoronasse.

— Case comigo, Arwen. Não porque preciso de um herdeiro, mas porque de alguma forma me apaixonei por você e agora não sei mais se consigo viver sem você.

Respirei fundo e, em resposta, estendi a mão e segurei sua nuca, puxando seus lábios para os meus. Assim que senti sua língua na minha, houve quase uma liberação dolorosa de dentro do meu peito. Às vezes doía amar alguém, e esse era o meu caso com Drae.

Ele se afastou, olhando para mim com incerteza.

— Isso é um sim?

Sorri.

— Sim. Isso significa que você não vai me matar como a minha mãe temia?

Ele franziu a testa.

— Nem diga isso.

Ele puxou minha mão e beijou cada junta.

— A dra. Elsie disse que não era aconselhável termos filhos, pois não havia como saber o que a nossa magia geraria ao ser misturada — expliquei, tentando encontrar algo errado em nossa união, porque parecia bom demais para ser verdade.

Ele me olhou com ceticismo, sem dúvida se perguntando *como* eu sabia que ela tinha dito isso, mas não disse nada.

— Tudo o que gerarmos será uma bênção para *toda* a Escamabrasa, disso eu tenho certeza. Agora, vamos para casa enterrar nossos mortos. Depois anunciaremos a todos que escolhi você para ser minha rainha.

Deslizei a mão na dele e, embora a culpa de me prometer ao rei logo após a morte de Joslyn pesasse sobre mim, me consolava em saber que *era* ele na tenda do beijo o tempo todo. Eu o tive primeiro.

Depois de darmos a Joslyn e Regina um enterro respeitoso, eu queria tê-lo para sempre.

ALGUMAS HORAS MAIS TARDE, AINDA NA ESCURIDÃO DA MADRUGADA para nos protegermos, voamos juntos de volta para o castelo. Como não tínhamos certeza de quantas transformações Drae ainda poderia fazer, eu não queria que ele tentasse a menos que fosse necessário. A notícia de que Drae tinha matado o filho da rainha de Obscúria sem dúvida já tinha se espalhado e era imperativo estarmos em alerta máximo. Quando chegamos aos portões de Grande Jade, ao nascer do sol, os guardas tocaram a corneta, anunciando que o rei estava de volta. As pessoas saíram às ruas para ver seu rei alado, mas, em vez disso, viram-no montado nas minhas costas. Uma onda de suspiros e olhares de surpresa se alastrou pelos espectadores, que apontavam, e batiam palmas, e criancinhas corriam atrás de nós.

— *Eles vão amar você como rainha* — disse Drae em minha mente.

Eu não respondi. De repente, me vi temendo quaisquer problemas para engravidar dele. Se acontecesse, todas essas pessoas, incluindo Adaline, morreriam.

— *Como você faz isso?* — perguntei a ele enquanto mergulhava rumo aos estábulos e ao arsenal.

— *Como faço o quê?*

— *Carrega o destino de todo o seu povo nas costas.*

— *Um dia de cada vez.*

Quase chorei de alívio quando vi Cal, Nox e Falcon nos esperando lá embaixo – cobertos de lama e pareciam estar encharcados, mas vivos. Com a rapidez com que chegaram… devem ter roubado alguns cavalos e cavalgado a noite toda. A dra. Elsie estava ao lado deles com o conselheiro do rei, o idoso com o livro da cerimônia em que fui testada.

Pousei, o rei desceu, e eu corri para o estábulo para me vestir. Quando saí, Drae estava carrancudo. Nox, Falcon e Cal não estavam mais lá, e ele olhava para um pequeno tomo encadernado em couro.

Corri atrás dele e passei a mão com carinho em seu braço, mas ele enrijeceu, me fazendo recuar.

A dra. Elsie olhou para mim com uma compaixão que me assustou, o tipo de compaixão que você demonstra antes de contar a alguém sobre a morte de um ente querido.

Pus a mão no peito.

— Minha mãe e minha irmã estão bem?

— Estão — disse Drae, abaixando o livro.

— O rei Valdren acabou de nos contar sobre os planos dele de se casar... — disse a dra. Elsie, olhando para o conselheiro idoso. Não dava para ter certeza, mas minha impressão foi de que havia sido ele quem aconselhara Drae a me matar. A dra. Elsie continuou: — Eu sabia que você seria a próxima melhor opção em termos de magia, então fiz algumas pesquisas depois que partiram.

Eu odiava como ela estava sempre avaliando a adequação ou não do meu útero mágico.

— E...? — perguntei.

— Vou falar com ela a sós — disse Drae de repente.

A dra. Elsie enrijeceu, ainda olhando para o conselheiro, que parecia quase morto. Sério, quantos anos aquele cara tinha?

Eles se afastaram às pressas e Drae se virou para mim.

— Só fala logo — implorei. — Já perdi Joslyn e Regina. Apenas... fale. Não tenho capacidade emocional para jogos.

— Existe um livro antigo que cataloga nascimentos reais. Este aqui foi escondido devido à sua natureza... Ele fala sobre um nascimento real entre o clã do Eclipse e o clã da Noite Eterna, há mil invernos.

Há mil invernos?! Talvez nossos clãs fossem amigos naquela época, eu não sabia.

Minhas mãos começaram a tremer, meus olhos passaram para além do ombro de Drae, vendo Elsie cumprimentar três rostos familiares a distância.

A ruiva de Grande Jade? A loira com mau hálito. Garotas que ele estava cortejando antes de escolher Joslyn.

— Por que aquelas meninas voltaram? — perguntei.

Drae suspirou.

— Depois de ver isso, Elsie achou prudente chamá-las de volta. Kendal também está a caminho. — Ele estremeceu.

Kendal! Meu coração quase parou de bater.

Do que diabos ele estava falando? Estendi o braço e arranquei o livro de suas mãos, olhando para a página aberta, e ofeguei.

A primeira linha estava em negrito.

Bebê gravemente deformado viveu apenas algumas horas.

Então li a linha seguinte.

Hipótese: a magia do clã Eclipse, da mãe, consumiu a magia do clã da Noite Eterna, matando a criança.

Eu nem sabia que estava chorando até as lágrimas caírem na página e borrarem as palavras.

— Não posso perder outro filho. — Drae parecia arrasado.

Fechei o livro e o devolvi a ele.

O rei segurou meu rosto e me forçou a olhar para ele.

— Mas eu ainda quero *você*.

Olhei para as outras, que estavam conversando com Annabeth e a dra. Elsie, esperando pelo rei, sem dúvida.

— Se eu não posso te dar um filho, então não deveria me escolher — argumentei com sinceridade. — O futuro de todos em Escamabrasa depende disso.

Ele franziu a testa, olhando para trás, onde estavam as moças, e depois de volta para mim.

— E se eu ainda me casasse com você... mas me deitasse com elas?

Ofeguei.

— Só para ter um filho. Assim que fosse confirmada uma gravidez, eu pararia. A magia do meu povo só precisa de mim para ter um herdeiro. Não importa se a criança é bastarda ou não.

— Está me pedindo em casamento sabendo que terá amantes?

Eu estava tão sentida que nem conseguia pensar direito.

Ele balançou a cabeça.

— Estou pedindo que passe o resto da vida comigo, permitindo que eu leve essas mulheres para a cama uma ou duas vezes para salvar milhares de vidas.

Franzi a testa.

— Ir para a cama com *todas* elas?

A Kendal não. *Por favor*, a Kendal não.

Ele engoliu em seco.

— A dra. Elsie acha que isso me dará maiores chances de sucesso.

Mordi o lábio para não chorar e senti a bile subir pela garganta.

— O que está pedindo parece impossível... mas vou pensar no caso. Quero ficar sozinha agora.

Arranquei o rosto das suas mãos e saí correndo pelos campos de treino.

— Arwen! — chamou, embora sem correr atrás de mim.

Dormir com três mulheres sendo casado comigo? E não apenas uma vez. Talvez levasse meses para uma delas engravidar e, se o bebê morresse, ele continuaria até ter um herdeiro vivo.

Era difícil acreditar que apenas algumas horas antes ele estava confessando seu amor por mim e dizendo que queria que eu fosse sua rainha, e agora ele queria dormir com minhas amigas? Eu não conseguia processar.

Mas parte do meu raciocínio voltou-se à minha mãe e ao que ela tinha me contado sobre a semente de meu pai. Seria assim tão diferente do que meu pai havia permitido para a concepção de Adaline?

Não muito.

Atravessei um campo de lavanda, pisando forte na grama, meu peito arfava de dor. Eu estava de luto pela perda de três pessoas. Joslyn. Regina. E agora Drae.

A pureza que nosso casamento poderia ter seria profanada com três amantes. Ele iria para a cama com elas e depois se esgueiraria para dormir ao meu lado? Será que ele se apaixonaria por uma delas no processo?

Se Drae e eu corríamos o risco de ter um filho que não viveria mais do que algumas horas, ele nunca iria para a cama comigo! Eu morreria com a minha castidade intacta, enquanto meu marido dormiria com metade do reino.

Não. *Não posso.*

Um soluço escapou da minha garganta, me assustando. Eu não tinha percebido o quanto eu havia me permitido imaginar uma vida com ele. O quanto eu tinha começado a gostar dele e me ver ao seu lado. Eu não sabia nem para onde estava indo até ver o pequeno afloramento de salgueiros--chorões à frente.

Um suspiro resignado me escapou e corri para o conforto e a devastação que aquelas árvores comportavam. Era como se aquele pequeno pedaço de terra fosse um lugar em que você pudesse derramar suas mágoas. Drae e Amelia o preencheram com a perda de seus filhos. Depois Drae o preencheu com a perda da esposa e do último filho. Agora eu o preencheria com a perda de um futuro que nunca teria, mas que me foi prometido por apenas algumas horas. Era o suficiente para quebrar alguém, as poucas horas de esperança. Uma vez arrancada, deixava um buraco que parecia impossível de preencher.

Me ajoelhei diante do túmulo da rainha Amelia sem saber por que eu estava ali, sem saber por que estava diante do lugar em que logo ela, de todas as pessoas, repousava.

Talvez porque ela entenderia, quem sabe a única pessoa que poderia entender. Podia até ter sido um casamento arranjado no início, mas eles aprenderam a se amar. Ela entenderia a minha dor por perder a chance de ser amada de verdade por ele.

Olhei para as pequenas lápides e meu coração ficou pesado. O que tinha começado como uma tarefa simples e feliz, ter uma família, terminou com uma perda terrível. Nenhum pai deveria ter um cemitério inteiro para seus filhos.

Nenhum. *Nunca.*

Percebi então que pedir a Drae para que permanecesse fiel a mim terminaria assim: um campo repleto de crianças que viveram apenas momentos. Um entorpecimento se espalhou por todo o meu corpo e uma depressão profunda se abateu sobre mim.

Eu não poderia dar a Drae o que ele precisava, o que o nosso povo precisava, e se Kendal ou uma das outras pudesse… então eu precisava parar de ser egoísta.

Um galho se quebrou atrás de mim e eu girei, ficando de pé e me preparando para lutar.

Ao ver Drae, relaxei e sequei os olhos.

Ele parecia abatido.

— Eu jamais deveria ter pedido isso para você. Não sei onde eu estava com a cabeça. Eu… A dra. Elsie me deu a notícia e eu ainda estava processando. Arwen, eu te amo como nunca amei ninguém antes, e…

— Tudo bem.

Eu me aproximei e peguei suas mãos.

Olhei para trás, para as lápides.

— Sei pelo que passou, e nunca faria você passar por isso de novo de propósito.

Ele congelou.

— Está negando a minha mão em casamento? — Sua voz falhou.

Balancei a cabeça, levantando a mão para prender uma mecha de seus cabelos atrás da orelha.

— Não. Estou só aceitando que você deve tentar todos os meios possíveis para ter um herdeiro e salvar o nosso povo.

Seu rosto relaxou e seus lábios se curvaram em um sorriso.

— *Nosso* povo.

Dei de ombros.

— Estou prestes a ser rainha, afinal.

Ele se aproximou e acariciou meu rosto.

— Você sempre foi uma rainha. Eu nunca deveria ter tentado rebaixar esse título ao colocar você na minha guarda.

— Gosto de estar na Guarda Real, milorde — afirmei em tom formal, e ele sorriu.

— Um rei cuja esposa está em seu exército? Deve ser a primeira vez na história — concordou ele.

Eu me inclinei e passei os lábios de leve por seu rosto.

— Admito que estou decepcionada pela nossa noite de núpcias não poder ser completa.

Eu me afastei para observar seus olhos tempestuosos. Ele deslizou a mão pela minha coxa, disparando ondas de calor entre minhas pernas.

— Chega dessa insensatez. Nossa noite de núpcias será *mais* do que completa.

Franzi a testa.

— Mas... se quisermos evitar ter um filho...

Ele se aproximou e passou a língua ao longo da minha clavícula, fazendo com que minhas pernas ficassem bambas.

— Existem maneiras de evitar uma gravidez, meu amor.

Meu amor. Eu queria ouvi-lo dizer isso pelo menos mais um milhão de vezes. Passei os dedos por seus cabelos.

— Não vejo razão para adiar o casamento. Assim que a minha mãe e a minha irmã chegarem, devemos nos casar.

Sua risada reverberou à nossa volta, afugentando e quebrando um pouco da dor presente ali.

— Ansiosa. Gostei. — Então ele se afastou. — Nos casaremos em três dias. Mandarei buscar sua mãe imediatamente.

Santo Hades. Acabei de concordar em me casar com o rei... e deixá-lo ter um filho com outra.

O FUNERAL DE REGINA E JOSLYN FOI LINDO. REGINA FOI ENTERRADA, embora seu corpo não estivesse de fato lá, no cemitério da Guarda Real ao norte da cidade, e Joslyn ao lado do mausoléu particular da família real. Foi uma grande honra e toda a Grande Jade suspendeu suas atividades, em luto. Drae havia providenciado pagamentos mensais para os pais de Joslyn pelo resto de suas vidas, já que eles eram da parte mais pobre de Sombramorada e estavam contando com o dinheiro. A notícia de que eu era a regente desaparecida das histórias e que tentei salvar a vida de Joslyn naquela noite se espalhou pela cidade. As pessoas pareciam me amar, sorrindo e acenando com alegria quando eu passava. Elas não sabiam nada sobre minha magia ter o poder de sugar a vida do rei delas, e nada sobre o fato de que, se o rei não fizesse um herdeiro, todas morreriam.

Narine me disse que tinha tomado a liberdade de espalhar um boato afirmando que o rei havia me escolhido a princípio, mas que seus conselheiros o forçaram a escolher Joslyn. Isso explicava por que ele ia se casar comigo tão depressa, já que era a mim que ele amava desde sempre. A cidade adorava uma boa fofoca e queria que o rei fosse feliz, o que me deixou grata. Eu odiaria que houvesse um boato de que ele havia traído Joslyn comigo ou algo horrível assim.

A rainha de Obscúria enviou de volta a cabeça de Regina como uma mensagem, mas nenhuma outra retaliação. Drae reforçou as patrulhas na fronteira e enviou uma escolta da Guarda Real para buscar minha mãe e Adaline. O casamento seria naquela noite, e minha mãe chegaria a qualquer momento.

Eu nem imaginava o que ela pensaria de tudo isso. Eu ia me casar com o homem que ela temia que me fizesse mal. Mas havia uma coisa que ela havia incutido em mim desde que nasci...

Dever.

Você tem um dever para com esta família, sua irmã, esta aldeia, comigo, diria ela.

Agora eu teria um dever para com todo o povo-dragão e esperava que ela entendesse, porque planejava lhe contar a verdade sobre tudo. Eu poderia seguir em frente, escondendo segredos de muitas pessoas, mas minha mãe não era uma delas.

— Ela chegou! — anunciou Narine, animada, ao passar a cabeça pela porta do meu quarto.

Eu me levantei e permiti que ela ajeitasse meu vestido de noiva. Aquele evento, o casamento, não era ocasião para calça, embora eu tivesse pedido à costureira do palácio que costurasse bolsos no vestido.

Onde uma garota vai guardar suas adagas e outras coisas se ela não tem bolsos?

— Você parece... um sonho — confessou Narine enquanto franzia a bainha de renda do meu vestido branco.

Sorri.

— Annabeth te entregou aquele prêmio de cem moedas de jade?

Narine sorriu.

— Vou receber hoje à noite, depois da cerimônia. Assim posso te pagar de volta pelo...

— Bobagem, pode ficar! Serei rainha. Terei mais do que o suficiente à minha disposição.

Narine balançou a cabeça.

— Não posso...

— Guarde para o seu próprio casamento.

Dei uma piscadela e ela corou. Eu a tinha visto flertando com Cal recentemente.

— E o casamento da sua irmã? Está indo bem? — perguntei.

Narine acenou para mim.

— Sim, graças a você. Agora vá ver a sua mãe e a sua irmã!

Eu estava enrolando. Para ser sincera, eu estava nervosa demais para contar à minha mãe que havia me apaixonado pelo rei, que me casaria com ele, mas que nunca poderia ter filhos com ele, e que, em vez disso, permitiria que ele tivesse filhos com amantes...

E se ela se recusasse a ficar ao meu lado no casamento? E se ela fosse embora e nunca mais falasse comigo?

Com uma respiração trêmula, acenei para Narine.

— Por favor, acompanhe a minha mãe e minha irmã até a sala.

Narine saiu do quarto e eu fui para sala, onde fiquei andando de um lado para o outro enquanto esperava. Era a última vez que eu estaria naqueles aposentos. Naquela noite, eu dormiria ao lado de Drae e dividiria a cama com ele pelo resto da vida.

Santo Hades, acho que vou vomitar.

Era normal achar que ia vomitar a cada poucos segundos no dia do seu casamento?

Quando a porta se abriu, minha mãe e minha irmã entraram com Narine a reboque. Cada uma trazia uma pequena bolsa de viagem, e as duas arregalaram os olhos ao me ver. Sua chegada era esperada para a noite anterior, mas houve uma tempestade de areia, além de atrasos por conta de convidados vindos de todas as partes do reino.

— Santo Hades, você parece uma rainha! — Adaline correu para mim. — Isso faz de mim uma princesa?

Ela abriu os braços para me abraçar, e minha mãe gritou:

— Não toque no vestido dela! Vai sujá-lo.

Puxei minha irmã para um abraço esmagador mesmo assim, pouco me importando com o vestido.

— Não acho que você será uma princesa, mas será uma lady da nobreza.

Adaline se afastou para me encarar com os olhos arregalados.

— Lady Adaline?

Ao me ver confirmar, ela sorriu.

— Que legal.

Minha mãe ainda não tinha saído do lugar. Eu não sabia como interpretar as lágrimas em seus olhos.

— Lady Adaline, gostaria de um bolo de chocolate? — ofereceu Narine ao captar meu constrangimento com minha mãe. — Posso te mostrar a cozinha principal do palácio e a biblioteca.

Adaline olhou para minha mãe e saiu com Narine.

Voltei a olhar para minha mãe, e uma única lágrima escorria por sua bochecha.

— Não sei bem o que te… contaram — comecei, atrapalhada. — E lamento por descobrir que vou me casar desse jeito. É só que…

— Você está linda. — Ela se aproximou de mim e pegou minhas mãos.
— O rei Valdren me cumprimentou algumas horas atrás, quando nosso grupo chegou à fronteira da cidade, e me falou sobre as intenções dele em relação a você.

Ah, é?

— As intenções dele comigo?

Agora eu queria saber o que ele havia dito.

— Ele me contou que sabia sobre a sua linhagem e que jamais tocaria em um fio de cabelo seu. Disse que te amava e queria cuidar de você. Que queria ter uma família com você.

Ela estava sorrindo. Suas lágrimas eram de felicidade.

Uma família... É claro que ele não contaria à minha mãe sobre o acordo. Ele não poderia ter uma família saudável comigo, esse era o problema.

— Mãe, sente-se — pedi, e ela franziu os lábios.

Ela se juntou a mim no sofá, onde eu havia me sentado com cuidado para não amassar o vestido. Eu amava Drae, mas ainda estava triste com nosso acordo e precisava desabafar com alguém. Eu precisava da sabedoria da minha mãe.

— Drae precisa de um herdeiro, senão todo o povo-dragão morrerá.

Ela arfou, levando a mão à boca.

— Adaline.

— O povo está ligado a ele por uma magia especial que se fortalece quando se reproduz, mas desaparece se isso não for feito até uma certa idade. A linhagem deve continuar, não importa como.

Minha mãe abaixou a cabeça.

— Entendo. Agora esse noivado e casamento apressados fazem sentido. Faça o que for preciso para salvar o povo, Arwen.

Meu coração ficou apertado.

— É essa a questão, mãe... Drae é um dragão do clã Dragão da Noite Eterna, eu tenho sangue puro do clã Eclipse.

Ela ficou imóvel, como se sentindo que a conversa estava tomando um rumo do qual ela não gostaria nada.

— E recentemente descobrimos que a minha magia e a magia dele não...

Minha garganta ficou apertada e de repente não consegui mais falar; as lágrimas borraram minha visão.

— Ah, querida, o que foi?

Minha mãe era parteira; ela havia visto o pior do pior quando se tratava de ter filhos.

— Foi encontrado um diário da parteira de um casal real como nós, um membro real do clã da Noite Eterna e um membro real do clã Eclipse. Eles tiveram um filho juntos, mas... a criança nasceu gravemente deformada, com órgãos fora do corpo, e viveu apenas algumas horas.

Minha mãe pareceu murchar. As esperanças que ela poderia ter nutrido de ter um neto para ajudar a criar foram destruídas naquele mesmo instante. Pude ver a luz em seus olhos se apagar.

— Por que ele vai se casar com você, então?

Minha mãe me olhava com surpresa.

Essa simples pergunta trouxe lágrimas aos meus olhos, e a resposta era uma verdadeira prova do amor de Drae por mim.

— Porque ele me ama.

Minha mãe concordou.

— Mãe, lembra quando me contou que o papai deixou você se deitar com outro homem para que tivessem Adaline? — perguntei.

Isso pareceu fazê-la compreender, e ela inclinou a cabeça e pegou minha mão.

— Faça o que tiver que fazer, Arwen. Você será uma rainha. Tem um dever para com o povo de Escamabrasa.

Dever, lá estava. Eu sabia que ela diria isso. Eu queria fazer o que era certo pela minha irmã e todos os outros, mas querer não facilitava as coisas.

— Mas são *três* mulheres, para dar a ele a melhor chance possível.

Minha mãe estremeceu com o detalhe, mas depois esfregou minha mão.

— Será um inverno, talvez dois, de dúvidas toda vez que ele for se encontrar com elas, mas depois ele terá os herdeiros e você o terá para sempre.

— Mas... se deitar com elas e depois comigo...

Uma lágrima escorreu pela minha bochecha, que minha mãe secou.

— Se o seu pai tivesse me impedido, Adaline não existiria.

Era como se ela tivesse pegado meu coração e o apertado. Por mais que minha irmãzinha me irritasse às vezes, eu não conseguia imaginar um mundo onde ela não existisse. Ela tinha razão – eu sabia que tinha –, mas ainda me sentia aflita com a coisa toda.

— Obrigada, mãe.

Um ou dois invernos até que nascesse um herdeiro saudável. Eu podia lidar com isso. Eu era jovem e não era tanto tempo assim.

◆ ◆ ◆

Depois que minha mãe saiu, não pude deixar de sentir que estava entrando em um casamento que poderia me devastar. Eu precisava ver Drae e definir algumas regras básicas para nosso novo acordo. Depois de pedir a Narine que acomodasse minha mãe e Adaline nos aposentos de hóspedes ao lado, pedi que ela avisasse Drae que eu desejava vê-lo. Andei sem parar pelos meus aposentos, torcendo as mãos com uma ansiedade que só crescia dentro de mim.

Quando a porta se abriu de repente, pulei. Drae estava lá, vestindo sua armadura real estampada com escamas de dragão preto e mais lindo do que nunca. Eu não me importava que ele visse meu vestido antes da hora; eu precisava conversar com ele.

— Não me diga que deseja cancelar o casamento.

Ele pôs a mão no peito como se uma dor física tivesse despontado ali.

Apenas sorri e balancei a cabeça.

— Não.

Ele relaxou e fechou a porta, seus olhos percorreram meu corpo e o vestido de renda branca que eu usava, símbolo da minha pureza.

— Está se sentindo mal? — perguntou, pegando minhas mãos para ver se estavam quentes de febre.

Suspirei.

— Não gosto da ideia de dividir você com outras mulheres, por isso tenho algumas regras que gostaria de discutir antes da nossa união.

Ele se encolheu com minha sinceridade abrupta, mas concordou com a cabeça.

— Não quero saber quando você tiver se deitado com elas, então *não* me conte.

— Claro — concordou.

— Tome um banho antes de me ver. Também não quero sentir o cheiro delas em você.

— Sim, meu amor.

A tristeza apareceu em seu rosto, deu para ver que ele não tinha pensado muito naquilo. Meu coração doía só de ter que verbalizar aquelas coisas.

— E a Kendal não. Ela é minha amiga de infância. Tente com as outras duas primeiro, e se nenhuma criança saudável resultar disso, a Kendal será o último recurso.

Ele me puxou para seus braços e me envolveu.

— Não quero fazer nada disso. Não sei se consigo. Eu só quero você.

Um soluço morreu em minha garganta.

— Você precisa — falei com dificuldade. — Isso é maior do que você e eu. Você precisa. Vamos superar isso juntos.

Foi quando me dei conta de que nunca seria mãe, e uma sensação pesada como a de ser esmagada por uma tonelada de tijolos.

— Nunca serei mãe — falei de repente.

Drae se afastou, olhando horrorizado para meu rosto. Então ele também não havia pensado naquela parte.

— Eu… eu sinto muito, Arwen. — Ele olhou para os pés e ficou imóvel como se compreendendo alguma coisa. — Você *pode* ser mãe se dormir com outra pessoa. Poderíamos criar a criança juntos…

Esse não era o tipo de conversa que eu queria ter horas antes do meu casamento. Ir para a cama com outro homem? Ter um filho de outro homem? Nós dois frequentando a cama de outras pessoas? Não era a vida que eu queria.

— Calston é leal. Ele… concordaria. Ele me deixaria cuidar da criança — sugeriu Drae, embora sua voz estivesse carregada de mágoa.

Criar o filho de Cal com Drae? Dormir com Cal? *Não*.

Minha voz saiu baixa.

— Eu nunca poderia fazer isso. Não sou capaz de algo assim.

Ele pareceu aliviado, mas também triste. Sem saber o que fazer, ele me pegou de novo nos braços e apenas me abraçou forte, como se tivesse medo de que eu fugisse.

Ficamos daquele jeito pelo que pareceu uma eternidade. Por fim, ele se afastou com os olhos semicerrados.

— Me diga que posso te fazer feliz. Que essa vida te fará feliz. Senão, não quero me casar com você e permitir que tenha uma vida triste por minha causa.

Pensei a fundo na pergunta. Seria triste nunca poder ter meus próprios filhos? *Sim*. Me mataria saber que ele tinha dormido com outras mulheres para ter herdeiros? *Sim*.

Mas a alternativa, que era viver sem ele, ou ele se casar com Kendal ou uma das outras só para ter um herdeiro... me destruía só de pensar.

Eu me inclinei e beijei seus lábios, afastando a cabeça de volta para olhar em seus olhos.

— Pode haver momentos de tristeza, não vou mentir. Mas não me vejo sendo feliz sem você como meu marido.

Um sorriso devastadoramente belo curvou os cantos de sua boca.

— Parece que esperei a vida inteira para te encontrar.

Drae passou a ponta do polegar pelo meu queixo, e eu o levantei para encará-lo. Seus olhos tinham uma adoração que eu não sabia se merecia, mas o que eu sabia, no fundo do coração, era que estava pronta para me casar com aquele homem.

— Vamos nos casar.

Eu me inclinei de novo e passei os lábios de leve no lóbulo de sua orelha.

O rei soltou um pequeno grunhido e eu sorri, satisfeita por despertar essa reação nele.

Toda a Grande Jade compareceu ao casamento real. O salão de baile do palácio não comportava todo mundo, então as pessoas se espalharam pelas ruas e se sentaram nos telhados, tentando ver o que conseguissem da nossa união. Kendal foi com minha mãe e Adaline, mas, quando olhei para ela, ela desviou o olhar de vergonha.

Ela sabia. Claro que ela sabia sobre o arranjo. Tenho certeza de que a dra. Elsie e Annabeth tinham informado a todas.

Pensar naquilo era de partir o coração, então simplesmente não pensei mais. Aceitei me tornar a esposa de Drae, me tornar sua rainha, diante de toda a cidade. Bebi vinho e ele bebeu hidromel. Dividimos o mesmo bolo de chocolate do nosso primeiro encontro. Dançamos e cavalgamos pela cidade cumprimentando o povo. O tempo todo, enterrei as questões sobre nosso pequeno acordo bem no fundo. Todas aquelas pessoas sorridentes morreriam se Drae não restaurasse sua magia por meio de um herdeiro, então quaisquer necessidades ou pensamentos que eu estivesse nutrindo eram egoístas.

Depois de uma noite inteira de festa, meu novo marido me levou de volta ao nosso quarto compartilhado. Ele tinha mandado reformar uma sala do palácio nunca usada só para nós. Nada de papel de parede escuro e tapetes pretos, como seus antigos aposentos. O quarto era em tons de creme e dourado, e o espaço, arejado e iluminado.

Um novo começo.

Caminhei com nervosismo para nossa cama, de repente com medo da dor que Kendal havia me dito que vinha quando se despedia de sua pureza.

Um pouco de dor no início em troca do prazer no futuro, havia revelado.

Então me sentei na beirada e encarei Drae. Por mais que eu quisesse fazer amor com ele, estava nervosa. Ele era muito mais experiente que eu, mas pareceu perceber meu medo quando atravessou a sala e se ajoelhou diante de mim. Segurando meu traseiro, ele me puxou para mais perto para encaixar o corpo entre minhas pernas.

— Quem manda no quarto é você, ouviu? — disse ele, e meu estômago se revirou. — Podemos ir devagar ou rápido, do jeito que você quiser.

Engoli em seco e concordei, encorajada por ele me dar o controle. Inclinando-me para a frente, mordisquei seu lábio inferior e o chupei. O gemido de prazer que ele deixou escapar me fez sorrir. Levando a mão às costas, puxei a cordinha do laço que prendia meu espartilho, depois, tirei a metade superior da roupa, revelando meus seios.

Drae abaixou a cabeça devagar e pegou meu seio com a boca, me fazendo arquear para trás com um gemido. O calor aumentou entre nós dois, e eu comecei a desabotoar a abertura lateral da minha saia gigante. Com cuidado, Drae me ajudou a me despir, tirando as próprias roupas também até estar diante de mim todo nu e todo... excitado.

Olhei para seu corpo enquanto ele se abaixava sobre mim.

— Você dá as ordens — sussurrou ele, enchendo meu pescoço de beijos. A umidade de sua língua enviou leves ondas de prazer pelo meu corpo.

Um calor começou a pulsar entre minhas pernas, e eu puxei uma de suas mãos e a posicionei entre minhas coxas. Assim que ele me tocou lá embaixo, fazendo pequenos círculos sobre o ponto mais sensível, prendi a respiração de surpresa. Grandes ondas de prazer me inundaram, e eu me inclinei para a frente para descansar os lábios em seu ombro, ofegando com o êxtase.

Ele pairou sobre mim, apoiado em um só braço, me olhando com um sorriso devasso. Ele gostou do meu prazer, e eu queria mais.

Descendo as mãos, alinhei-o com meus quadris e então nos unimos. Ele se movimentou devagar para a frente e para trás e eu sibilei com a pontada de dor, fazendo-o parar de imediato e me olhar preocupado.

— Você está bem?

Garanti que sim com a cabeça e a levantei para beijá-lo, então ele se movimentou um pouco mais. A dor ainda estava lá, mas diminuía a cada impulso de seus quadris, até restar apenas um latejar profundo que dava lugar a mais prazer.

Agora eu entendia por que minha mãe insistia que Adaline e eu mantivéssemos nossa pureza até o casamento. Era uma coisa incrivelmente íntima, para se compartilhar entre duas pessoas. Algo que eu não poderia me imaginar fazendo na taverna por uma só noite, como algumas das outras moças faziam.

Ele começou a estremecer em cima de mim, e então logo se afastou, se envolvendo com a mão.

Por um instante, pensei que algo tinha dado errado para ele recuar tão de repente, mas logo percebi que aquele era o método sobre o qual ele havia falado para evitar uma gravidez.

Foi o momento mais especial da minha vida – me entregar por completo a ele, dar a ele algo que eu tinha guardado apenas para ele –, mas fui tomada de tristeza quando me dei conta de que ele logo estaria compartilhando esse momento com outras. Que nunca teríamos um filho juntos.

Ele me olhou e analisou meu rosto, a preocupação foi tomando conta quando ele pareceu ler o que eu estava pensando.

— Não vai ser assim com elas. Não vou beijá-las, mal vou tocá-las, só haverá contato suficiente para fazer o que precisa ser feito.

Uma única lágrima escorreu pelo meu rosto, deslizando pela minha nuca, e foi quando me dei conta de que o nosso casamento estava condenado desde o início. Eu nunca estaria verdadeiramente bem com esse arranjo. Isso apodreceria dentro de mim até eu explodir. Naquele instante, entendi que eu era uma mulher extremamente ciumenta e que não queria compartilhar um centímetro do meu marido. Nem mesmo para salvar um reino.

Mas eu não disse nada, porque sabia que dizer o levaria a desistir do acordo, e Adaline e todos que eu amava e que carregavam a magia do dragão morreriam.

♦ ♦ ♦

Pela manhã, fizemos amor mais duas vezes, ficando na cama até o meio-dia. Por fim, tomamos banho e nos vestimos para almoçar no refeitório. Drae prometeu me levar em uma viagem de dois dias a Sombramorada. Eu nunca havia visto o porto de embarque, famoso por suas mercadorias estrangeiras e repleto de barracas e mercados.

Nossa ideia era planejar a viagem durante o almoço, mas quando entramos no salão de banquetes, Cal e Falcon irromperam pelas outras portas e o som das cornetas de guerra sopraram dos portões da cidade.

Sem hesitar, Drae correu até Cal e Falcon.

Eles murmuraram algo para ele, que olhou para mim.

— Fique aqui, meu amor! — gritou.

Todos dispararam pelo corredor, provavelmente rumo ao celeiro para preparar os cavalos e partir para a guerra.

Como se eu fosse ficar esperando aqui! Só porque eu era sua esposa, não significava que ele podia me dizer o que fazer. Corri atrás dos três, contente por ter escolhido usar calça e uma túnica curta.

— A rainha de Obscúria tomou a Ponte do Meio. Nosso exército a está mantendo recuada, mas só por pouco tempo — informou Cal enquanto corriam.

Alcancei os três, passando por Annabeth no caminho, que se encostou na parede assustada ao passarmos.

— O rei e eu voaremos para ajudar — falei.

Drae olhou para mim e balançou a cabeça.

— Você deve ficar aqui por segurança.

Rosnei com a ordem, um rosnado quase desumano que fez com que os homens me olhassem em choque.

— Ainda sou da Guarda Real, e jurei proteger você. Eu vou lutar e você *não* vai me dizer o que fazer.

Ele estreitou os olhos. Cal parecia estar escondendo um sorriso.

— A rainha já decidiu — disse Falcon. — O poder dela pode ser útil, senhor. Ainda mais depois de termos perdido Regina.

O nome dela pairou ali como uma coisa tangível. Sua perda foi sentida bem fundo naquele momento. Ela saberia o que fazer, ela daria as ordens. Drae ainda nem a havia substituído. Para mim, parte dele não queria aceitar que ela tinha morrido de verdade.

— Uma rainha lutando no Exército Real? — rebateu Drae quando nos misturamos ao caos de toda a Guarda Real nos preparativos para a batalha.

— Isso mesmo.

Ele apenas suspirou em resignação, escolhendo não dizer mais nada. Entramos no celeiro e os outros ficaram do lado de fora para nos dar privacidade enquanto nos transformávamos. Eu não virei de costas para ele dessa vez, tirando as roupas na sua frente, enquanto ele me observava com os olhos amarelos reluzentes.

— Tem certeza de que está bem para usar a sua magia de transformação? — perguntei.

Ele inclinou a cabeça.

— Vou tentar uma transformação parcial das asas. Vai ser útil termos dois voadores.

Convoquei minha magia e fui atirada para a frente quando a transformação dominou meu corpo. Estava de joelhos ao ouvir Drae grunhindo acima de mim, seus ossos estalavam enquanto ele completava sua própria metamorfose.

Um rosnado de frustração escapou de sua garganta. Olhei para ele em minha forma de dragão, minha transformação agora estava completa. Drae estava sem camisa, de joelhos, com metade de uma asa se projetando das costas, com escamas pretas no rosto e uma das mãos transformada em garra.

Meu coração desabou no peito.

— *O que foi?* — perguntei, recorrendo à nossa conexão mental.

Seu peito arfava e ele me olhava com uma perplexidade que castigava suas belas feições.

— Eu... eu não consigo me transformar. — Suas palavras me atingiram como flechas e eu tropecei para trás até meu rabo bater no fundo do celeiro.

Não. Nós não... estávamos preparados para isso. Não agora, não sob ataque.

Ele parecia não ter palavras, tamanho o choque, então canalizei minha Regina interior e assumi o comando. Eu o olhei bem nos olhos.

— *Vista-se. Pegue a minha sela e monte nas minhas costas como um arqueiro.*

Ele continuou parado com os olhos arregalados, como se na esperança de que algo pudesse mudar. Drae havia esperado tempo demais para ter um herdeiro. Seus pais tiveram apenas um filho antes de sua mãe morrer no trabalho de parto do segundo.

Não tínhamos mais tempo.

— Meus homens vão se perguntar por que não irei na minha forma de dragão — constatou ele, a vergonha engolia sua voz grave.

— *Diga a eles que a sua asa está machucada. Ou, melhor ainda, diga para não questionarem seu rei. Vamos!* — insisti.

A cada segundo que ficávamos ali conversando, a rainha de Obscúria chegava mais perto de nosso território na Ponte do Meio.

Então Drae começou a se mexer, transformando a garra e a asa de volta para suas formas humanas e se vestindo. Em instantes, ele prendeu minha sela e se sentou nas minhas costas com um arco a postos. Enquanto eu caminhava para as fileiras e mais fileiras de homens armados para a batalha, eu só pensava em meu marido, meu rei. A rainha estava retaliando pela morte do filho, e eu não deixaria nada acontecer com Drae no estado debilitado em que ele se encontrava.

Se ele morresse, se todos eles morressem, eu seria a última com magia do dragão... A ideia era assustadora demais, então a deixei de lado.

Ao notarem Drae montado nas minhas costas, por um instante os homens pareceram confusos, mas quando o rei começou a dar ordens eles logo se alinharam.

— Encontrem-nos na Ponte do Meio! — gritou ele.

Com isso, alcei voo.

Ele era pesado, então minha decolagem inicial foi instável, mas logo consegui me equilibrar e controlar a velocidade de minhas asas para estabilizar o voo.

Voei mais rápido do que nunca, os tambores da guerra soavam por todo o reino. Abaixo de nós, guerreiros cavalgavam rumo à Ponte do Meio. Apertei os olhos para tentar ver alguma coisa a distância. No horizonte, vi fumaça subindo de nosso destino.

— *Estão queimando a ponte!* — gritei.

A Ponte do Meio era nossa única forma de atravessar a Passagem Escura rumo a Fadabrava, onde negociávamos com o povo feérico. Um terço da comida que consumíamos vinha do comércio com Fadabrava. A destruição da ponte nos arruinaria. A raiva me incendiou por dentro. Quando vi partículas de metal brilhando no céu, soube na hora que não eram pássaros.

— *Derrube os homens alados* — falei.

— *É pra já* — respondeu ele, enquanto eu me aproximava e observava com admiração meu marido, de pé, atirar flechas de minhas costas.

Um por um, os homens alados caíam do céu como pedras, enquanto eu mantinha o foco na ponte abaixo. O fogo era pequeno, logo no início da construção, e nossos guerreiros tentavam apagá-lo com baldes de água do rio. Ao final da ponte, na entrada da Passagem Escura, estava a rainha de Obscúria. Eu nunca a tinha visto pessoalmente, mas era impossível confundir a mulher majestosa a cavalo que vestia um traje de batalha de couro vermelho e uma alta coroa dourada. Seus braços brilhavam com o metal das engenhocas atadas a eles. Ela tinha um sorriso cruel no rosto.

— *Arwen, não! Ela é forte demais* — avisou Drae, mas eu já estava voando para cima dela.

A rainha estava bem ali na minha frente. Bastava uma rajada de fogo e o mundo se livraria do problema. Ela era fraca, uma simples humana. Se eu não a matasse agora, ela continuaria vindo atrás de mim, e de Drae, e de seus futuros filhos.

— Arwen! — Ele deu um tapa no meu ombro como se estivesse tentando me guiar para outra direção.

Reuni o fogo dentro de mim, pronta para explodir a rainha com ele, quando ela virou a cabeça na minha direção. Eu havia me enganado ao julgá-la como uma humana fraca, mas percebi o erro tarde demais. Em um movimento rápido, ela saltou para uma posição de pé em cima de seu cavalo e levantou os braços. Em um segundo, ela estava apontando para mim e, no seguinte, uma dúzia de parafusos de metal voou do dispositivo em seu antebraço direto para nós dois, como cometas caindo do céu.

Rezei para que Drae estivesse preso enquanto eu rolava no ar, tentando evitar os projéteis de metal.

— *Caramba! Você está bem?* — perguntei a ele enquanto me endireitava.

— *Estou. Não se aproxime demais! Aquela coisa no braço dela está disparando muito mais longe e mais rápido do que eu consigo com meu arco.*

Embora ainda abalada com a coisa toda, concordei com a minha cabeça de dragão.

— *O que vamos fazer? Eles não podem tomar aquela ponte. Não vamos sobreviver ao inverno sem as colheitas dos feéricos.*

A rainha parecia bastante satisfeita com a minha retirada. Ela desmontou do cavalo e caminhou para o outro lado da ponte, que ainda não estava pegando fogo. Notei um brilho de aço e uma pequena chama cintilando em sua palma.

Engenhocas estúpidas!

A rainha ia tomar a ponte.

— Queime a floresta dela! — bradou Drae. — *Se ela quer destruir a nossa ponte, vamos destruir as terras dela.*

Isso!

Era brilhante.

Desviando para a esquerda, voei ao longo da passarela de pedregulhos rochosos da Passagem Escura, rumo ao território de Obscúria.

Uma flecha voou das árvores, mas eu me esquivei e mergulhei baixo rumo à floresta densa. A poucos metros da copa das árvores, liberei toda a magia que estava contendo na forma de uma corrente azul de fogo mortal.

Voei baixo, espalhando as chamas pela folhagem do máximo de árvores possível, sem parar nem quando cheguei a uma torre de guarda de madeira. A torre pegou fogo e um homem gritou, pulando dela e indo direto para o chão.

— Recuar. — Ouvi o grito da rainha. — Busquem água.

Comecei a voltar para a ponte, enquanto os guerreiros de Obscúria se espalhavam e corriam como formigas. Eles abandonaram a ponte e correram do rio para a floresta, agora em chamas. Me mantive fora do alcance da rainha, mas perto o bastante para poder ver seu rosto.

Ela estava lívida, sua boca se contorcia em uma careta maligna, o que me trouxe grande alegria. O fogo na ponte diminuía conforme nosso povo jogava água nele. Embora a madeira estivesse carbonizada em algumas partes, ela aguentaria.

Por enquanto.

A Guarda Real aplaudiu quando a sobrevoei, circulando para garantir que a rainha não tentasse voltar e queimar a ponte, ou pior, invadir nossas terras. Mas ela estava ocupada, tentando conter seu próprio fogo, que tinha se espalhado e agora atingia três vezes mais árvores do que eu havia tocado. Isso a manteria ocupada por semanas, talvez até meses, caso se espalhasse para as construções.

Aterrissei e deixei Drae conversando com seus homens, verificando como estavam e fazendo um inventário dos feridos. Depois que tudo se acalmou, ele ordenou que montassem guarda ali e começassem a planejar a construção de uma ponte de pedra. Assim que sentimos que a situação estava resolvida, ele subiu na minha sela e eu voei para casa.

Ao pousar no palácio, a dra. Elsie correu e me examinou em busca de ferimentos. Drae desmontou, tirou a sela e eu troquei de forma e vesti minhas roupas.

— Estou bem. Verifique como ele está — pedi a ela.

Quando me virei, Drae me olhava com preocupação.

— Estou bem também — disse ele.

Balancei a cabeça e arregalei os olhos.

— Conte para ela.

A dra. Elsie franziu a testa.

— Contar o quê?

Ela estava com a varinha de cura a postos.

Drae suspirou, e a dra. Elsie olhou confusa de mim para ele. Dando um passo à frente, abaixei a voz.

— A magia dele está... — Eu não conseguia falar em voz alta; a ideia me apavorava demais.

— Morrendo. Não consigo mais me transformar, nem parcialmente — completou Drae.

A dra. Elsie pareceu assolada.

— Então você sabe o que deve fazer. Esta noite. — Havia urgência no conselho.

Drae acenou em compreensão, então ela nos deixou a sós.

A rapidez com que ela determinou que meu marido precisava se deitar com outra mulher foi como uma facada no peito.

Sem saber, ela tinha quebrado uma de nossas regras. Uma regra que deveria me manter sã durante aquilo tudo: eu não queria saber quando.

Agora eu sabia e não iria conseguir dormir. Roeria todas as unhas. Faria buracos no tapete de tanto andar pelo quarto.

Esta noite.

— Não quero. — Sua voz foi baixa, me envolvendo com os braços, me apertando forte, enquanto respirava no meu pescoço.

A porta lateral se abriu, e Adaline apareceu, completamente alheia ao momento em que estava se metendo. Ao ver minha amada irmãzinha, disse:

— Você precisa.

Eu não deixaria Adaline e todos os outros morrerem pelo meu ciúme.

Virando-me para ele, controlei as emoções e o beijei no rosto.

— Vou jantar com a minha mãe e a minha irmã hoje — informei.

Ele ficou muito quieto, me observando como um animal observa sua presa, tentando ver por trás da minha fachada. Eu queria chorar, queria estapeá-lo, queria fazer amor com ele.

Mas não fiz nada disso.

— Eu te amo — declarei, então me afastei e acenei para minha irmã.

Meu primeiro dever como rainha era salvar meu povo. Só que o povo não fazia ideia, e nunca faria.

◆　　◆　　◆

Passei o jantar arrastando a comida pelo prato, sem comer nada. Adaline não pareceu notar, mas minha mãe sim. Ela franziu a testa, me observando, enquanto eu batia com o calcanhar no tapete, ansiosa. Conversamos sobre o tempo, as árvores e todo tipo de trivialidade e, depois de um tempo, dei boa-noite às duas.

Andei pelo tapete do nosso luxuoso quarto e olhei para nossa cama conjugal. Pensar em como ele havia dormido comigo na noite anterior fez um calor florescer entre minhas pernas, mas pensar que ele faria aquilo com outras mulheres me fez soltar fumaça pelas narinas. Fui até a cama, peguei um travesseiro e o arremessei pelo quarto, frustrada. Minha mãe uma vez tinha me dito que era difícil identificar os bons dias férteis de uma mulher, então ela defendia que, se o casal estava tentando engravidar, deveria ir para a cama todos os dias. A ideia de Drae ter que fazer aquilo todas as noites me dava vontade de vomitar.

Por que eu disse para ele que não tinha problema? De repente me arrependi de ter dado permissão para tal coisa. Eu queria disparar pelos corredores do palácio, gritando seu nome, e atacar qualquer mulher que estivesse debaixo dele agora. Eu não sabia lidar com isso agora e nunca saberia.

Peguei uma xícara de chá de porcelana e a atirei na parede com um grito. Quando ela se estilhaçou, espalhando centenas de pedaços pelo sofá, não me senti melhor.

O desespero me agarrou, mas então a porta se abriu, batendo na parede com tanta força que me fez pular. Um grito de surpresa me escapou e eu girei, vendo a silhueta de Drae, sem camisa.

Uma única lágrima marcava sua bochecha. Ele balançou a cabeça enquanto fechava a porta. Uma lágrima, um movimento de cabeça. O que significava?

Eu estava congelada no tempo, presa em minha mente, tentando analisar a situação. Ele estava bravo? Fiz algo errado? As mulheres o rejeitaram?

Quando ele me alcançou, segurou meus quadris.

— Não posso. Não vou.

Quatro palavras. Quatro palavrinhas bastaram para aprofundar meu amor por ele.

— Quero ter um bebê com *você*. Quero ser pai do *seu* filho, e quero que você seja a mãe — disse ele.

Meus lábios tremeram e as lágrimas rolaram livres pelo meu rosto.

— Mas... e se nascer deformado...

— Não me importo. Vou amar qualquer filho que fizermos juntos, não importa quanto tempo tenhamos com ele.

Meu coração quase ganhou asas naquele momento, tanto que temi que pudesse voar para fora do meu peito. Um rei tão consumido pela linhagem não se importava se tivesse um filho com deformidades? Isso era inédito. A rainha de Obscúria uma vez tinha matado um dos filhos só porque ele gaguejava.

— Ele? — Arqueei uma sobrancelha.

Ele sorriu.

— Ou ela.

Drae deslizou as mãos da minha cintura para minha barriga, e eu pensei sobre a gravidade da situação. Ter um filho ciente daquela possibilidade não era errado?

— Não é certo fazer uma criança sofrer pelo nosso egoísmo — falei.

— Uma anotação no diário não significa que todas as crianças daquele casal nasceram com alguma doença. Essas coisas acontecem. Poderia ter sido apenas o primeiro bebê, mas não os outros. Eles poderiam ter tido cinco filhos mais saudáveis juntos.

Foi como se a nuvem carregada que me perseguia o dia todo tivesse se dissipado.

Ele tinha razão. Minha mãe havia me dito que essas coisas aconteciam. Reviravoltas cruéis do destino, sem explicação. Eu gostaria que o casal ainda estivesse vivo para perguntar a eles.

O fato de uma criança ter uma doença não a torna inferior, e eu adoraria qualquer bebê que fizéssemos juntos. Seria metade eu e metade Drae.

— Se a criança viver por muito pouco tempo, isso ainda fortalecerá a sua magia?

Ele confirmou.

— Assim que você engravidar, minha magia se fortalecerá um pouco, e depois por completo no parto.

De repente, fui tomada de adoração por aquele homem. Ele me escolheu, ele nos escolheu, com todas as nossas imperfeições, e isso foi perfeito para mim.

◆ ◆ ◆

Nove luas depois.

— Ela está com dor. Faça alguma coisa! — gritou Drae para a dra. Elsie.

A curandeira revirou os olhos para o rei.

— Ela está em trabalho de parto! Ter dor é esperado.

Minha mãe, que estava ao meu lado, foi até Drae, que andava sem parar pelo quarto. Ele parou, olhando para ela com olhos frenéticos e selvagens. Ele tinha acompanhado cada um dos trabalhos de parto de Amelia, perdido quatro filhos e, da última vez, a esposa. Era tudo muito traumático para ele. Eu lhe havia dito que ele não precisava estar presente, mas ele não quis nem ouvir, afirmando que se recusava a sair do meu lado.

— Sei que você está com medo — disse minha mãe. — Mas já ajudei muitas mulheres no parto e nenhuma delas era forte como a minha Arwen. Ela vai ficar bem.

Ele quase caiu nos braços dela para um abraço e minha garganta se apertou de emoção. Quando anunciei minha gravidez, minha mãe e Adaline se mudaram para o palácio, e minha mãe e meu marido formaram um vínculo especial. Ela sabia acalmá-lo; ele a respeitava e valorizava sua sabedoria.

Grunhi com outra contração tomando conta do meu ventre. Havia sido uma gravidez muito tranquila. Nada de enjoo como reclamam as outras mulheres e, além disso, Drae me dava bolo de chocolate e o que mais eu quisesse todas as noites, e massageava meus pés. Mas o trabalho de parto estava longe de ser fácil.

O rei-elfo, Raife, nos fez uma gentileza e ocupou a rainha de Obscúria com uma pequena disputa, de modo que ela tinha perdido o interesse em nós... por enquanto.

Quando a dor mais uma vez dominou meu corpo, gritei tão alto que minha mãe e Drae correram juntos para o meu lado, cada um pegou uma das minhas mãos. Parecia que a região entre as minhas pernas estava pegando fogo.

— Queima — resmunguei, tentando fazer força do jeito que minha mãe tinha me ensinado nos últimos meses.

— Estou vendo a cabeça! — exclamou ela, se posicionando entre as minhas pernas.

A dra. Elsie pegou um cobertor e uma bacia com água fervida e correu para o lado de minha mãe. O combinado foi que minha mãe cuidaria de mim, e a dra. Elsie, que tinha mais experiência, cuidaria da criança e de suas... complicações, quaisquer que fossem elas.

Drae encostou a cabeça no meu ombro e sussurrou bem baixinho em meu ouvido:

— Eu te amei mais do que tudo neste mundo.

Percebi então que ele estava se preparando para a minha morte, o que me chocou e me entristeceu.

— Diga isso de novo quando eu *realmente* estiver no meu leito de morte.

A pressão aumentou. Rosnei com uma dor diferente de tudo que eu já havia sentido entre as pernas, como se uma faca de açougueiro estivesse cortando minhas partes mais sensíveis.

A pressão foi tão intensa que quase desmaiei. Então veio o alívio.

— Uma menina! — anunciou minha mãe com alegria.

Olhei para baixo, chocada. Eu me preparei para as deformidades, para os órgãos fora do corpinho, para uma criança que não respirava, de pele azul, mas... ela era perfeita. Um brilho dourado desceu do teto e cobriu o bebê, prendendo minha respiração na garganta.

Era a magia? A magia de dragão que alimentava nosso povo? Assim que a luz tocou na pele da criança, desapareceu, quase como se eu a tivesse imaginado.

Comecei a chorar e percebi que Drae ainda estava de cabeça baixa. Ele não conseguia levantá-la, devia estar com medo de outro natimorto. Foi quando nossa filha soltou um grande choro e Drae a olhou de repente.

Observei seu rosto, querendo guardar o momento na memória para sempre: o momento em que ele teve uma criança saudável.

— Elsie, verifique o coração, os pulmões, a... — Ele deixou um soluço escapar.

— Ela está bem. Acabei de examiná-la. — Elsie ergueu a varinha.

Drae soluçou, cobrindo a boca com a mão, incapaz de conter as emoções. Minha mãe se levantou para me dar a bebê, mas a pressão entre minhas pernas voltou. Grunhi de dor, arregalando os olhos para ela.

— Tem algo errado — falei, e o corpo inteiro de Drae ficou rígido.

Minha mãe deixou a bebê com Drae, que segurou a criança como se fosse um ovo frágil.

— O que está acontecendo? Ela está sangrando? É assim que acontece, a mulher sangra demais — afirmou ele.

Minha mãe balançou a cabeça.

— Deve ser só a placenta... — Mas ela prendeu a respiração quando olhou entre as minhas pernas. — Empurre! — gritou, e meu abdômen ficou duro como pedra.

Eu me inclinei para a frente, sem muita certeza do que estava acontecendo, e empurrei.

Fogo. *Pressão*. E uma vez mais, *alívio*.

Um segundo grito ecoou pelo cômodo. Drae e eu nos encaramos com olhos arregalados.

— Gêmeas — constatou minha mãe com uma risada alegre.

— Duas?

Drae olhou para a filha em seus braços e para a que estava nos braços de minha mãe. Ela se debruçou sobre a cama e entregou a segunda criança para mim. A menininha também foi banhada por aquela magia dourada que durava apenas alguns segundos antes de desaparecer.

Ela era perfeita. Pele macia, olhos azuis, nariz de botão. Gêmeas. Era tão raro e não havia como saber até o parto. Eu não pude evitar o riso que explodiu do meu peito.

Duas meninas.

— Regina e Joslyn, é assim que quero chamá-las — avisei.

Drae concordou com a cabeça, sentou-se na beirada da cama e olhou para a criança em seus braços.

— Duas princesas.

Sorri de orelha a orelha.

— Você será o último rei-dragão por um bom tempo.

Seu sorriso também se alargou.

— Por mim tudo bem.

Ele se deitou e se aconchegou em mim enquanto segurávamos nossas meninas. Às vezes a vida era difícil e coisas horríveis aconteciam, mas nós éramos a prova de que mesmo os momentos mais sombrios podem ser transformados em um "felizes para sempre".

Minha mãe cuidou de mim e limpou as meninas. Drae e eu apenas ficamos ali, olhando para elas, maravilhados. Joslyn tinha a cabeleira loira bagunçada como a minha, já os cabelos de Regina eram mais escuros, como os do pai.

— Posso sentir a magia correndo por mim. É tão forte — disse ele.

Com duas herdeiras agora, eu esperava que sim. Foi um grande alívio. Adaline e todos que eu amava ficariam bem.

Quando alguém bateu à porta, Drae mandou entrar.

Era Cal, que deu uma olhada nas duas meninas e abaixou a cabeça, sorrindo.

— Gêmeas? Parabéns.

Drae e eu agradecemos ao mesmo tempo.

Mas o sorriso nos lábios de Cal se desfez ao olhar para o rei.

— Milorde, há um assunto urgente a ser tratado.

Drae franziu a testa. Calston não se intrometeria minutos depois do meu parto se não fosse de fato urgente.

— Pode falar abertamente diante da minha esposa e rainha.

Cal pigarreou.

— O rei Raife Luminare está em seu escritório.

Drae se sentou, olhando para a pequena Regina e depois para mim. Se Raife estava ali, só podia ser para cobrar a promessa de Drae. Ele tinha vindo pedir que meu marido começasse uma guerra.

— Vá — falei, tentando esconder o tremor da voz.

Raife não viria até ali se não fosse sério. Eu devia minha vida àquele homem e, embora a guerra trouxesse morte e sofrimento, eu concordava que a rainha de Obscúria precisava ser contida.

Minha mãe pegou Regina do colo de Drae e ele atravessou a sala, dando uma última olhada e um sorriso para mim. Eu amava aquele sorriso. Eu amava que tudo o que ele fazia desde que o conheci foi sorrir mais e mais a cada dia. Eu gostava de pensar que era por minha causa. Não importava o que aquela guerra fosse trazer, tínhamos um ao outro e nossa nova pequena família de quatro pessoas.

Drae

QUIS ME CASAR COM ARWEN DESDE A PRIMEIRA VEZ QUE PUS OS OLHOS nela. Ela estava carregando um puma de quarenta quilos pela floresta, com um ferimento sangrando nas costas. Estava sozinha, o que mostrava que era uma caçadora confiante, e mesmo coberta de terra e sangue, ela era a mulher mais linda que eu já tinha visto. Deixá-la momentos após o nascimento de nossas filhas não era algo que eu queria fazer, mas Raife sabia que Arwen estava pronta para dar à luz a qualquer momento, tendo inclusive enviado uma cesta de presentes. Ele não viria pessoalmente só para nos parabenizar.

Algo estava errado.

Ele exigiria que eu entrasse em guerra com a rainha agora? Momentos depois de finalmente me tornar pai? Quando Raife e eu tínhamos seis anos, nossos pais nos fizeram participar de uma "colônia de férias para príncipes". Era um acampamento anual de quatro semanas em que Raife, Lucien dos feéricos, Axil dos lobos e eu passávamos um tempo juntos. Nossos pais supunham que isso manteria o reino sobrenatural forte caso a rainha viesse atrás de nós. Então, aos quatorze anos, quando os pais de Raife foram assassinados, ele enviou uma carta para Lucien, para mim e para Axil, implorando para que ajudássemos a vingá-los. Éramos apenas crianças, e nossos pais disseram que era problema dos elfos, então não podíamos nos envolver. Raife parou de falar conosco logo depois, e as férias anuais juntos acabaram.

Ele se tornou rei aos quatorze anos... Não podia nem imaginar como deve ter sido.

Quando finalmente me tornei rei, aos dezoito invernos, Raife compareceu à minha cerimônia de coroação e mais uma vez me pediu para ajudá-lo a vingar seus pais. Meu primeiro dia como rei e ele queria que eu declarasse *guerra*?

Eu não podia. Não com meus próprios problemas em andamento. A morte de meu pai significava que a magia do dragão dependia inteiramente de mim e, sem um herdeiro próprio, eu não podia simplesmente entrar em uma *guerra*.

Isso foi há mais de quatro invernos. Agora, eu tinha duas herdeiras. Se Raife me pedisse para ir à guerra hoje, eu não negaria.

Abri a porta do meu escritório, pronto para dizer sim a qualquer coisa que ele exigisse de mim. Eu jamais me esqueceria que ele tinha salvado minha amada Arwen da morte certa. Eu era um rei mais sábio agora, com um poderoso exército à minha disposição. Havia muito que eu poderia conceder se ele pedisse. Não gostei da ideia de enfrentar a rainha de Obscúria tendo agora duas recém-nascidas, mas sabia que Arwen me apoiaria depois de Raife ter salvado sua vida.

Será que ele já havia convencido Lucien e Axil? Era difícil de acreditar, considerando que ele estava lidando com a insistência de seu próprio conselho para se casar logo e evitar que o derrubassem. Pensei que diversos invernos se passariam antes que ele de fato viesse até mim, pronto para começar aquela guerra. Pessoas morreriam, de todos os lados, e eu não queria apressar algo assim, mas precisávamos impedir a rainha de Obscúria. Era um ponto em que todos concordávamos.

Entrei na sala e encontrei Raife sentado na minha cadeira, passando os dedos pela minha mesa. Ele olhou para mim e sorriu.

— Já devo dar os parabéns?

Seu comportamento relaxado me acalmou. Talvez ele tivesse de fato vindo para desejar felicidades. Trocávamos cartas, tentando reconstruir uma amizade interrompida.

Concordei.

— Gêmeas. Saudáveis.

Ele se levantou, saindo de trás da mesa.

— Gêmeas? Que ótima notícia!

Então notei o anel de casamento ornamentado em seu dedo.

— E parabéns para você também. Lamento não termos comparecido ao casamento, mas com Arwen e a gravidez tão avançada…

Ele dispensou o pedido de desculpas.

— Tudo bem. Escute, tenho informações que você precisa saber, e eu não poderia falar a respeito por meio de cartas.

Dava para sentir a apreensão repuxando meus lábios. Eu estava cansado. Tinha passado a noite toda preocupado com Arwen. Ainda não conseguia acreditar que ela estava viva, e saudável, e que agora eu tinha duas filhas. Não parecia real. Desejei que Amelia estivesse ali para ver. Ela havia sido minha melhor amiga e ficaria tão feliz por mim naquele dia. Amelia e eu sabíamos que nossos destinos estavam ligados desde o nascimento, que nunca havíamos tido outra escolha. Ela uma vez me perguntou que tipo de mulher eu desejaria se eu não fosse noivo dela. Eu tinha doze anos na época, então respondi com honestidade.

A mulher dos meus sonhos teria cabelos da cor do luar, gostaria de caçar e atirar com arco e flecha comigo e meus amigos, não se preocuparia com vestidos e moda, e comeria porções normais de comida, em vez de comer como um passarinho.

Amelia riu e disse que aquela mulher não existia. Eu não sabia na época, mas estava descrevendo Arwen.

— Drae?

Raife me olhou preocupado, tirando-me de meus pensamentos.

Sacudi a cabeça e esfreguei o rosto.

— Perdão. Não dormi direito. O que foi?

Raife passou a mão trêmula pelos cabelos.

— Nem sei por onde começar…

Senti um calafrio arrepiar meus braços. Era pior do que eu pensava. Raife nunca ficava sem palavras.

— É a rainha de Obscúria? — comecei.

Será que ela tinha matado sua nova esposa? Ele não parecia estar de luto. Era mais como se estivesse com medo. O rei-elfo não temia nada.

Ele confirmou, olhando para mim com medo nos olhos.

— Ela… tem uma máquina nova.

Aquela mulher e suas máquinas. Para alguém que não gostava de magia, ela sem dúvida estava sempre tentando replicá-la com tecnologia.

— O que a engenhoca faz?

Ele soltou um longo e sofrido suspiro.

— Tira a magia da pessoa, tornando-a humana. Uma espécie de castração mágica.

— Por Hades — xinguei, um calafrio de arrepiar se instalou em meus ossos.

Era isso; seria assim que ela finalmente atingiria seu objetivo de um mundo humano, desprovido de quaisquer criaturas mágicas.

— Meu povo não sobrevive sem a nossa magia de dragão. Ela alimenta o nosso eu humano — contei. — Isso seria a morte para nós.

— Por isso vim contar o mais rápido que pude. Temos que avisar Lucien e Axil. Precisamos nos unir e nos preparar para a guerra.

Engoli em seco.

— Quer ir até Lucien? Posso voar até Lunacrescentis e ver se encontro o recluso rei lobo.

Raife pigarreou.

— Já tentei fazer isso a caminho daqui.

Abri bem as mãos.

— E qual foi o problema?

O rei-elfo estendeu a mão e esfregou a nuca.

— Ele tentou me matar.

Sorri, de alguma forma sabendo que havia uma história por trás daquilo.

— E por que ele faria isso?

Raife suspirou.

— Passei por alguns anos sombrios e posso ou não ter dormido com o amor da vida dele numa viagem de negócios a Fadabrava.

Caí na gargalhada e sacudi meu velho amigo pelos ombros.

— É por isso que ele é um tolo miserável agora?

Raife estremeceu.

— Preciso que venha comigo visitar Lucien. Depois podemos convencê-lo a ir conosco visitar Axil. Os lobos cresceram em número. Eu os escuto nas minhas fronteiras na lua cheia. Precisamos de todos. Axil sempre gostou mais do Lucien.

Era verdade. Lucien e Axil eram unha e carne em nossos encontros anuais.

— Minha esposa acabou de ter gêmeas — lembrei, lançando um olhar severo para ele.

Raife rosnou.

— A rainha tentou me envenenar de novo algumas luas atrás. Zafira *precisa* ser detida antes que não reste ninguém para combatê-la.

Depois de envenenar toda a sua família, ela ainda estava tentando matá-lo?

Eu não esqueceria como ela tinha entrado em meu próprio jardim e matado Joslyn. Ela estava tentando eliminar todos os reis, era isso?

— Tudo bem. Peço uma semana com a minha amada nova família, então encontrarei você em Fadabrava para falar com Lucien.

Raife me deu um tapinha nos ombros.

— Eu sabia que podia contar com você.

Recuperar a confiança de Raife era importante para mim, e o mundo não seria seguro para minha esposa e filhas enquanto Zafira e suas máquinas malignas vivessem.

Era hora de proteger tudo o que eu mais amava, não importava o custo.

Fim.

Leia também:

KENNEDY RYAN

ANTES
DE ME
LIBERTAR
DE VOCÊ

FARO EDITORIAL

Amanda Glaze

A SEGUNDA
MORTE
das
IRMÃS
BOND

FARO EDITORIAL

ASSINE NOSSA NEWSLETTER E RECEBA
INFORMAÇÕES DE TODOS OS LANÇAMENTOS

www.faroeditorial.com.br

CAMPANHA

Há um grande número de pessoas vivendo
com HIV e hepatites virais que não se trata.
Gratuito e sigiloso, fazer o teste de HIV e
hepatite é mais rápido do que ler um livro.

FAÇA O TESTE. NÃO FIQUE NA DÚVIDA!

ESTA OBRA FOI IMPRESSA
EM FEVEREIRO DE 2025